이 효 석 문 학 상   수 상 작 품 집   2 0 2 3

이　　　효　　　석
문　　　학　　　상
수 상 작 품 집　2023

───────

제24회 대상 수상작
애 도 의　　방 식
안　　　보　　　윤

차례

제 2 4 회
이 효 석
문 학 상 ——
대 상
수 상 작

2005년 문학동네작가상을 통해 소설을 발표하기 시작했다. 소설집 『비교적 안녕한 당신의 하루』 『소년7의 고백』, 중편소설 『알마의 숲』, 장편소설 『악어떼가 나왔다』 『오즈의 닥터』 『사소한 문제들』 『우선멈춤』 『모르는 척』 『밤의 행방』 『여진』이 있다. 제1회 자음과모음문학상, 제68회 현대문학상을 수상했다.

애 도 의 방 식

안 보 윤

소란하다. 나는 소란한 것을 좋아하고 소란해지는 것을 싫어한다. 이미 소란한 곳에서는 아무도 나를 신경 쓰지 않는다. 소란해지기 시작한 곳에서는 대부분 내가 그 중심에 있다. 나를 놀리고 조롱하고 멸시하느라 소란해진 사람들 사이에 서 있는 건 지겹다. 나는 소란한 곳이 좋다. 타인에 의해 한껏 소란해진 상태라면 더더욱 좋다.

소란한 곳에 방치되기 위해선 노력이 필요하다. 특정한 곳에 시선을 두면 안 된다. 누구에게도 동조하지 않고 피곤한 기색으로, 두 팔을 원숭이처럼 늘어뜨린 채 서 있어야 한다. 그런 인간에게 도움을 청하는 이는 드물다. 누가 시비를 걸더라도 그 자세 그대로 꾸뻑 사과하면 그만이다. 소란한 곳에 소란스럽지 않은 인간으로 멈춰 있을 때 나는 가장 안전하다.

그러므로 이곳은 나에게 최적의 공간이다.

나는 미도파 카운터에 서서 그런 생각을 하고 있다.

＊

미도파는 성동터미널에 있는 유일한 찻집이다. 체리색 나무틀
에 간유리를 끼운 출입문에는 미도파, 라고만 쓰여 있는데 어째서
인지 다들 미도파 찻집이라고 부른다. 미도파는 이곳의 유일한 찻
집일 뿐 아니라 유일한 식당이기도 하다. 터미널은 작고 납작한 단
층 건물이라 매표소와 화장실, 미도파만으로 내부가 꽉 찬다.

플라스틱 의자가 놓인 대합실을 가운데 두고 왼편에는 매표소
가, 오른편에는 미도파와 화장실이 있다. 화장실 앞에는 커다란 칸
막이가 세워져 있다. 남자 화장실과 여자 화장실 입구가 딱 붙어
있어 경계를 나누기 위함인데, 화장실로 뛰어들던 사람이 칸막이
에 부딪혀 억 소리를 내는 일이 잦다. 카운터에 서 있다가 억 소리
가 들리면 칸막이가 남자 화장실 쪽으로 15도쯤 돌아섰겠구나, 생
각한다. 나가보면 실제로 그렇다. 성동은 외곽에 위치한 소도시이
고 터미널 버스 노선도 다섯 개가 전부다. 그럼에도 하루에 서너
번은 억 소리가 들린다. 다급하고 시간에 쫓기는 사람들, 커다란
짐보따리를 바닥 아무 데나 부려둔 채 매표를 하러 방광을 비우러
위장을 채우러 뛰어다니는 사람들이 미도파의 주 고객이다.

기차 객실을 흉내 낸 미도파의 실내는 촌스럽고 조잡하다. 물결
무늬가 두껍게 들어간 체리색 몰딩 때문에 천장이 유독 낮아 보인

다. 창틀도 테이블도 전부 체리색, 기차 좌석을 본뜬 직각 소파는 어두운 녹색이다. 먼지가 앉으면 금세 눈에 띄어 하루에도 서너 번씩 테이블을 닦고 소파를 털어야 한다. 대표 메뉴는 믹스커피와 견과류를 잔뜩 넣은 쌍화차. 이전에는 쌍화차에 청계알 노른자를 넣었다던데 지금은 아니다. 아메리카노와 홍차가 메뉴에 있지만 주문하는 사람은 드물다. 오전 한정으로 콩나물국밥을 판다. 오후에는 생고기를 직접 주물러 만든 함박스테이크를 판다. 돈가스는 팔지 않는다. 나는 그게 좋았다. 온갖 것을 다 팔면서 돈가스를 팔지 않는다는 점이.

　찻집이지만 찻집만은 아닌 미도파에서 나는 1년째 일하고 있다. 원래는 고등학교를 졸업하자마자 성동을 떠날 작정이었다. 돈이 없었으므로 수도권보다는 바닷가를 노렸다. 수험 준비를 하는 내내 선생님들이 니들 그렇게 공부 안 하면 나중에 배 타고 참치 잡으러 다니게 된다, 어디 섬에 처박혀서 시금치 농사나 짓게 된다, 고 말한 데서 힌트를 얻었다. 나는 졸업식에 갈 생각도, 대학에 갈 생각도, 집으로 갈 생각도 없었다. 이곳을 떠나 누구도 나를 신경 쓰지 않는 지역에서 혼자 살고 싶었다.
　졸업이 일주일 남은 시점이었다. 나는 등교하다 교문 옆에 서 있는 익숙한 사람을 발견했다. 왜소한 체구에 마르고 긴 팔로 자신의 몸을 꼭 끌어안고 선 사람이었다. 익숙하지만 도무지 익숙해지고 싶지 않은 사람이었으므로 가던 길을 돌아 나왔다. 불현듯 떠나는 것도 괜찮겠단 생각이 들었다. 졸업식에 갈 것도 아닌데 꼭 졸업식 날에 맞춰 떠날 필요가 있을까. 불현듯, 문득, 우연히, 그런 말들을 곱씹으며 나는 터미널로 향했다.

학교가 있는 시내에서 터미널까지는 좁고 긴 길을 오래도록 걸어야 했다. 주위에 있는 거라곤 마른 풀로 뒤덮인 들판뿐이었다. 상업 지구가 들어설 예정이었으나 개발계획이 엎어지면서 십수 년간 사람들의 머릿속에서 지워진 구역이었다. 길은 두 갈래로 나뉘어 자갈이 깔린 시멘트 길을 따라가면 시내버스정류장이, 마른 흙길을 따라가면 성동고속버스터미널이 나왔다. 길이 갈라지는 지점에 짓다 만 상가 건물이 을씨년스럽게 서 있었다. 개발을 대비해 제일 먼저 공사를 시작했다가 가장 오래된 흉물로 남은 건물이었다. 골조 공사가 7층에서 멈춰 시멘트를 붓던 거푸집이 꼭대기 층에 그대로 남아 있었다. 나는 건물 꼭대기를 보지 않으려 애쓰며 흙길을 따라 걸었다.

터미널에 도착해서는 가장 비싼 표를 구매했다. 고속버스가 출발할 때까지 한 시간 50분이 남아 있었다. 출입구에 놓인 칸막이를 걷어차지 않기 위해 노력하며 화장실에 다녀왔다. 교복 재킷에 달린 이름표를 뜯어낸 뒤 넥타이로 돌돌 감아 휴지통에 버렸다. 핸드폰에서 몇 개 안 되는 연락처를 삭제하고 나니 한 시간 38분이 남았다. 대합실은 추웠다. 겨울바람이 유리문을 흔들 때마다 쩡쩡 소리가 났다. 나는 체리색 나무문을 밀고 미도파로 들어갔다.

따뜻한 실내로 들어서자 콧물이 흘러내렸다. 코 훌쩍이는 소리도 들리지 않을 만큼 소란스러운 가게였다. 누군가 맹렬하게 부스럭대며 짐보따리를 정리했다. 파란색 대봉투 안에서 옷가지와 슬리퍼 따위가 끝도 없이 나왔다. 누군가 믹스커피를 후루룩 마셨고 누군가 콩나물국밥에 왜 북어가 들어 있지 않느냐고 따졌다. 계란은? 누군가 끊임없이 쌍화차 계란에 대해 물었다. 나는 눈 둘 곳을 찾지 못해 사방을 둘러보다 창문에 붙은 구인광고를 발견했다. 붓펜으로 직접 써넣은 정갈한 한글이 뜻 모를 한자어, 그러니까 求人, 所定의 給與 같은 글자들과 뒤섞여 있었다.

주문할래?

내 앞에 물컵을 내려놓은 남자가 물었다. 희미하게 얼룩이 남아 있는 주방용 앞치마를 맨 중년 남자였다. 나는 메뉴를 훑어보았다.

돈가스는 없나요?

내가 물었고,

없다.

남자가 답했다. 남자는 내가 메뉴를 다시 살피는 동안 옆 테이블을 정리하기 시작했다. 중간중간 왜 내가 이걸, 하고 투덜거렸다. 국밥 그릇과 깍두기 접시를 제대로 포개지 못해 우르르우르르 소란하게 굴었다. 물컵 하나가 테이블 아래로 굴러떨어져 새된 소리를 냈다. 각자의 이유로 소란한 사람들은 시선조차 주지 않았다. 남자도 신경 쓰지 않는 듯했다. 나는 승차권에 찍힌 지명과 출발 시간을 골똘히 들여다보았다. 대봉투 깊숙한 곳에서 멸치 상자를 끄집어내는 손님과 깍두기 접시를 들고 홀을 가로지르는 남자를 꼼꼼히 살폈다.

아저씨, 여기서 일하려면 뭐가 필요해요?

남자가 깍두기 국물이 묻은 손가락으로 카운터를 가리켰다. 카운터는 비어 있었다. 남자가 깍두기 국물을 냅킨으로 닦아낸 뒤 조금 더 분명하게 손가락을 뻗었다. 카운터 왼쪽으로 체리색 나무문이 보였다. 사장실. 남자가 말했다. 사장실에 가서 면접을 보면 돼.

나는 콩나물국밥을 주문했다. 청양고추를 잔뜩 썰어 넣어 국물이 맑고 칼칼했다. 다음 날 점심에는 첫 출근 기념으로 남자가 해준 함박스테이크를 먹었다. 남자는 전날처럼 투덜대는 대신 삼각형으로 자른 치즈와 반숙 계란을 함박스테이크 위에 신중히 얹어주었다. 접시 한편에 구운 파인애플과 둥글게 뭉친 밥이 있었다. 나는 접시 위에 놓인 것들을 포크로 뚝뚝 잘라 먹었다. 미도파에 어울리는 촌스러운 맛이었다.

미도파에서 일한 지 한 달쯤 되었을 때였다. 나는 손님 우산을 훔쳐 쓰고 폐점한 찻집을 나섰다. 누군가 테이블 아래 두고 간 것이었는데 유난히 가볍고 우산살이 탄탄했다. 손잡이에 보드라운 가죽이 덧대져 있어 우산을 들면 누군가와 다정히 손을 맞잡는 기분이 들었다. 나는 카운터 밑에 그것을 밀어 넣고 오랫동안 만지작거렸다. 찻집 문을 열고 들어서는 사람마다 우산을 두고 간 사람인가 예민하게 살폈다. 바닥에 시선을 두는 사람들을 집요하게 경계했다. 폐점 시간이 될 때까지 우산 주인은 나타나지 않았다.

나는 좋은 우산을 훔쳤다는 생각에 들떠 있었다. 주인이 나타나더라도 돌려줄 생각이 없었으니까 그건 훔친 것이 맞았다. 비가 그친 밤하늘이 청량했다. 입김을 피워 올리며 나는 집으로 가는 좁고 긴 길을 걸었다. 젖은 흙이 신발 바닥에 달라붙어 자꾸 멈춰 서야 했다. 공사가 중단된 그 상가 건물이 있는 갈림길에 들어설 즈음 우산을 펼쳤다. 펼친 우산을 빙빙 돌렸다. 접힌 면에 숨어 있던 물방울들이 사방으로 날렸다.

커다란 우산이 시야를 가려 길이 끝나는 줄도 모르고 나는 걸었다. 이런 좋은 것을 훔칠 수 있다면 찻집에서 3년쯤 더 일하고 싶다는 생각을 했다. 날렵한 모양새의 장갑이나 목도리 같은 것. 손가락을 꼼질대거나 간지러운 목을 긁느라 주위를 둘러볼 틈조차 없게 만드는 것. 나는 내가 훔칠 수 있는 크고 작은 것들을 상상했다. 좋은 것과 쓸모 있는 것, 내 손으로 움켜쥘 수 있는 실재하는 것들을 떠올렸다.

들판을 완전히 벗어난 뒤에야 나는 우산을 접었다. 포장된 도로 위는 어느새 말라 있었다. 발밑이 미끄럽지 않아 성큼성큼 걸을 수 있었다. 나는 우산과 손을 맞잡고 걸었다. 한 번도 돌아보지 않았다.

＊

미도파는 마늘 냄새로 가득하다. 정오에 출발하는 차를 기다리던 할머니가 마늘을 까기 시작한 탓이다. 한파가 몰아닥쳐 난방 온도를 한껏 올려둔 덕에 실내가 덥고 맵다. 할머니는 시종일관 욕을 하며 마늘을 깐다. 나이 칠십이 넘도록 시댁 마늘 심부름을 해야 한다는 신세 한탄과 마늘 많이 먹고 장수하는 인간들은 좋겠다는 비아냥이다. 마늘을 그렇게 잡수셨는데 왜 아직도 인간이 덜 됐을까. 할머니가 큰 소리로 혀를 찬다. 대합실에서 까고 들어오시면 안 될까요. 내가 권하자 할머니는 마늘 껍질을 한 움큼 집어 바닥에 팽개친다. 나더러 저 추운 데서 마늘을 까라는 거야? 너도 내가 우습냐? 내가 멀찍이 떨어질 때까지 할머니는 계속해서 마늘 껍질을 던진다. 마늘 냄새와 흙냄새, 먼지가 공기 중에 수북하다. 나는 빗자루를 가져와 마늘 껍질을 쓸기 시작한다.

동주야.

체리색 나무문을 밀고 들어온 사람이 나를 부른다. 돌아보고 싶지 않다. 나는 이리저리 날리는 얇은 껍질들을 일부러 풀썩거리며 쓸어 담는다. 쓰레받기에 담기는 것보다 소파 아래로 기어드는 것들이 더 많다. 나는 소파 아래를 쑤석이며 마늘 까는 할머니 옆을 얼쩡거린다. 마늘 까기에 몰두한 할머니는 나를 본 척도 하지 않는다. 여기요, 깍두기 좀 더 주세요. 어느 테이블에서 나를 부른다. 그래. 미도파에서 나를 부르려면 저렇게 해야 한다. 여기요. 이봐요. 어이, 학생. 야.

동주야.

여자가 다시 나를 부른다. 이번에는 기둥 뒤 테이블에 자리를 잡고 앉아 메뉴판을 펼쳐놓은 채다.

나는 여자를 알고 있다. 여자는 승규의 엄마로 키가 작고 강마른 사람이다. 서 있을 때 마른 팔로 자신의 몸을 꼭 끌어안는 사람이다. 앉은 자리에서 자주 주먹을 쥐는 사람이다. 고무줄로 질끈 동여맸던 단발머리가 한없이 길어지더니 어느 순간 쇼트커트로 바뀌었다. 나는 여자와 여러 번 마주쳤다. 학교 교실에서 교문 앞에서 우리 집 앞에서 경찰서에서. 그때마다 나는 여자를 뭐라고 불러야 할지 고민했다. 친구끼리는 서로의 부모를 아버님, 어머니, 하며 친근하게 부른다던데. 조금 덜 친근한 호칭으로 아저씨, 아줌마도 있다던데. 여자에게는 어느 호칭도 마땅치가 않았다. 다행히 내겐 여자를 부를 이유가 없었다. 반대로 여자는 나를 자주 불러 세웠다. 자꾸 나를 찾아왔다. 여자가 묻는 말마다 전부 모른다고 대답했는데도 그랬다.

진실을 말해줘.

어느 날 여자는 그렇게 말하며 통곡했다. 교문 앞이었으므로 하교하던 아이들이 우르르 몰려들었다. 또 쟤야. 누군가 수군댔다. 정말 쟤가 그런 거 아냐? 누군가 의심했다. 야, 너네, 진짜 불쌍한 애한테 그러는 거 아니다. 누군가가, 그건 뭐였을까, 동정이었을까. 나는 그 말에 커다란 손으로 뒷덜미를 와락 붙잡히는 기분이었다.

제발, 제발 딱 한 번만, 동주야.

진실을 알려줘라.

여자가 몸을 옹그린 채 소리쳤다. 몸 전체가 앙상한 스피커가 된 것 같았다. 나는 뒷걸음질 치다 그대로 도망쳤다. 한동안 학교에 가지 않았다. 중학교에 다니는 동안 그런 일이 서너 번쯤 더 있었다.

여자는 믹스커피를 주문한다. 메뉴판 제일 위에 있는 제일 싼 것이다. 손님들이 가장 많이 시키는 것이기도 하다. 믹스커피를 준비하는 데는 1분도 걸리지 않는다. 흰 커피잔에 맥심커피 두 봉지를 넣고 뜨거운 물을 부으면 끝이다. 자개 장식이 들어간 티스푼으로 커피를 젓는다. 쌍화차에는 미니 약과가 서비스로 나간다. 아메리카노에는 버터쿠키가, 함박스테이크에는 옥수수수프가 나간다. 미도파는 서비스에 후한 편이지만 믹스커피에는 아무것도 없다. 나는 빈 쟁반 위에 커피잔 하나를 올려놓는다. 버터쿠키도 두 개 올려놓는다.

여자는 더 이상 나를 부르지 않고 커피를 마신다. 마지막 한 방울까지 전부 마시고 버터쿠키 두 개도 포장을 뜯어 먹는다. 소란스럽고 덥고 매운 실내에서, 적당한 소음을 내며 모든 것을 먹고 마신다. 나는 찻잔을 씻고 테이블을 닦은 행주를 빨고 영수증을 정리한다. 주방을 기웃대고 발치에 있는 쓰레기통에 새로운 비닐을 깐다. 여자가 금세 카운터로 다가온다. 천 원짜리 세 장을 내려놓은 뒤 나를 물끄러미 바라본다. 여자가 짓고 있는 표정을 나는 알고 있다. 비리고 물컹한 것을 입에 물고 있는 표정이다. 아무것도 뱉지 못하는 사람의 얼굴이다.

동주야.

여자가 기어코 나를 부른다.

네게 꼭 하고 싶은 말이 있어.

여자가 카운터에 전화번호를 적은 메모를 내려놓는다. 내가 거스름돈으로 올려놓은 5백 원짜리 동전은 가져가지 않는다. 체리색 나무문이 열리고 여자가 완전히 사라질 때까지 나는 기다린다. 문에 달린 풍경이 절그럭 소리를 낸 뒤에야 여자가 남긴 메모를 쓰레기통에 버린다. 5백 원짜리 동전은 내 주머니에 넣는다. 이건 훔친 것이 아니라 버려진 것. 나는 들판 위 말라 죽은 풀들 위로 동전을 내던지는 상상을 한다. 그건 상상이 아니라 기억일지도 모른다.

승규는 늘 그 동전을 가지고 다녔다. 88올림픽 기념주화라고 했다. 5백 원짜리만 한 크기에 무게가 상당한 동전이었다. 앞면에는 무궁화가, 뒷면에는 얼굴이 동그란 호랑이의 전신이 그려져 있었다. 상모를 쓰고 머리를 삐뚜름하게 기울인 호랑이였다. 아니, 앞면이 호랑이, 뒷면이 무궁화였는지도 모른다. 앞면과 뒷면은 승규의 말에 따라 매일 바뀌었으니까.

승규는 아무 때 아무 곳에서나 불쑥 그 동전을 내밀었다.

앞? 뒤?

승규가 물었다.

앞.

내가 말했다. 승규가 동전을 허공에 던지면 주위를 둘러싼 모두가 동전이 그리는 포물선을 따라 고개를 올렸다 내렸다. 승규가 동전을 낚아채 자신의 왼쪽 손등에 올려놓았다.

앞? 뒤?

승규가 동전에 그려진 호랑이처럼 고개를 삐뚜름하게 기울이고 내게 다시 물었다.

앞.

내가 말했다. 승규는 동전을 덮고 있던 오른손을 떼자마자 내 뺨을 후려쳤다. 너무 순식간이라 손등 위에 놓인 동전이 앞면인지 뒷면인지, 무궁화인지 호랑이인지 확인할 겨를조차 없었다. 귓불이 터질 것처럼 뜨거웠다. 볼 안쪽에서 피가 솟았다. 내가 징징 울리는 귀를 부여잡고 어쩔 줄 몰라 하는 사이 승규는 돌아섰다. 아무 일 없었다는 듯 가벼운 걸음걸이로 가버렸다.

앞? 뒤? 승규가 물을 때마다 나는 따귀를 맞았다. 동전이 던져지면 수 초 내로 틀림없이 맞았다. 승규는 지나던 길에 발끝에 걸린 돌멩이를 차내는 것처럼 망설임 없이 나를 후려쳤다. 나는 화장실 소변기 앞에 서 있다가 맞았다. 강당에서 뜀틀 넘을 순서를 기다리다 맞았다. 급식실에서 버섯굴소스볶음을 식판에 덜다가 맞았다. 쓰레기를 버리러 가다가 소각장 앞에서 맞았다. 매일같이 있는 일인데도 승규가 내 뺨을 후려친 뒤엔 주변이 극도로 소란해졌다. 승규가 가버린 뒤에도 소란은 가라앉지 않았다. 나는 늘 소란의 중심에 있었다. 나를 놀리고 조롱하고 멸시하느라 소란해진 사람들 사이에 서 있는 건 지겨운 일이었다.

승규가 그랬던 것처럼, 나는 아무 일 없었다는 듯 휘휘 걸어 자리를 벗어났다.

20

소란에서 멀어지기 위해 승규를 흉내 냈다.

뺨을 맞는 일. 그게 특별히 부끄럽진 않았다. 뺨이 아니라도 나는 어디든 늘 맞았으니까. 내가 죽도록 부끄러웠던 건 나의 관성이었다. 앞? 뒤? 이죽거리며 승규가 물을 때마다 반사적으로 튀어나오는 나의 대답이었다. 정답이든 오답이든 상관없이, 오로지 뺨을 맞기 위해 발설되는 나의 대답이 죽을 만치 부끄러웠다. 내가 답을 하는 순간 게임이 성립됐다. 승규와 나의 수직적 위계가 거기 있었다.

*

너가 그 돈가스집 아들 아니냐?
아이고. 옆에 선 젊은 여자가 할머니 손을 꾹 눌러 쥔다. 옷섶을 아무리 당겨도 할머니가 알아채지 못한 탓이다. 젊은 여자는 내 눈치를 보며 노인네가 이제 나이가 들어서, 라고 변명한다. 할머니는 더 묻고 싶은 말이 있는 눈치지만 젊은 여자가 요령껏 할머니를 몰고 간다. 소파에 앉은 할머니는 금세 무릎을 쥐고 아고고, 하느라 나를 잊는다.
몸뚱이가 다 썩었다, 썩었어.
할머니의 푸념에 그렇지, 그렇지, 추임새를 넣으면서 젊은 여자가 내 눈치를 본다. 내가 물컵과 메뉴판을 챙기는 동안 속닥이는 소리가 들린다. 소란한 속에서도 또렷이 들린다.

아이고, 엄마도 참. 돈가스집 아들은 죽은 애고.

죽은 애고?

쟤는 개잖아. 그 집 아들이. 아유, 암튼 말하지 마요.

말하지 마. 그만해. 나는 그 말을 엄마와 변호사에게서 제일 많이 들었다. 경찰서에서 조사를 받는 중에도 그들은 내 팔죽지를 꽉 눌러 잡고 말했다. 네게 불리할 수 있어. 말하지 마.

나는 젊은 여자와 할머니가 주문한 것들을 테이블 위에 하나씩 내려놓는다. 놋그릇에 담긴 콩나물국밥은 잘 식지 않는다. 깍두기와 마늘장아찌, 간장에 조린 메추리알을 차례로 내려놓는 동안 나를 꼼꼼히 살펴보는 건 젊은 여자다. 할머니는 추위에 곱은 손가락을 뜨거운 물컵으로 녹이느라 바쁘다. 나는 시선을 눈치채지 못한 척 남은 것들을 내려놓는다. 양념간장이 담긴 작은 종지, 수저와 냅킨. 종소리가 울린다. 주방에서 음식이 준비되었을 때 서빙을 재촉하는 종소리다. 오래된 종은 속속들이 낡아 둔탁한 소리를 낸다. 땡 소리보다 픽 소리에 가깝다.

당연히 이 동네를 뜬 줄 알았는데.

주방을 향해 가는 내 뒤에서 젊은 여자가 말한다.

아직 여기 살고 있는 걸 보면 정말 헛소문인가?

뭐가?

할머니가 묻고,

돈가스집 아들, 쟤가 죽었단 소문 있었잖아.

젊은 여자가 답한다.

돈가스집 아들, 승규는 사고로 죽었다.

있을 법한 사고였다. 공사가 중단된 폐건물에서 중학생 아이 둘이 놀다가 한 아이가 떨어져 죽었다. 방치된 건물답게 아무런 안전장치도 되어 있지 않았기 때문이었다.

정보가 덧붙으면서 사고는 안타까운 비극이 됐다. 중학생 아이 둘이 하필이면 폐건물 옥상에서 놀았다. 옥상이지만 사실은 옥상이 아니고, 10층 건물을 짓다 관둔 7층에서였다. 공사는 합판으로 거푸집을 만든 뒤 시멘트를 부어 바닥을 굳히는 골조 작업 중 중단됐다. 아이들은 건물 바깥쪽을 빙 둘러싼 합판을 난간으로 착각했다. 의심 없이 거기 기댔던 아이가 합판이 부서지면서 떨어져 죽었다. 오랫동안 방치된 합판은 썩어 있었고 사고의 책임을 물을 대상은 불분명했다. 승규의 장례식이 진행되는 동안 떠돈 말들은 거기까지였다.

옥상에 있던 두 아이의 관계가 뒤늦게 밝혀지면서 사고는 사건이 됐다. 나는 경찰서로 상담소로 병원으로 불려 다녔다.

승규가 초등학생 때부터 너를 줄곧 괴롭혀왔다는 게 사실이니?

반 아이들의 신고로 학폭위가 열릴 뻔했는데 동주 네가 거부했다는 것도 사실이니?

사건이 있던 날, 승규가 너를 무차별 폭행했다는 증언이 나왔는데 그것도 사실이니?

나는 대부분 아니라고 답했다. 변호사의 조언에 따라 잘 모르겠다고, 충격이 커서 그날 일이 잘 기억나지 않는다고도 답했다.

승규가 죽거나 다쳤으면 좋겠다고 생각해본 적 있니?

나는 아니라고 답했다. 내게 질문했던 사람들은 하나같이 미심쩍어하는 표정을 지었다. 그러면서도 승규의 죽음을 불행한 사고로 종결짓고 싶어 했다. 학교 선생님들도 엄마도 마찬가지였다. 엄마는 내게 질문하는 모든 사람과 싸웠다.

우리 애한테 무슨 일이 있었는데요?

복어처럼 몸을 부풀린 엄마가 소리쳤다.

우리 애한텐 아무 일도 없었어요. 남자애들끼리 좀 치고받고 놀수도 있죠. 괴롭힘을 당했다니, 대체 누가요? 있지도 않은 일을 가지고 지금 우리 애를 살인범 취급하는 건가요?

엄마가 소리치는 동안 나는 가만히 서 있었다. 누구에게도 동조하지 않고 어디에도 시선을 두지 않았다. 두 팔을 원숭이처럼 늘어뜨린 채 서 있다가 누가 어깨를 두드리면 그 자세 그대로 꾸뻑 인사했다. 소란은 소문으로 이어졌다. 누군가는 소문을 불신하고 누군가는 소문을 맹신했다. 소문 속에서 나는 승규의 정강이를 걷어차기도 하고 승규를 등 뒤에서 힘껏 떠밀기도 했다. 학교 복도나 급식실에서 했다면 대수롭지 않을 행동들이었으나 난간이 없는 옥상에서는 그렇지 않았다. 그만큼 당했으니 동주 개도 한 번쯤은. 암만 억울해도 인간이 어떻게 그러냐. 누군가는 동조하고 누군가는 비난했다. 매일매일이 소란했다. 아무것도, 아무 말도 하지 않는 사람은 나뿐이었다.

＊

고등학교에 입학한 해 봄의 일이었다. 여자가 이틀 연속 나를 찾아왔다. 그전처럼 내 이름을 부르거나 통곡하지 않고 그저 바라만보았다. 학교 맞은편에 있는 문방구 차양 아래에서 몸을 잔뜩 웅송그리고 있다가 내가 교문을 나서면 말없이 뒤쫓았다. 거대한 혹 같은 게 등 뒤에 붙은 기분이었다. 나는 섣불리 뛰지도 방향을 바꾸지도 못한 채 걸었다. 집에 도착해 계단을 오를 즈음엔 어느새 사라지고 없었다.

사흘째 되던 날엔 비가 왔다. 여자는 커다란 우산을 들고 차양아래 서 있었다. 우산보다는 파라솔에 가까운 크기였다. 나는 교문을 나서자마자 문방구를 향해 걸었다. 차양 아래 여자와 나란히 섰다. 여자의 시선에서 벗어날 방법을 몰라서였다. 나란히 서거나 여자 뒤에 서면 집요한 시선에서 벗어날 수 있을 것 같았다. 여자는미동도 없이 서 있다 불쑥 말했다.

교복, 잘 어울린다.

여자의 머리 위쪽 차양이 불룩하게 늘어져 있었다. 빗줄기가 가는 봄비인데도 고인 빗물 양이 상당했다.

우리 승규한테도 잘 어울렸겠지.

우산 끝으로 차양의 가장 팽팽한 부분을 찌르는 상상을 하며 나는 여자의 말을 들었다. 언제쯤 진실을 말해줘, 라고 소리칠까. 나는 어떤 식으로든 여자가 원하는 진실을 말해줄 수 없었다. 엄마나 변호사가 원하는 진실도 내겐 없었다.

문득 이상하단 생각이 들지 뭐니. 이상하다, 이상하다 생각하다 보니 도무지 끝이 나질 않는 거야.

여자가 숨을 골랐다.

승규가 사고를 당했을 때, 네가 119를 불렀지? 사람이 떨어졌어요. 너는 그렇게 말했어. ……왜 너는 사람이라고 했니. 친구도 승규도 아니고 왜 그냥 사람이라고만. 그날 출동했던 구급대원도 그랬지. 승규를 구급차로 옮긴 뒤 네게 물었다고 했어. 가족이나 친구냐고. 그럼 구급차에 함께 타라고. 그때도 너는.

구급차 뒤칸을 활짝 열어둔 상태에서 구급대원은 내게 말했다. 친구분, 어서 타세요. 나는 아니라고 말했다. 아니라고, 나는 그 사람의 가족도 친구도 뭣도 아니라고. 구급차가 떠난 뒤에 나는 좁고 긴 흙길을 오래도록 걸어 집으로 갔다. 평소처럼 이를 닦고 샤워를 하고 손과 발에 크림을 바른 뒤 잠자리에 들었다. 배터리가 다 된 핸드폰도 충전하지 않았다. 승규가 죽었다는 얘기는 다음 날 엄마를 통해 들었다. 경찰이 사정 청취를 하러 올 거란 얘기를 듣자마자 엄마는 변호사부터 알아봤다.

너는 거기서 대체 뭘 했니.

그날 엄마가 내게 물었던 것과 똑같은 것을 여자가 물었다. 아무것도, 라고 나는 말해왔다. 엄마와 변호사에게 거듭 같은 말만을 했다. 아무것도 하지 않았어요. 아무 일도 없었어요. 여자의 머리 위로 터질 것처럼 부푼 차양을 바라보며 나는 대답했다.

26

동전을 주웠어요.

떨어진 것은 동전이었다. 나는 그 높은 곳에서도 동전이 승규의
주머니에서 튀어나와 날카로운 소리를 내며 굴러가는 소리를 들
었다. 동전이 흙바닥을 구를 때마다 뾰족하고 각진 마찰음이 끼깍
깍 끼이이익 깍 울렸다.

나는 계단을 따라 아래로, 아래로 내려갔다. 사방에서 풀썩이며
시멘트 가루가 날렸다. 건축 자재가 아무렇게나 널려 있는 곳에 승
규가 누워 있었다. 나는 그쪽을 쳐다보지 않으려 애썼다. 핸드폰
손전등을 켜 바닥을 비추자 멀지 않은 곳에서 빛이 반사되었다. 다
가가니 얼굴이 동그란 호랑이가 삐뚜름하게 고개를 기울이고 있
었다. 웃는 얼굴이었다. 앞? 뒤? 나는 그렇게 중얼거리며 동전을
주웠다. 아무도 대답하지 않았다.

＊

여자가 함박스테이크를 주문한다. 구운 파인애플을 도막도막 잘
라놓고 먹지 않는다. 노른자를 터뜨려 끼얹은 고깃덩어리를 죄다
으깨놓고 먹지 않는다. 여자는 물끄러미 나를 쳐다본다. 비린 것을
물고 삼키지도 뱉지도 못하는 표정으로 나를 본다. 동주야. 여자는
내가 지나다닐 때마다 작은 목소리로 나를 부른다. 나는 못 들은 척
움직인다. 요란한 소리를 내며 접시를 치우고 덜걱대며 테이블을

닦는다. 간이 싱크대에서 찻잔을 씻다가 커피잔을 하나 깬다.

폐점 시간이 될 때까지 여자는 움직이지 않는다. 으깬 고깃덩어리를 전시하듯 접시 위에 펼쳐놓고 다만 앉아 있다. 주방에서 나온 남자가 여자를 흘긋 바라보고는 신고해줄까, 묻는다.

아는 여자냐?

아뇨.

모르는 사람이에요. 내 대답에 남자의 얼굴이 한층 신중해진다. 앞치마를 돌돌 말아 손에 쥐고는 여자에게 다가간다. 나가요. 남자는 언제나 말이 짧다. 문 닫을 시간이니까 나가요. 여자가 잠자코 자리에서 일어난다. 체리색 나무문이 열리고 녹슨 풍경이 절그럭거린 뒤 사방이 고요해진다. 남자가 화가 난 얼굴로 엉망이 된 접시를 들고 온다.

음식에다 이게 뭔 짓이야. 너 진짜 모르는 사람 맞지?

몰라요.

나는 진심을 담아 말한다. 알 리가 없다. 이미 으깨진 것을 기어코 한 번 더 으깨놓는 사람의 마음 같은 건.

미도파는 매표소보다 10분 늦게 불을 끈다. 인사하러 들른 매표소 직원의 보온병에 팔고 남은 옥수수수프를 담아준다. 콩나물국을 담아줄 때도 있다. 나이가 지긋한 매표소 직원은 주방 남자의 먼 친척이라고 했다. 직원의 어린 아들이 터미널에서 놀다가 후진하는 고속버스 뒷바퀴에 깔려 죽었다는 이야기를 손님들에게 들었다. 저 사람이 원래 길 건너 모텔에서 청소 일 하던 사람이었단 말이야. 아들 죽고 나서 보상 차원으로 이런저런 말들이 나오다 터미널 정직원으로 취직시켜주겠단 얘기가 나온 거지. 같은 테이블에서 콩나물국밥을 퍼먹고 있던 손님들이 와글와글 떠들어댔다. 그래도 아들 죽은 곳에서 어떻게 그래. 목구멍이 포도청이지, 그럼 손가락 빨다 아들 따라 죽나? 테이블 위로 순식간에 비난과 동정이 넘쳐났다. 뭐가 어쨌든 저 사람 속은 어떻겠어. 함부로 말하지들 말자고. 누군가의 말에 사람들이 짐짓 근엄한 표정으로 고개를 끄덕일 때였다. 주방에서 나온 남자가 그릇 가득 담긴 뻥튀기를 테이블 중앙에 던지듯 내려놓았다. 남자는 매표소 직원이 작년에 근속 30년 기념 시계를 선물 받았다고 말했다. 직원의 아들은 어릴 때 터미널에 놀러 왔다가 버스 뒷바퀴에 다리가 깔린 이래로 터미널 근처에 얼씬도 하지 않는다고, 당연히 살아 있다고 말했다. 남자의 말에 손님들은 겸연쩍어하면서도 끝까지 우겼다.

사람이 잘못 알 수도 있는 거지, 그게 뭘 대수라고.

그건 대수로운 일이다. 사람에 대한 말은 어떤 것이든 다 대수롭다.

나는 나무문을 밀고 나와 오픈 팻말을 뒤집어놓은 뒤 퇴근한다. 터미널 안은 온통 캄캄하다. 터미널 밖도 캄캄한 건 마찬가지다. 나는 가로등 아래 빛이 고인 지점만 골라 밟으며 우산에 대해 생각한다. 내가 훔쳤던 좋은 것, 내 손을 마주 잡고 은근한 온기를 전해주던 길이 든 가죽에 대해 생각한다. 하지만 그 역시 죽은 동물의 껍데기에 불과하다.

나는 집을 향해 걷는다. 마른 풀로 뒤덮인 들판을 가로질러, 좁고 긴 흙길을 걷는다. 몇 차례 잔불이 인 탓에 들판 군데군데가 검게 그을려 있다. 불은 모두가 잠든 새벽 치솟았다가 흙덩이에 막혀 시름시름 꺼졌다. 풀이 새까맣게 변했을 뿐 달라진 건 없다. 흐릿한 탄내를 맡으며 나는 걷는다. 여자가 여남은 걸음 뒤에서 나를 쫓고 있다. 여자는 불 꺼진 대합실에서 마르고 긴 팔로 자신의 몸을 꼭 끌어안은 채 내가 나오길 기다리고 있었다. 나는 돌아보지 않고 걷는다. 갈림길이 나올 즈음 여자의 걸음이 빨라진다. 동주야. 크게 숨을 들이쉰 여자가 나를 부른다.

동주야.

나는 멈춰 선다. 나는 항상 멈추고 듣고 대답하는 쪽이었으니까 이번에도 그렇게 한다. 소란한 미도파 안에서는 못 들은 척할 수 있지만 여기선 아니다. 공사가 중단된 상가 건물 코앞에서, 들판의 마른 정적 안에서 나는 멈춘다.

네게 꼭 할 말이 있어.

여자가 다가와 내 앞에 선다. 나는 몸에 힘을 빼고 팔을 원숭이처럼 늘어뜨린다. 여자와 시선을 맞추지 않기 위해 노력한다. 여자가 손을 뻗어 내 손을 잡는다. 이미 죽어버린 동물처럼 여자의 손은 차갑고 딱딱하다. 미안하다. 여자가 말한다. 오랫동안 나를 괴롭게 만들어 미안했다고, 이제 자신은 성동을 떠날 것이라고 말한다. 남편은 계속 돈가스 가게를 할 테지만 자신은 아니라고, 섬에 있는 친정으로 돌아가 해풍 맞은 시금치를 키우며 살 거라고 말한다.

그동안 정말 미안했다. 진심이야.

여자가 말한다. 그러고는 뒤돌아 걷기 시작한다. 무겁지도 가볍지도 않은 걸음걸이다. 흙길이 끝날 즈음엔 무슨 일이 있었는지도 잊어버릴 것처럼 평범하다.

나는 처음으로, 여자에게 진실을 알려주고 싶다고 생각한다.

그날 나는 승규와 단둘이 옥상에 있었다. 처음엔 여섯이었다. 승규가 동전을 던지면 환호하던 무리가 폐건물에 함께 있었다. 해가 지면서 하나둘 자리를 떠나고 마지막엔 승규와 나 둘만 남았다. 밤이 늦어도 집에서 찾는 전화가 오지 않는 건 승규와 나 둘뿐이었다. 승규는 계속 계단을 올라가며 강아지 부르듯 나를 불렀다. 동주야, 쭈쭈쭈, 이리 온, 쭈쭈쭈. 옥상에 도착한 뒤엔 늘 그래왔듯 주머니에서 동전을 꺼냈다.

앞? 뒤?

승규가 물었다.

호랑이.

내가 답했다. 동전을 까부르던 승규의 손이 잠시 멈췄다.

호랑이?

승규가 다시 물었고,

호랑이.

내가 다시 답했다. 이 새끼 봐라. 승규가 비죽거리며 동전을 허공으로 던졌다. 평소보다 훨씬 높이, 떨어지는 타이밍을 가늠하기 어려울 정도로 세게. 동전이 시멘트 바닥으로 떨어져 날카로운 소리를 내며 굴렀다. 승규는 구르고 있는 동전을 콱 밟아 누른 뒤 쭈쭈쭈, 하고 나를 불렀다. 동주, 컴 온.

이게 호랑이가 아니면 말이야.

승규가 말했다.

이게 호랑이가 아니면, 넌 아구창을 존나 쎄게 맞는 거야. 어금니가 깨지도록 존나 쎄게. 마지막으로 딱 한 번 기회를 줄게. 앞? 뒤?

……호랑이.

승규가 발을 뗐다. 무궁화가 잔뜩 그려진 단면이 서서히 드러났다. 운도 존나게 없는 새끼. 승규가 낄낄대며 내게 다가왔다. 나는 뒷걸음질 쳤다. 난간이 등에 닿을 때까지 주춤주춤 물러섰다. 동전을 바지 주머니에 챙겨 넣은 승규가 양어깨를 번갈아 돌리며 풀었다. 요란하게 손목을 턴 뒤엔 오른손 주먹을 꽉 쥐었다. 왼손이 오른 손목을 단단히 움켜쥐고 있었다. 오락실 앞에 있는 펀치 기계를 칠 때와 똑같은 자세였다. 승규가 상체를 뒤로 깊게 젖힌다 싶더니 있는 힘껏 주먹을 내질렀다. 동시에 나는,

자리에 쪼그려 앉았다.

맞고 싶지 않다고 생각했다. 그뿐이었다.

균형을 잃은 승규가 허공으로 고꾸라진 건 순식간이었다. 내 몸에 다리가 걸리면서 하체가 붕 떴다. 썩고 축축해진 합판 벽이 무게

32

에 밀려 부서졌다. 승규는 비명을 지를 새도 없이 아래로 떨어졌다.

나는 그 모든 장면을 똑똑히 기억했다. 그러나 기억은 언제고 형태를 바꿔 나를 끌어들였다. 옥상 위 그 자리로 끝없이 나를 불러들였다. 어느 때의 나는 승규의 주먹에 얻어맞아 어금니가 깨졌다. 깨진 단면에 혓바닥을 깊게 베여 입 안 가득 피가 고인 채 옥상에서 내려왔다. 승규와 함께였다. 어느 때의 나는 승규에게 휩쓸려 공사장 바닥으로 굴러떨어졌다. 어느 때의 나는 내 머리 위로 막 넘어가려던 승규의 다리를 붙잡았다. 정강이를 꽉 끌어안고 승규의 무게를 견뎠다. 그리고 어느 때의 나는, 쪼그려 앉은 채 승규의 정강이를 힘껏, 있는 힘껏 밀쳤다.

거듭되는 상상은 현실보다 혹독했다. 나는 수없이 승규를 붙들고 수없이 승규를 밀쳤다. 매 순간 나는 필사적이었다. 오롯이 진심이었다.

여자는 흙길을 잘도 걸어간다. 넓은 보폭으로 흔들림 없이 앞을 향해 걷는다. 여자는 승규의 마지막이 어땠는지 끝까지 모른 채 살 것이다. 승규가 마지막의 마지막에 어떤 표정으로 나를 마주했는지 모른 채 섬에서 시금치들을 돌볼 것이다. 고요히 평화롭게 늙어갈 것이다. 그를 위해 나는 아무것도 하지 않는다. 끝끝내 아무 말도 하지 않는다.

제24회 이효석문학상

대상 수상작·가작선

너 머 의 　 세 계

연수는 골똘히 생각 중이었다. 유리문 안쪽으로 작고 납작한 머리통이 보였다. 곱슬곱슬하게 말린 머리칼이 정수리에 몰려 있어 아이는 어딘가 비죽하고 부자연스러워 보였다. 그것은 아이가 실제로 부자연스러운 행동만을 골라 하고 있기 때문이기도 했다. 아이는 아이스크림 냉동고 속에 상체를 밀어 넣고 한동안 멈춰 있었다. 컵아이스크림을 꺼내 뚜껑을 벗긴 다음 혓바닥으로 표면을 핥았다. 킁킁대며 냄새를 맡은 뒤엔 도로 뚜껑을 덮어 냉동고에 넣었다. 하드바를 바구니 가득 담아다가 하나씩 꺼내 부러뜨렸다. 알록달록한 포장지 위로 크게 한입 깨물기도 했다. 잇자국 난 하드바 역시 냉동고 속으로 들어갔다. 연수는 이 모든 광경을 유리문 너머에서 지켜보고 있었다.

무인점포 안에는 아이 한 명뿐이었다. 거리가 텅 빈 걸로 보아 아이가 바구니 속 하드바를 모두 부러뜨리기 전에 점포 안으로 손님이 들어갈 확률은 희박해 보였다. 연수가 문을 열고 들어가면 아이는 행동을 멈출 것이었다. 그러나 그 뒤엔? 연수의 생각은 걸음과 함께 줄곧 그곳에 멈춰 있었다. 가게에 들어간 뒤엔 어떻게 해야 하지. 아이를 흘긋 바라보는 것만으로 괜찮은가? 호통을 치거나 아이를 타일러야 하나? 한다면 어떤 말로?

여긴 CCTV가 있어. 그게 뭔지 아니?

연수는 자신이 할 수 있을 법한 말들을 줄 세워보았다.

그게 무슨 소리냐면, 네 얼굴이 커다랗게 인쇄되어 저기 자율계산대 옆에 붙게 될 거란 소리야. 네가 아이스크림을 핥는 장면과 부러뜨리고 쪼개는 영상이 이 동네 커뮤니티와 네가 다니는 학교 게시판을 도배하게 될 거란 소리야. 네 보호자가 보상을 하거나 사과를 할 때까지, 네가 알거나 모르는 모든 사람들이 네가 한 짓과 하려고 했던 짓, 아직 하진 않았지만 얼마든지 할 수 있었을 그런 짓들에 대해 떠들어대게 될 거란 소리란다.

감당할 수 있겠니?

머릿속에 차곡차곡 말을 쌓는 사이 아이가 바구니를 뒤집어 탈탈 털었다. 아이는 순식간에 냉동고에서 떨어져 나와 가게 뒷문을 통해 나가버렸다. 뒷문이 있었지, 참. 연수는 자신의 반대편에 위치한, 상가 내부 통로와 연결되어 있는 유리문을 바라보았다. 저쪽에서는 연수가 서 있는 곳이 뒷문일 것이었다. 안쪽과 바깥쪽, 앞문과 뒷문, 훈육과 학대. 연수는 그런 것들에 대해 잠시 생각했다. 손쉽게 구분되는 것 같지만 기준점이 조금만 바뀌어도 완전히 달라지게 되는 것들에 대해서.

연수는 가게 안으로 들어갔다. 아이가 내팽개친 바구니를 가져
다 다른 바구니들 위에 포개었다. 냉동고 안쪽으로는 시선을 두지
않았다. 연수의 업무는 가게 안 물건들을 가지런하게 정리하는 것
과 바닥을 닦는 것이었다. 부러진 하드바와 오염된 아이스크림의
처리는 연수의 몫이 아니었다.

연수는 하루 두 차례 열두 곳의 점포를 청소했다. 4천여 세대가
사는 아파트단지에 다섯 곳, 3천여 세대가 사는 아파트단지에 네
곳, 두 아파트단지 사이의 넓고 긴 길에 세 곳이 있었다. 문구류와
아이스크림, 밀키트와 반려동물용품으로 종목은 조금씩 달랐지만
열두 곳 모두 무인점포였고 열두 곳 모두 사장이 같았다.

―깨진 유리창 효과라고 알아요? 아, 모르시려나?

면접을 보러 갔을 때 젊은 사장은 피식피식 웃으며 연수에게 말
했다.

―거리에 깨진 유리창이 있으면 사람들이 그 주변 유리창도 모
조리 깨버린다는 뭐 그런 이론이 있어요. 이미 박살 나 있으니 하
나 더 깬다고 뭔 일이 생기겠어, 그러면서 다들 도덕적으로 해이해
진다는 거죠. 해이가 뭔지 아시려나? 아무튼, 상품 선반이 어질러
져 있으면 다른 손님들도 거리낌 없이 선반을 어지르거나 부수게
된단 뜻이에요. 바닥에 쓰레기가 버려져 있다? 그럼 그때부터 여
기는 쓰레기통이 된다 이 말이지. 사람들이 무인점포에 쓰레기를

얼마나 버리고 가는지 알아요? 그놈의 커피컵들 진짜, 내가 그거 땜에 스트레스받아서 무인카페는 안 차려요.

사장은 연수를 데리고 열두 곳의 점포를 돌았다. 연수는 사장이 시키는 대로 핸드폰 카메라로 간판 사진을 찍고 청소도구함 위치를 외웠다.

사장은 매일 밤 10시부터 새벽 3시까지 점포들을 돌며 전산을 처리하고 빠진 물건들을 채워 넣었다. 사장의 본업은 부동산업자로, 낮에는 다른 구에 있는 사무실에서 일한다고 했다. 부동산은 그리 바쁘지 않은 모양이었다. 사장은 점포 CCTV를 들여다보다 연수에게 아무 때나 전화를 걸었다. 3번 문구점에 누가 음료수 쏟았습니다. 7번 식품점 누가 밀키트 꺼내놓고 그냥 갔어요. 빨리 가서 냉장고에 넣으세요. 사장의 지시에 따른 일은 건당 별도로 계산되었으나 번거롭고 귀찮았다. 연수는 오전 6시부터 9시, 오후 6시부터 9시 이외에는 사장의 전화를 잘 받지 않았다.

청소 일로 연수가 받는 돈은 터무니없이 적었다. 그러나 누구와도 부딪지 않고 아무 생각도 하지 않아도 되는 일이었다. 치과 치료나 보일러 수리처럼 예상외 지출이 생긴 달에는 식비를 줄였다. 연수는 무거운 양배추 한 통을 사서 며칠에 걸쳐 삶아 먹고 채 썰어 먹고 볶아 먹었다. 단순한 노동을 하고 단순한 음식을 만들어 먹는 일, 연수가 감당할 수 있는 일은 고작 그 정도였으므로 연수는 현실에 만족했다. 일에도 급여에도 별다른 불만이 없었다.

연수가 양배추만 삶아 먹는 것은 아니었다. 양배추보다 훨씬 자주 삶아 먹는 것은 소면이었다. 굵은 소금을 넣어 삶은 소면을 차갑게 식혀 간장과 설탕, 들기름을 넣어 무친 것이 연수의 주식이었다. 날씨와 습도에 따라 날계란 노른자를 섞어 먹거나 김가루를 뿌려 먹었다. 남은 흰자는 아무렇게나 부쳐 먹었다. 흰자들을 모아 계란찜이나 계란말이를 해 먹으라고, 아니 그런 것보다 좀 다양한 음식을 먹으라고 연수에게 말했던 사람이 있었다. 누구였더라. 연수는 짭조름한 면을 빨아들이며 자신에게 충고했던 사람의 얼굴을 떠올렸다. 한꺼번에 돋아난 얼굴들이 겹치고 눌려 터진 노른자마냥 뒤섞였다.

연수는 너무 많은 사람들에게 조언과 충고를, 그보다 더 많은 사람들에게 비난과 조롱을 받으며 삼십대를 보냈다. 오 선생, 오 선생은 다 좋은데 사람이 무던하질 못해서 탈이야. 좀 느슨하게 살면 얼마나 좋아. 복도를 걷기만 해도 그런 말들이 연수의 어깨로 발등으로 뚝뚝 떨어졌다. 도덕적 해이는 모르겠지만 처음으로 유리창을 깨부순 사람의 마음이라면 연수는 알 듯도 했다.

―아줌마, 개 들어왔어요.

젊은 사장이 전화를 걸어 연수에게 말했다.

―11번 과일 가게 개 들어왔어요. 내보내세요.

연수는 흘긋 시계를 보았다. 5시 42분, 오후 출근 직전이긴 했다. 그래도 연수가 집에서 11번 가게까지 가려면 15분은 걸릴 터였다. 그 전에 알아서 나가지 않을까요? 연수가 말하자 사장이 짓씹듯 말을 뱉었다.

—어떤 개놈의 새끼가 안에다 개를 던지고 도망갔다고요. 오줌 싸기 전에 당장 치워요.

연수는 그렇게 했다.

그것은 아주 단순한 일이었다. 가게로 뛰어가 유리문을 활짝 열고 개가 나갈 때까지 기다리면 됐다. 대파 상자 옆에서 부들부들 떨고 있던 개는 오래지 않아 꼬리를 말고 뛰쳐나갔다. 얼굴과 꼬리에 털이 많은 개였다. 노란 줄무늬 옷을 입고 있었는데 옷 안쪽으로 분홍 살갗이 보였다. 옷을 입힐 거였으면 몸통 털은 뭐 하러 밀었을까. 연수는 그런 생각을 하며 문을 닫았다. 대파 상자를 비롯해 아래쪽에 놓인 과일과 채소 상자들을 먼지떨이로 가볍게 털었다. CCTV로 지켜보고 있었는지 사장에게서 다시 전화가 걸려 왔다.

—위쪽 선반도 전부 다 터세요.

연수는 그렇게 했다.

개새끼 쫓아내듯 저 여자가 그랬다고요.

연수 안에서 누군가 억울한 목소리를 냈다. 연수는 파프리카 봉지들을 일렬로 세우며 그것을 들었다. 가늠할 수 없을 만큼 많은 목소리들이 연수 안에 고여 있다가 아무런 맥락 없이 치솟곤 했다. 어떤 목소리는 피리 소리처럼 가늘고 집요해서 온종일 귓바퀴를 따라 빙빙 돌았다. 커다란 주물 냄비가 떨어지는 것처럼 묵중한 탁음이 심장 근처에서 둥둥 울릴 때도 있었다. 이번 것은 날계란처럼 미끄덩하고 비린 목소리였다. 개새끼 쫓아내듯. 연수가 말을 곱씹

42

었다.

직접 해보니 개를 쫓아낼 때는 별다른 힘이 필요치 않았다. 그렇다면 그건 개의 문제가 아니었을까. 열린 문으로 허둥지둥 나가버리는 개에게 연수는 아무것도 하지 않아도 됐다. 주변을 물고 뜯고 짖고 날뛰는 개였다면 올가미로 잡아채든 널빤지로 밀어내든 했어야겠지. 그렇다면 그때 연수는 이렇게 되묻는 게 나았을지 몰랐다. 제가 쫓아낸 것보다 댁의 아이가 개새끼처럼 군 게 더 문제이지 않을까요?

감당할 수 있겠어?

아니. 연수가 고개를 저었다. 감당할 수 없기 때문에 연수는 도망쳤다. 연수가 휴직계를 냈을 때 절반의 사람들은 위로했고 절반의 사람들은 외면했다. 어느 쪽도 연수가 학교로 복귀할 거라고는 믿지 않는 눈치였다. 그랬을 것이다. 연수 자신도 믿지 않았으니까. 그래도 연수는, 한 번은 돌아갔었다.

＊

개를 찾는 전단지가 여기저기 붙어 있었다. 연수는 열두 개의 점포를 도는 동안 모든 전봇대와 모든 담벼락에서 전단지를 보았다. 사진 속 개는 얼굴에 유난히 털이 많았다. 끝없이 뻗어 나올 것처럼 곤두서 있는 털들이 기이하고 억세 보였다. 비를 맞아도 좀처럼 가라앉을 것 같지 않았다.

노란 줄무늬 옷을 입고 있음. 겁이 많으니 절대 잡으려 하지 마시고 제게 연락 주세요. 유효한 제보에도 사례합니다. 개를 찾는 사람의 당부가 문장마다 서려 있었다. 디스크가 심해 몸통이 구부러져 있습니다. 뒷다리를 절어요. 그 개가 다리를 절었던가? 잘 기억나지 않았다. 연수는 전봇대 하나를 지날 때마다 문장을 하나씩 끊어 읽었다. 마지막 문장은 이랬다.

개가 도로로 자꾸 뛰어들어 어느 분이 무인점포 안으로 개를 넣어주셨다고 해요. 제보 부탁드립니다.

개에게 붙은 사례금은 50만 원이었다. 감사와 안도를 표하기에 50만 원이 적정한 액수인지 연수는 알지 못했다. 불안의 강도에 비례한다면 2주일 뒤쯤엔 사례금이 백만 원으로 오를지 몰랐다.

연수는 자신에게 당도하지 못한 것들에 대해 생각했다. 어떤 것은 재물의 형태로 어떤 것은 말의 형태로 떠올랐다. 연수를 제외한 사람들이 임의로 산정한 금액과 연수만이 동의하지 못한 말들. 잃어버린 개를 찾기 위해 지불되는 사례금 50만 원과 학부모에게 머리채를 잡힌 교사에게 지불되는 위로금 50만 원.

—아줌마, 개 어디 갔어요?

과일 가게 문을 열자마자 한 남자가 연수를 붙들었다.

—그거 나거든요. 개를 여기다 넣어준 사람이 나였거든요. 그 개 어디 갔어요?

—난 몰라요.

연수가 말했다. 자신에게 당도한 모든 순간에 연수는 그렇게 답

변해왔다. 난 몰라요. 난 못 봤어요. 나는 정말 그런 적 없어요.

처음엔 들키고 싶지 않아서였다. 연수는 아무에게도 들키고 싶지 않아 모든 것을 비밀로 했다. 작은 현판이 붙은 교실을 떠올릴 때마다 구토와 어지럼증이 솟는다는 걸, 교실 문을 열고 들어가는 순간 호흡이 가빠진다는 걸, 교탁 앞에 서면 시야가 급격히 줄어들면서 머릿속에 암흑이 찾아온다는 걸 아무에게도 말하지 않았다. 그러나 연수가 아무리 애를 써도 들키는 것이 있었다.

시작은 교실 뒷문에서부터였다. 연수는 3교시 수업을 위해 2학년 1반 교실로 향하고 있었다. 15초짜리 수업 시작종이 끝난 참이라 마음이 급했다. 길쭉한 복도는 텅 비어 있었다. 중학교 건물 북쪽 끝에 위치한 2학년 1반은 사방이 벽이라 외떨어진 느낌이 강했다. 어느 교실에선가 선생님 목소리가 흘러나왔다. 아직도 자리에 안 앉은 놈 뭐야! 연수는 발소리가 울리지 않도록 뒤꿈치를 들고 서둘러 걸었다. 우선 가까운 뒷문으로 들어가 태연한 척 아이들을 둘러보며 교탁까지 가면 되겠지. 그런 생각으로 연수가 교실 뒷문에 다다랐을 때였다. 탕, 소리와 함께 코앞에서 잘리듯 문이 닫혔다. 미닫이문이 아닌 여닫이문이었다면 손가락이나 돌출된 부위 어딘가가 말려들어갔을 법한 세기였다. 문 위쪽에 난 작은 창으로 한모가 보였다. 처음에 한모는 거기 선생님이 있을 줄 몰랐다는 듯 놀란 표정을 지었다. 그러나 연수와 눈이 마주친 뒤엔 돌연 표정을 바꾸었다.

연수는 그때 자신이 할 수 있었을 말과 행동들을 떠올렸다. 곧바로 교실 문을 연 뒤 한모에게 호통을 칠 수도 있었을 것이다. 누가 이렇게 문을 세게 닫아, 뒷사람 다치면 어쩌려고! 한모를 짐짓 놀리며 분위기를 바꿔볼 수도 있었을 것이다. 너 아무리 수학 수업이 싫대도 그렇지, 선생님을 내쫓아? 별다른 말 없이 문을 열고 들어가 교탁을 차지하는 방법도 있었을 것이다. 그러나 연수는 그렇게 하지 않았다. 연수는 뒷문으로부터 한모로부터 한 발짝 두 발짝 멀어졌다. 심호흡을 하며 천천히, 복도를 다시 걸었다. 교실 앞문을 열고 들어서자 여전히 교실 뒤에 서 있던 한모가 히죽 웃었다. 연수에게서 조금도 시선을 떼지 않은 채였다.

한모는 소문이 좋지 않은 학생이었다. 늘 구설수에 올랐고 교무실에 자주 불려 왔다. 각기 다른 아이들과 각기 다른 이유로 화해를 종용받거나 상담실에 갇혀 반성문을 작성했다. 사람을 때리거나 물건을 부수는 일은 없었지만 누군가에게 얻어맞거나 다치는 일이 잦았다. 집단 괴롭힘인가? 처음엔 걱정스러운 눈으로 한모를 지켜보던 선생들은 한 달이 채 지나지 않아 혀를 찼다. 한모는 누군가에게 끈질기게 이죽대다 얻어맞았다. 계단 난간에서 슬라이딩을 하거나 건물 외벽을 기어오르다 떨어져 다쳤다. 1반 교실에 빈자리가 생기면 그것은 틀림없이 한모의 자리였다. 그래도 나쁜 애는 아니에요, 반항은 안 하잖아요. 1반 담임이 그런 말로 과목 선생들을 달랬다. 중학생이 다 그렇죠. 관심받고 싶어 하고 미숙하고 제멋대로고.

관심받고 싶어 하는 미숙한 한모가 연수에게 한 일은 그저 문을 닫는 것이었다.

문은 연수의 코앞에서 닫혔다. 이번엔 앞문이었다. 연수는 수업 시작종이 끝나기 직전에 2학년 1반 교실에 도착했다. 활짝 열려 있는 앞문으로 다가서는 순간 탕, 문이 닫혔다. 이번에도 한모였다. 연수는 키득대며 자리로 뛰어들어가는 한모를 내버려두었다. 장난 치지 마라. 그런 말을 한마디 던지긴 했다. 놀라긴 했지만 대수롭지 않은 장난이었으니까. 연수는 한모를 잘 모르니 담임선생의 말이 맞을 것이었다. 나쁜 애는 아니에요. 지금까지의 일들로 가늠해 보건대 한모는 나쁜 애라기보다 귀찮은 애, 성가신 애에 가까웠다.

다음 수업 때도 한모는 문을 닫았고, 이번엔 문 앞에 버티고 섰다. 연수는 그제야 뭔가 잘못됐다고 느꼈다. 선생 주위를 얼쩡대거나 꽂힌 것에 집요해지는 건 관심받고 싶어 하는 아이의 특징이었으나 문 앞에 뻗대고 선 한모는 뭔가 달라 보였다. 어라? 선생님 거기 계셨어요? 닫힌 문을 사이에 두고 연수와 마주 선 한모가 한껏 과장된 어투로 말했다. 선생님이 너무 쬐끄매서 안 보였어요. 한모가 어깨를 으쓱해 보였다. 자리에 앉은 아이들 몇이 한모와 함께 키득댔다.

한모는 문을 반만 열었다. 덩크 슛 하듯 양손으로 나무문 위틀을 잡은 뒤 느릿느릿 몸을 흔들었다. 그러게 빨리 들어오셨어야죠. 우리 담임쌤은 수업 종 울리면 문 안 열어준다고요. 키가 큰 한모가 상체를 구부려 연수의 정수리를 내려다보았다. 한모의 옆구리 쪽으로 비좁은 틈이 생겼다. 연수는 거길 비집고 한모의 겨드랑 밑을 지나 교실로 들어가는 일만큼은 하고 싶지 않았다. 다시 복도를 걸어 뒷문으로 들어갈까. 연수는 고민했다. 그러다 한모가 또 뒷문을 막으면? 밀치고 들어가나? 저 큰 몸을 밀칠 수 있나? 연수가 망설이는 사이 한모가 드르륵, 문을 마저 열었다. 건들거리던 몸도 뒤로 물리려는 듯했다. 연수가 다리를 움직이자 한모가 왁! 연수 머리 위에서 소리쳤다. 소스라친 연수를 몸을 기울여 빤히 들여다보며 히죽거렸다.

—햄스터 같아. 귀여워요, 선생님.

—이게 무슨 짓이야?

연수가 정색을 하고 말했다. 책을 움켜쥔 손이 부들부들 떨렸다. 한모가 몸을 잔뜩 꼬부리고는 죄쏭함다, 죄쏭함다 외치며 자리로 들어갔다. 커다란 몸을 우스꽝스럽게 구기고 경중경중 뛰는 통에 아이들이 와르르 웃었다. 연수는 더 이상 화를 내지도, 함께 웃어버리지도 못한 채 어정쩡하게 서 있었다.

—한 번만 더 이런 장난치면 너.

연수가 말을 멈췄다. 한모에게 무서운 게 뭐지? 수행평가 점수를 깎는 것? 한모는 이미 중간고사 주관식을 전부 백지로 낸 일이 있었다. 한모는 너무 많은 반성문을 썼고 너무 잦은 징계 속에 있었다. 교장실 옆에 걸린 액자를 박살 낸 죄로 이틀 동안 체육관 청소를 했을 때도 한모는 뜀틀을 부수고 배구공 바람을 빼놓았다. 오올, 햄쌤 고민한다, 고민해. 목소리들이 점점 더 커졌다. 조용히 안

해? 연수가 소리치자 이번엔 반대편에서 웃음소리가 났다. 오올, 저러다 물겠는데? 누구 해바라기씨 없냐? 소곤댄다기엔 너무 큰 목소리였다. 한모가 자리에서 일어나더니 더 큰 소리로 외쳤다. 선생님, 정말 잘못했씀다, 다씬 안 그러겠씀다, 반성하고 있씀다! 박자에 맞춰 90도로 몸을 꺾어대는 통에 아이들이 자지러지게 웃었다. 웃지 못하는 사람은 연수뿐이었다.

훗날 연수는 후회했다. 무슨 짓이야, 라고 외친 뒤엔 그게 무슨 짓인지 좀 더 험악하고 살벌한 방식으로 정의했어야 됐다고. 적어도 제 입으로 그것을 '장난'이라 명명해선 안 됐다고 말이다.

—아직 중학생이잖아요.

1반 담임은 연수에게 판 초콜릿 하나를 내주며 말했다. 스트레스받을 땐 단걸 먹어줘야 돼요. 선생님이 너무 예민하게 반응하면 애들은 그게 재밌어서 더 짓궂게 굴거든요. 1반 담임은 시종일관 한모를 초등학생 설명하듯 말했다. 짓궂고 심술궂고 철없는 애. 정말 그런가? 연수는 입 안에 담긴 말들을 초콜릿과 함께 씹어 삼켰다. 문을 가로막고 서서 느른하게 허리를 흔들어대는 한모가 정말 심술궂은 어린애일 뿐인가? 그러나 그 순간의 불쾌감은 연수만이 느낄 수 있는 어떤 상태에 불과했다.

—애들이 앞문으로 다니지 못하도록 충분히 주의를 줄게요. 선생님도.

1반 담임이 시계를 흘긋 건너다보며 말했다.

—선생님도 좀 서둘러 다니시는 게 어때요? 시작종 울렸을 때

복도에 있는 사람은 선생님뿐이거든요.

＊

비가 내리는 날이면 연수는 수시로 점포를 돌았다. 그런 날은 특
별 수당을 받았다. 연수는 열두 곳의 점포 바닥에 흥건하게 고인
구정물을 닦아내고 선반 위에 올려둔 누군가의 우산을 치웠다. 물
은 생각지 못한 곳까지 번지고 파고들어 구석구석 꼼꼼히 살펴야
했다. 비 오는 날 가장 큰 피해를 입는 건 문구점이었다. 아이 손바
닥만 한 크기의 얇은 상자들은 쉽게 젖고 쉽게 찢어졌다. 아이들은
자신의 책가방에 빗물이 고인 줄도 모르고 선반 사이 좁은 길을 뛰
어다녔다. 아무 곳에서나 우산을 접고 펼쳤다. 아이들의 대수롭지
않은 행동에 많은 것이 쓸모없어졌다. 연수는 햄스터와 토끼를 만
드는 양모펠트키트와 캐릭터메모지, 포토카드 같은 것들을 솎아
선반 아래 수납장에 넣었다.

상가 화장실에서 꽉 짠 물걸레를 들고 문구점으로 돌아왔을 때
였다. 연수는 연필심을 정성껏 핥고 있는 아이와 마주쳤다. 곱슬곱
슬하게 말린 머리칼이 정수리에 몰려 있는 아이였다. 가까이서 보
니 유난히 체구가 작고 목이 길었다. 아이는 양손에 연필을 하나씩
쥐고 번갈아 심을 핥고 있었다. 그러면 안 돼. 그건 더러워. 연수는
자신의 입에서 튀어 나간 소리가 생각보다 커서 놀랐다. 아이가 눈
을 둥그렇게 뜨고 연수를 돌아보았다. 뒷문으로 사람이 들어올 줄

은 몰랐던 모양이었다.

연수는 무인계산기 옆 진열대에서 막대사탕을 하나 꺼냈다. 딸기생크림 맛을 꺼냈다가 콜라 맛을 하나 더 꺼냈다. 아이의 양손에서 연필을 빼내고 뺀 자리에 사탕을 하나씩 끼워 넣었다. 아이가 입고 있는 우비에서 물이 후드득 바닥으로 떨어졌다. 아이는 사탕을 핥는 대신 연수를 빤히 바라보았다. 아이에게서 등을 돌린 연수가 바닥 물기를 닦기 시작했다.

학교에 휴직계를 낸 뒤 연수는 아무 일이나 했다. 반찬 가게에서 알마늘장아찌와 들기름묵은지볶음을 정해진 그램 수대로 나눠 플라스틱 용기에 포장한다거나 동네 카페에서 아메리카노와 무화과 스콘 같은 것들을 받아 주문한 집 문고리에 걸어둔다거나 하는 일들. 하나같이 단순 명료한 일들이었다. 무엇을 가늠해보거나 의심할 필요 없이 정해진 만큼만 일하고 정해진 만큼의 급여를 받았다. 아무것도 눈치챌 필요가 없었다. 연수는 그게 좋았다.

반찬 가게에서 1반 담임과 마주치기 전까지 연수의 일상은 제법 평화로웠다.

—오 선생이 왜 여기 있어?

연수는 자신에게 내밀어진 무나물과 궁채나물무침을 비닐봉지에 넣다 말고 멈춰 섰다. 아니, 우리 오 선생이. 1반 담임이 연수의 손을 냅다 끌어다 쥐더니 억울한 목소리를 냈다. 이이가 이런 데서 일할 사람이 아닌데. 사장님, 우리 오 선생 나랑 같은 중학교 선생이었거든요. 오해 때문에 약간 트러블이 생겨서 그렇지, 그만두기 전까지 얼마나 착실한 사람이었다고요.

연수는 가만히 놀랐다. 나는 그만둔 사람, 이미 선생이 아닌 사람이었구나. 대체 언제부터? 1반 담임이 잡은 손을 마구 흔들어대는 바람에 비닐봉지가 이리저리 젖히고 구겨졌다.

―오 선생, 힘내. 아니, 이제 연수 씨라고 불러야 하나. 암튼 기운 내요. 파이팅!

순식간에 말을 쏟아낸 1반 담임이 가게를 나간 뒤로 연수는 고장 난 것처럼 멈춰 있었다. 연수 씨, 뭐 해, 기운 내야지. 반찬 가게 사장이 연수를 툭 치고 지나갔다. 오 선생, 이런 데서 반찬이나 싸고 있어도 되겠어요? 파이팅 해야지! 조리실에서 고개를 내민 누군가가 이죽거렸다. 근데 '약간의 트러블'로 선생 철밥통이 깨지기도 하나?

연수는 자기도 모르게 꽉 쥐고 있던 손을 폈다. 눌려 있던 봉지를 펼치자 불규칙한 잔금들이 지저분하게 얽혀 있었다. 그런 건 못써. 저리 치워. 조리실로 들어가던 사장이 면박을 줬다. 연수는 봉지를 손바닥만 한 작은 사각형으로 접은 뒤 주머니에 넣었다. 오해로 인한 약간의 트러블이라니. 연수가 중얼거렸다. 과연 그런가. 고작 그런가.

한모의 부모가 학교에 오는 일은 흔했다. 연수는 상담실로 나란히 들어가는 한모와 한모 어머니를 보았다. 저 정도면 출근 쿠폰

찍어드려야 하는 거 아냐? 열 번 찍으면 한 번은 비대면 처리해드리고 말이야. 누군가 던진 농담에 실소가 따라붙었다. 한모 어머니는 교무실에 들어선 순간부터 여기저기 고개 숙이기 바빴다. 이번엔 뭐래요? 연수가 묻자 누군가 별것 아냐, 라고 답했다. 천장 에어컨에 매달렸다가 뚜껑이랑 같이 떨어졌다나 봐요. 아냐, 그거 아니고, 불에 달군 동전을 애들한테 던지다 끌려온 거예요. 팔에 맞은 애가 화상을 당했대서. 동전을 달궈요? 뭘로? 라이터로요. 그래서 복잡해졌죠.

연수는 상담실 앞을 서성였다. 마침 점심시간까지 수업이 없었다. 그리고 마침, 한모 어머니에게 해야 할 이야기가 있었다. 생활 기획 담당 선생이 한모를 데리고 나간 뒤에도 1반 담임은 한모 어머니와 오랫동안 이야기했다. 저도 한모 어머니와 잠시 이야기해도 될까요? 1반 담임은 의아한 표정을 지었으나 이내 자리를 피해주었다. 상담실 안쪽으로 고개를 푹 숙인 한모 어머니가 보였다.

―한모 어머님, 드리고 싶은 말씀이 있는데요.

그녀가 고개를 들 때까지 연수는 기다렸다. 한모 어머니의 작은 체구와 움츠린 어깨, 책상 위로 올린 희고 둥근 손등 같은 것이 연수를 자꾸 망설이게 만들었다. 말을 할까 말까. 머릿속 말을 고르느라 제법 시간이 걸렸다. 이윽고 한모 어머니의 둥근 코끝이 연수를 향했다.

―한모가 사람과 거리 조절을 못 하는 게 아무래도 신경 쓰여서요. 한모는 스스럼없고 매사 적극적인 성격이잖아요? 그러다 보니

저기, 상대에게 너무 바짝 붙어 얘길 하거나 얼굴이나 신체를, 들이밀거나 해서 상대방이 불쾌해할 때가 있더라고요. 남학생들은 시비 건다고 느낄 수도 있고…… 실제로 한모가 남학생들과 불화가 좀 있는 편이잖아요.

연수는 조심스레 상대의 안색을 살폈다.

—그런 행동은 그러니까, 여학생들이나 여선생에게는 저기……
너무 달라붙거나 몸을 흔들거나 하면 상대가 성적 불쾌감을 느낄 수도 있거든요. 그러니까 제 말은요, 어머님.

—우리 애가 성추행이라도 한다는 거예요?

한모 어머니가 자리에서 벌떡 일어났다. 그런 게 아니라요. 연수가 당황하는 사이 성큼성큼 다가든 한모 어머니가 연수의 머리채를 잡은 건 순식간이었다.

—그러니까 지금 내 아들이 성추행범이란 소리야? 그게 선생이란 년이 학생한테 할 소리야?

억센 손이 휘두르는 대로 연수가 이리저리 허정댔다. 정수리께에서 우두둑 소리와 함께 뜨거운 통증이 솟았다. 연수를 바닥까지 끌어 내릴 작정인지 머리채를 쥔 손이 아래로 아래로 내려갔다. 이마를 바닥에 들이박는 수준이 되어서야 연수는 비명을 질렀다.

누군가 상담실로 뛰어들어와 한모 어머니를 말렸다. 저년이 지금 내 아들한테! 저 쌍년이 지금! 나동그라진 연수가 바닥을 기어 몸을 피했다. 웅성대는 소리가 커지며 점점 더 많은 사람들이 상담실 안으로 뛰어들었다.

그런 일을, 약간의 트러블이라 말해도 좋은 걸까.

한모 어머니가 연수에게서 딱 한 줌의 머리카락만 뜯어 갔으므로 그것을 피해의 전부라고 말해도 되는 걸까. 상담실에 뛰어든 사람들은 바닥을 개처럼 기어다니고 있는 연수의 모습을 모두 보았다. 연수는 산발을 한 채 바닥에 쓰러져 한모 어머니가 쏟아내는 폭언과 욕설을 한참이나 들어야 했다. 뒤늦게 정신이 든 누군가가 연수를 부축해 보건실로 옮겼다. 마침 점심시간 종이 울렸고, 쥐어뜯긴 연수의 모습을 급식실로 향하던 학생들이 보았다. 연수가 한 말과 하려고 했던 말, 아직 하진 않았지만 얼마든지 할 수 있었을 그런 말들에 대해 학교 안의 모든 사람들이 떠들어대게 된 건 그 때문이었다.

한모 어머니는 보름 동안 매일같이 학교에 찾아왔다. 아들이 억울한 누명을 썼다고, 파렴치한 선생이 자신의 아들을 성범죄자로 몰고 있다고 아무 곳에서나 울고 소리쳤다. 오로지 학교로만 찾아와 학교 안에서만 연수를 비난했다. 그나마 다행한 일이라고 교장과 교감은 말했다. 학교 내에서 어떻게든 해결할 수 있으니 다행이라고, 교육청에 민원을 넣거나 했으면 일이 복잡해졌을 거라고 말했다. 그들은 연수에게 소명할 기회를 주기도 했다.

—오 선생이 당한 일을 전부 말해봐요.

분명한 어조로 모두가 말했다. 그래서 무슨 일을 당했나요? 그애가 오 선생에게 무슨 짓을 했지요?

연수는 앞치마를 벗어 카운터 위에 올려놓고 반찬 가게를 나왔다. 그들의 말대로라면 연수에겐 아무 일도 벌어지지 않았다. 머리채를 잡힌 일이 오해로 인한 약간의 트러블에 불과하다면, 치료비 겸 위로금 50만 원으로 모든 것이 해결됐다면 연수가 학교 밖을 떠돌 이유가 없었다.

연수의 복귀에 가장 놀란 사람은 1반 담임이었다. 어쩐 일인지 교내에 학교를 그만둔 연수가 반찬 가게를 차렸다는 소문이 파다하게 퍼져 있었다. 연수 씨, 아니 오 선생. 정말 괜찮겠어? 1반 담임이 물었다. 그럼요. 연수는 고개를 끄덕였다. 제가 괜찮지 않을 일이 뭐가 있겠어요.

연수에게 배당된 반은 이전과 똑같았다. 연수는 2학년 1반부터 6반까지의 수학 수업을 맡았다. 한모는 여전히 1반에 있었다. 학교의 논리대로라면 연수와 한모를 분리시킬 어떠한 근거도 없기 때문이었다. 반을 강제로 이동시키는 건 학생에게 상당한 위기감을 주는 폭력적 징계입니다. 교장은 연수를 꾸짖듯 말했다. 그런 걸 요구할 생각 말고 앞으로 학생들을 어떻게 보듬어 안을지나 연구하세요. 오 선생이 예민하게 구는 바람에 얼마나 많은 사람들이 피해를 본 줄 아십니까? 연수의 맞은편에 돌연 계약을 종료당한 기간제 교사가 앉아 있었으므로 연수는 입을 다물었다.

연수는 길고 긴 복도를 걸어 1반 교실로 향했다. 아직 수업 시작 종이 치기 전이었다. 연수는 천천히, 사방을 두리번대며 조심스레 걸었다. 언제 어느 모퉁이에서 한모 어머니가 튀어나와 바닥에 드러누울지 몰라 두려웠다. 어떤 학생들이 손가락질하며 연수를 뒤쫓을지 무서웠다. 오 선생은 왜 애들을 애들로 안 봐? 다른 선생들까지 피곤하게 만들지 말고 정신 차려요. 감당도 못 할 일을 왜 자꾸 벌여, 벌이길. 어느 선생이 연수의 어깨를 함부로 잡아채 훈계할지 몰라 식은땀이 흘렀다. 도무지 끝날 것 같지 않은 복도를 연수는 계속 걸었다. 2학년 1반 뒷문을 지나 낮은 창문을 지나 걸었다. 그곳에 활짝 열린 앞문이 있었다.

∗

연수가 7번 점포를 청소하고 있을 때였다. 국내산 소고기로 만든 애견용 육포와 칠면조힘줄오리링을 가지런히 나열하던 연수는 포장 귀퉁이가 뜯긴 상품 여러 개와 마주쳤다. 전부 이로 뜯긴 자국들이었다. 육포 몸통에도 잇자국이 선명했다. 들쭉날쭉한 치열 때문에 오히려 개의 이빨로는 보이지 않았다. 연수는 그것들을 내버려둔 채 반대쪽 선반을 닦았다.

　―말씀 좀 묻겠습니다. 실종 신고가 들어와서요.

　경찰 두 명이 연수를 불러 세웠다. 한 명은 앞문으로, 다른 한 명은 뒷문으로 들어와 연수를 압박하듯 둘러쌌다. 통로가 좁은 것뿐이었지만 연수는 어쩐지 숨이 막혔다.

　―실종 전단지라면 저도 봤는데요. 저는 잘 몰라요.

　―전단지요? 요즘 누가 전단지로 실종자를 찾아요. 안전 안내

문자 못 보셨어요?

경찰이 핸드폰 속 사진을 연수에게 내밀었다. 실종자 서현준 8세 남아, 신장 110센티미터, 줄무늬 티셔츠와 반바지 차림에 마른 체격, 보신 적 없으십니까?

―개가 아니라요?

―개 말고요. 남자아이, 무인점포에 자주 드나들었다는데 마주친 적 없으세요? 가장 최근에 보신 게 언제입니까?

사진 속 아이는 곱슬곱슬하게 말린 머리칼이 정수리에 몰려 있었다. 하관이 좁고 목이 길어 어딘가 부자연스러워 보이는 생김새였다. 허리가 굽은 누런 개 말고요? 연수가 중얼거리자 경찰이 불쾌한 낯빛을 했다. 무슨 개 얘기를 자꾸, 사람이라고요, 사람. 어린아이라 한시가 급해요. 오늘이나 어제 보신 적 없어요?

―육포를…….

―네?

―저기서 육포를 뜯어 먹고 갔어요.

연수가 잇자국이 나 있던 육포 선반을 가리키자 뒤에 있던 경찰이 화를 냈다. 이분이 진짜, 저건 개 간식이잖아요, 개 말고요, 선생님. 남자아이요. 선생님이라는 말에 연수가 몸을 움츠렸다. 애 잃어버린 부모 심정이 어떨지 헤아리셔서요, 네? 잘 생각해서 말씀해주세요. 여기 CCTV 기록 어디서 봅니까? 선생님이 여기 사장님이세요?

사장의 입회하에 CCTV 기록을 확인한 경찰들은 당황한 기색이 역력했다. 줄무늬 티셔츠에 반바지 차림의 아이는 점포로 들어와 선반에 있는 물건들을 느리게 살폈다. 이것저것을 들어 코에 가져다 대고 귓가에서 흔들고 혀로 핥아보기를 반복하다 국내산 소고기로 만든 육포를 손에 쥐었다. 이로 물어뜯고 내버리고 이로 물어뜯고 내버리고. 이윽고 튀어나온 육포 귀퉁이를 조금씩 잘라 먹는지 아이는 연수가 가리켰던 선반 앞에 오래 머물렀다.

CCTV를 보는 내내 사장은 연수를 노려보았다. 경찰들이 돌아간 뒤에도 한참을 씨근대며 점포 안을 서성였다. 무인계산기 현금통을 연 사장이 만 원짜리 너덧 장을 꺼내더니 연수에게 집어 던졌다.

—그거 갖고 여기서 꺼져요, 아줌마.

경찰들이 아이가 점포에 들어온 시간과 나간 시간, 특이 사항이나 변동 사항은 없는지를 확인하는 동안 사장은 화면의 다른 곳을 보고 있었다. 놀라울 정도로 넓은 각도의 화상도 높은 화면에는 상가 통로에 서 있는 연수의 모습이 선명하게 찍혀 있었다. 연수는 골똘한 표정으로 유리문 뒤에 서 있었다. 육포를 핥고 뜯고 씹는 아이를 가만히, 그저 가만히 지켜보고만 있었다.

—부끄러운 줄 아세요.

열린 문을 가리키며 사장이 말했다.

그날 한모는 여교사 화장실 앞에서 연수를 기다리고 있었다. 연수는 수업 시작종이 친 뒤에야 화장실로 들어간 참이었다. 3교시 수업은 비어 있었고 아침부터 입 안에서 내내 단내가 났다. 연수는 볼일을 보고 천천히 이를 닦고 가글까지 끝낸 뒤 화장실을 나왔다. 문 옆에 바짝 붙어 서 있던 한모가 연수를 밀쳐 화장실 안으로 도로 밀어 넣었다. 연수는 뒤로 넘어질 뻔한 것을 가까스로 버텼다.

문을 가로막고 선 한모가 연수를 천천히 훑어보았다. 양치컵에 담긴 칫솔과 치약, 아직 젖어 있는 손, 상의 주머니에 담긴 휴대용 가글, 뻣뻣하게 굳은 턱과 꽉 다문 입. 무서워요? 한모가 물었다.

―선생님은 내가 왜 무서워요?

연수가 고개를 저었다. 아닌데. 한모가 피식 웃었다. 선생님 나 무서워하는 거 맞는데. 근데 그거, 되게 기분 더러워요. 선생님은 사람 무서워하는 그런 표정이 아니라,

―바퀴벌레 보듯 나를 보잖아요.

연수는 말하지 못했다. 교실에서의 한모는 껄끄러운 정도였으나 화장실에서의 한모는 정말로 무서웠다. 수업은 시작됐고 복도는 비어 있었다. 연수는 교무실 옆 커다란 화장실이 아니라 과학실 근처에 임시로 설치된 교사 화장실로 온 것을 후회했다. 아무도 오지 않는 것도, 누군가 와서 연수와 한모를 목격하는 것도 큰일이었다. 안 그래. 연수는 더듬더듬 대답했다. 나 안 그랬어.

한모가 연수의 어깨에 다정하게 팔을 걸쳤다. 그래, 다정하게. 연수는 지금의 상황이 전보다 나아진 건지 나빠진 건지 가늠할 수 없었다.

앞문과 뒷문을 오가며 실랑이를 벌이던 때, 교실 안으로 들어가

지 못하는 시간이 길어지면서 전교생의 조롱거리로 전락했던 지난날들을 떠올리면 끔찍했다. 1반에서 시작된 장난은 전염병처럼 퍼져 연수는 어떤 교실도 쉽게 들어갈 수 없었다. 소란한 기색에 복도로 나와본 옆 반 선생들이 호통을 쳐준 뒤에야 연수는 교실로 들어갈 수 있었다. 그러나 같은 일이 반복되자 선생들은 대놓고 연수를 한심해했다. 수업 시작종이 울릴 때마다, 서늘한 복도를 걸을 때마다 연수는 아무 유리창이나 열고 밖으로 뛰어내리는 상상을 했다. 자신이 떨어지는 곳에 아주 크고 단단한 돌덩이가 있었으면 했다. 동상이나 철제 구조물도 좋았다. 연수는 점점 더 유심히 복도 유리창과 그 너머를 살피기 시작했다.

한모가 복도에서 연수를 기다리게 된 건 그즈음의 일이었다.

한모는 연수에게 미안하다고 말했다. 장난으로 시작한 일이 이렇게 커질 줄은 몰랐어요. 우스꽝스럽게 허리를 굽신대거나 죄송함다, 하고 소리치지 않았다. 한모는 반성하는 얼굴이었다. 수학 수업이 있는 날마다 한모는 복도를 서성이며 연수를 기다렸다. 1반 복도에 연수가 당도하면 마치 친한 친구에게 하듯 긴 팔로 연수의 어깨를 감싸 끌어당겼다. 커다란 등판으로 문을 열어젖힌 뒤 연수를 투척하듯 교실 안으로 밀어 넣었다. 문을 닫으려는 아이들과 숫제 몸싸움을 벌일 때도 있었다. 한모는 대부분 성공했다. 연수는 그것이 고마웠다. 어떻게든 교실 안으로 들어갈 수 있다는 사실이 기뻤다.

그러나 시간이 흐를수록 고마운 마음은 미묘해졌다. 아이들이

문 닫기 장난에 질린 다음에도 한모는 연수를 럭비공 다루듯 했다. 아무 데서나 꽉 붙들고 아무 데로나 내던졌다. 연수는 함부로 뻗어오는 한모의 손 때문에 흠칫대면서도 태연한 척하려 애썼다. 그러나 허리에 닿는 손이라든가 몸을 바짝 밀어붙일 때 느껴지는 불편한 열기라든가 어깨에 팔을 걸칠 때 늘어진 손이 스치는 부위라든가 하는 것들이, 전부 신경 쓰였다. 교실 안에 퍼지는 음습한 웃음소리도 마찬가지였다. 연수가 교실에 들어설 때마다 미묘한 뉘앙스의 키득거림과 야유가 따라붙었다. 햄쌤 핸들링, 같은 단어들이 귀에 스쳤다.

상담실에서 한모 어머니에게 말을 걸 때만 해도 연수는 망설이고 있었다. 어느 쪽이 나을까. 한모가 몸을 밀어붙여 올 때의 불쾌감을 참는 것과 교실에서 추방당하는 모멸감을 참는 것 중 어느 쪽이 그나마 견딜 만할까. 연수는 진지하게 그런 것들을 생각했다.

—근데요, 선생님.

한모가 연수를 향해 빙긋 웃었다. 과거 어딘가를 헤매던 연수의 시선이 한모에게 멈췄다. 한모는 여전히 화장실 문을 가로막고 선 채였다. 주머니에서 핸드폰을 꺼낸 한모가 영상 하나를 켜 보여주었다.

—나 선생님 가슴 만지는 영상 있어요.

연수는 한모의 얼굴을 있는 힘껏 후려쳤다.

—사과하려고 했대요, 우리 아들은. 뭐가 어찌 됐든 선생님이 볼

쾌하게 느꼈다면 죄송하다고, 진심으로 사과하고 싶어서 수업에
도 안 들어가고 내내 기다렸대요. 근데 그런 애를! 개새끼 쫓아내
듯 저 여자가 그랬다고요!

한모 어머니는 복도 한복판에서 고래고래 소리쳤다. 그동안 학
교에서 있었던 모든 소란이, 한모가 저질러왔던 모든 문제들이 연
수에게서 비롯됐다는 듯이 오로지 연수만을 표적으로 삼았다. 교
무부장과 1반 담임, 뒤늦게 달려온 교장과 교감까지 안으로 들어
가 얘기하자고 권해도 그녀는 듣지 않았다.

—반성하는 학생 뺨을 후려치는 게 이 학교 방식입니까? 그게
교육이에요?

아이들이 교실 밖으로 나가지 못하게 통제하는 선생들과 웅성
대는 아이들과 핏대를 올리고 떠들어대는 한모 어머니 때문에 복
도는 아수라장이었다.

—나 이거 그냥 못 넘어가요. 아동학대로 신고해서 저년 저거 콩
밥 먹일 거예요. 체벌금지조항 어긴 걸로 교육청에도 신고할 거고
요. 저년이 전에 우리 아들 성범죄자 취급한 거, 그것도 모욕죄로
고소할 겁니다, 절대 가만 안 둬요!

연수는 이다음에 벌어질 일들을 전부 알았다. 지난날 경험했던
일들이 순서대로 반복될 테지만 결국은 아무 일 없음으로 결론 날
것이었다. 오해로 인한 약간의 트러블로 인해 연수는 병가나 휴직
계를 낼 테고, 얼마간의 시간이 지난 뒤 학교는 평화로워질 터였
다. 한모는 다시금 관심받고 싶어 하는 미숙한 학생이 되겠지. 중

학생이 다 그렇죠. 오 선생만 덜 예민하게 굴었어도 이런 시끄러운 일은. 누군가가 혀를 차고 누군가는 동조할 것이었다.

피곤했다. 연수는 모든 게 다 지겹고 피로해 견딜 수가 없었다. 연수는 교실에 들어가 수업을 하고 교무실로 돌아오는 단순한 일상 속에 있고 싶었다. 그 당연한 일이 연수에게는 왜 그렇게 힘들었나. 고개를 돌리자 1반 교실 앞에 서 있는 한모가 보였다. 한모는 태연한 얼굴로 자신의 어머니를 구경하고 있었다.

연수는 소란한 복도를 뒤로한 채 걸었다. 걸을수록 복도는 더 길고 어두워졌다. 계단을 내려가 중앙 현관에 있는 거대한 유리문을 열고 운동장으로 나가는 장면을 연수는 계속 상상하며 걸었다. 그 것은 적어도 복도 창 너머 크고 단단한 돌덩이를 상상하는 일보단 나았다. 중앙 현관을 넘고 나면 이제 다시는, 어떤 문 안으로도 몸을 들이지 않을 작정이었다. 연수는 너머의 세계에 있기로 했다. 그것은 부끄러운 선택이 아니었다. 적어도 연수에게는 그랬다.

제24회 이효석문학상

대상 수상작

수상작가 감상소감

문장의 무게

자음과 모음을 낱낱이 풀어 손에 쥐고 놀던 시절이 있었습니다. 자석으로 되어 어디든 착착 붙던 한글 놀이 자석 세트였는데, 그때는 미처 몰랐습니다. 손안에서 조몰락대던 그 글자들이 언제든 세계를 만들어낼 수 있다는 사실을요. 동시에 그때 이미 알게 된 것도 같습니다. 앞으로 제가 살아가게 될 글자들의 세계가 얼마나 입체적이고 선명한지에 대해서요.

한글 낱자들을 연이어 붙이면 글자가 되고, 그 글자들을 소리 내 읽으면 세계가 시작됩니다. 말과 소리를 수줍게 싸서 누군가에게 건네면 관계가 시작되고, 주렁주렁 얽힌 무수한 타래를 박제시키면 역사가 됩니다. 글자를 몇 개 조합하는 것만으로 와락 일어서는 세계란 얼마나 매혹적인지요. 그러나 그 세계는 끈질기게 이어 붙이지 않으면 순식간에 붕괴되어버리기도 합니다. 멋대로 기괴해지고 손쉽게 부정당하고 누군가를 틀림없이 상처 입힙니다. 어쩌자고 이런 무서운 것을, 어린 시절엔 굴리며 놀 수 있었을까요. 입에 넣고 우물거리거나 냉장고 따위에 철썩 붙여둘 수 있었던 걸까요.

낱자를 더듬어 붙이던 어린 시절처럼 저는 여전히 글자들을 골라내고 있습니다. 활자를 조판하듯 백지 위에 하나하나 조심스레 올립니다. 어떤 글자들은 몰래 손바닥에 써서 삼켜버리기도 하고, 어떤 글자들은 담벼락에 휘갈긴 뒤 도망치기도 합니다. 누군가 읽어버릴까 봐, 혹은 아무도 읽지 않을까 봐 늘 두려워하면서요. 수상 소식을 듣고 제일 먼저 그 글자들의 무게를 떠올렸습니다. 정확히는 글자들을 조합해 만들어낸 소설 속 세계의 무게에 대해서입니다. 고집스러운 마음으로 쌓아 올린 이 세계를 어떻게 책임질 것인가. 그런 질문을 스스로에게 하고 있습니다. 겸손한 마음으로 계속 고민해보겠습니다.

제게는 더없이 달고도 무거운 상입니다.
감사합니다.

안보윤

제 24 회
이 효 석
문 학 상
———
작 품 론

복 수 (復 讐) 와   애 도 ,
복 수 (複 數) 의   애 도
이   지   은

2015년 경향신문 신춘문예를 통해 평론을 발표하기 시작했다. 주요
평론으로 「역사적 존재의 탈역사화, 그 '불공정'함에 대하여」(2022),
「구직-해직의 사이클(cycle)과 연작소설(short story cycle)」(2022) 등이 있다.

공사가 중단된 폐건물에서 중학생 아이 둘이 놀다가 하나가 떨어져 죽었다. 방치된 건물에는 어떠한 안전장치도 되어 있지 않았다. 그것은 '사고'로 보이기 충분했다. 그러나 유일한 목격자이자 최초의 신고자인 살아남은 아이가 죽은 아이로부터 지속적인 폭력을 당해왔다는 사실이 밝혀지자 그것은 '사건'이 되었다. 살아남은 아이는 경찰서로 상담소로 불려 다니게 되었고, 아이의 엄마는 변호사를 고용하였다. 아이는 쏟아지는 질문들과 상반된 요구들 속에 놓이게 되었다. 엄마와 변호사는 이렇게 경고했다. "말하지 마. 그만해."(22쪽) 사건을 조사하던 경찰들도 그랬다. "네게 불리할 수 있어. 말하지 마."(같은 쪽) 그러나 죽은 아이의 엄마는 불쑥불쑥 찾아와 고통스러운 표정으로 다른 요구를 했다. "진실을 말해줘."(17쪽) 이 소란의 중심에 있는 아이가 바로 「애도의 방식」의 주인공 '나(=동주)'이다.

소란하다. 나는 소란한 것을 좋아하고 소란해지는 것을 싫어한다. 이미 소란한 곳에서는 아무도 나를 신경 쓰지 않는다. 소란해지기 시작한 곳에서는 대부분 내가 그 중심에 있다. 나를 놀리고 조롱하고 멸시하느라 소란해진 사람들 사이에 서 있는 건 지겹다. 나는 소란한 곳이 좋다. 타인에 의해 한껏 소란해진 상태라면 더더욱 좋다.(9쪽)

그 '사건' 이후 '나'는 학창 시절 내내 자신을 따라다니는 소문과 억측에 시달려야 했다. 종종 찾아오는 죽은 승규의 엄마는 '나'를 둘러싼 소문이 잦아들 틈을 주지 않았다. 승규는 살아서도 죽어서도 '나'를 소란의 중심에서 벗어날 수 없게 했다. 고등학교 졸업을 앞둔 '나'는 마을을 떠나려 했으나, 먼 여정의 문턱을 넘지 못하고 고속버스터미널 대합실의 작은 찻집에 머물게 된다. 부산한 대합실엔 '나'가 누구인지 아무도 신경 쓰지 않을 만큼의 소란이 이미 존재했기 때문이다. 소설은 '나'가 대합실 찻집에서 일하게 된 그 시점에서 시작된다. 따라서 「애도의 방식」을 읽는다는 것은 살아남은 자의 윤리적 모색을 함께하는 일이다.

＊

'나'는 고속터미널 찻집의 소란함에 몸을 숨겼지만 승규 엄마는 기어코 이곳까지 찾아와 그날의 진실을 캐묻는다. 그러나 '나'는 아무것도 해줄 말이 없다. 승규 엄마의 질문에 대해서라면 이미 수차례 아무것도 모른다고 대답해온 터다. 이때 '나'가 아무 말도 하지 않는 것은 단지 엄마와 변호사가 시켰기 때문만은 아니다. "나는 어떤 식으로든 여자(승규 엄마-인용자)가 원하는 진실을 말해줄 수 없었다. 엄마나 변호사가 원하는 진실도 내겐 없었다."(25~26쪽) 여기서 간과하지 말아야 할 점은 '나'의 진실을 억압하고 있는 이가 승규 엄마뿐 아니라, 엄마와 변호사이기도 하다는 점이다. '나'가 승규로부터 학교폭력을 당해왔다는 사실은 역설적으로 '나'에게 살인 혐의를 씌우는 강력한 근거가 되었다. 비극적인 것은 '나'의 엄마 역시 이 의심의 회로에서 벗어나지 못한다는 점이다. 그리하여 엄마는 아들에게 씌워진 혐의를 벗기기 위해 아들이 그동안 부당하게 당했던 고통마저 부정하고 만다. "우리 애한텐 아무일도 없었어요. 남자애들끼리 좀 치고받고 놀 수도 있죠. 괴롭힘을 당했다니, 대체 누가요? 있지도 않은 일을 가지고 지금 우리 애를 살인범 취급하는 건가요?"(24쪽) 결국 '나'에게 승규 죽음의 책임을 물으려는 쪽도, 반대로 그 책임으로부터 '나'를 보호하려는 쪽도, 모두 승규의 죽음이 아닌 '나'의 진실에는 관심이 없다. 아무도 들으려 하지 않는 '나'의 진실이란 무엇일까.

승규는 양면에 각각 무궁화와 호랑이가 그려진 동전을 내밀며 '나'에게 앞면 혹은 뒷면 중 하나를 선택하라고 강요하곤 했다. 동전은 던질 때마다 다른 면이 나왔지만, 지는 사람은 매번 같았다. "앞면과 뒷면은 승규의 말에 따라 매일 바뀌었"(19쪽)기 때문이다.

'나'가 어느 쪽을 선택하든 그것이 오답이었다. 툭하면 날아드는 승규의 폭력에 시달리며 '나'가 "죽도록 부끄러웠던 건 나의 관성이었다. 앞? 뒤? 이죽거리며 승규가 물을 때마다 반사적으로 튀어 나오는 나의 대답이었다. 정답이든 오답이든 상관없이, 오로지 뺨을 맞기 위해 발설되는 나의 대답이 죽을 만치 부끄러웠다. 내가 답을 하는 순간 게임이 성립됐다."(21쪽) 곧, 승규의 폭력은 '게임'의 형식을 띠고 있음으로써 '나'에게 신체적 고통을 줄 뿐 아니라, 정신적인 굴종도 요구하였다. 그런데 소설의 마지막에 가서야 밝혀지는 그날 밤 폐건물에서의 게임은 조금 다른 양상이다.

> 옥상에 도착한 뒤엔 늘 그래왔듯 주머니에서 동전을 꺼냈다.
> 앞? 뒤?
> 승규가 물었다.
> 호랑이.
> 내가 답했다. 동전을 까부르던 승규의 손이 잠시 멈췄다.
> 호랑이? (31쪽)

승규가 평소와 같이 동전을 내밀자 '나'는 '호랑이'라 답한다. 승규가 임의로 바꿀 수 있는 '앞/뒤'가 아니라 '호랑이'라고 답함으로써 '나'는 게임의 룰을 깬다. 안타깝게도 불운한 '나'는 이번에도 틀리고 만다. 그러나 같은 오답이라도 결과는 달랐다. 관성에서 벗어난 '나'는 그 전과 똑같이 당하고만 있지 않았다. 승규가 힘껏 주

먹을 내지를 때, '나'는 "자리에 쪼그려 앉았다"(32쪽). 어떠한 안전
장치도 마련되어 있지 않던 폐건물에는 힘껏 돌진한 아이의 몸을
지지해줄 난간이 없었다. 승규는 비명을 지를 새도 없이 아래로 떨
어졌다. 승규의 죽음은 명백히 그가 휘두른 폭력의 결과이지만, 그
럼에도 '나'의 기억 속에는 섬뜩한 장면이 있다.

> 나는 계단을 따라 아래로, 아래로 내려갔다. 사방에서 풀썩이
> 며 시멘트 가루가 날렸다. 건축 자재가 아무렇게나 널려 있는 곳
> 에 승규가 누워 있었다. 나는 그쪽을 쳐다보지 않으려 애썼다.
> 핸드폰 손전등을 켜 바닥을 비추자 멀지 않은 곳에서 빛이 반사
> 되었다. 다가가니 얼굴이 동그란 호랑이가 삐뚜름하게 고개를
> 기울이고 있었다. 웃는 얼굴이었다. **앞? 뒤?** 나는 그렇게 중얼거리며
> **동전을 주웠다. 아무도 대답하지 않았다.** (강조는 인용자, 27쪽)

'나'는 승규가 떨어진 뒤 곧이어 그의 주머니에서 튀어나온 동전
이 굴러가는 소리를 듣는다. 이에 '나'는 동전을 찾아 아래로 내려
간다. 그리고 승규 옆에 떨어져 있는 동전을 확인하며 이렇게 말한
다. "앞? 뒤?" 이 장면은 '나'가 승규에게 처음이자 마지막으로 게
임을 제안하는 것처럼 읽힌다. 그렇다면 '나'가 길고 고통스러웠던
승규의 게임에서 마침내 이긴 결과가 승규의 죽음이라고 해도 될
까. 물론 승규의 죽음은 그 자신이 타인에게 휘두르려던 폭력의 대
가이다. 그동안 승규가 무수히 걸어왔던 폭력적인 게임을 제외하

고, 단 한 번 '나'가 제안한 게임으로 인해 그가 죽었다고는 할 수 없다. 이와 같은 왜곡이 두려웠기 때문에 엄마마저 '나'에게 그날의 진실에 대하여 침묵하라고 했을 것이다. 그럼에도 죽어 누워 있는 승규 옆에서 "앞? 뒤?"라고 되뇌는 '나'의 중얼거림은 서늘한 데가 있다. 이렇게 의심의 눈으로 다시 읽어보면 "웃는 얼굴"의 주어가 감추어져 있다는 게 의미심장하게 다가온다. 웃는 얼굴은 호랑이의 것이었을까, '나'의 것이었을까. 결국 승규의 죽음은 그간 승규 자신이 저지른 폭력에 대한 '벌'과 '나'의 최후의 '반격'이 겹쳐지는 지점에 자리한다. 그리고 이 '반격'은 '나'로 하여금 승규의 죽음에서 자유로워질 수 없게 한다.

✳

애도(mourning)란 사랑하는 이의 죽음에서 오는 슬픔을 일컫는다. 정신분석학에서 '성공적인' 애도란 상실한 대상으로부터 자신을 분리하는 것이다. 그래야 상실감의 비애 속에 함몰되지 않고 남은 삶을 지속해나갈 수 있기 때문이다. 이때 죽은 이와의 분리는 공유했던 기억을 내면화하고, 죽은 이를 향했던 사랑의 에너지를 거두어 새로운 대상에 쏟음으로써 가능해진다. 그렇다면 소설에서 애도에 '성공'하지 못한 사람, 곧 승규의 죽음으로부터 벗어나지 못한 '나'와 승규 엄마는 새로운 삶을 살아갈 수 있을까. 먼저, 승규 엄마의 얼굴을 들여다본다.

여자가 짓고 있는 표정을 나는 알고 있다. 비리고 물컹한 것을 입에 물고 있는 표정이다. 아무것도 뱉지 못하는 사람의 얼굴이다.(18쪽)

승규 엄마는 삼키지도 뱉지도 못하는 "비리고 물컹한 것"을 물고 산다. 그것은 내면화하지도 분리해버리지도 못하는 아들의 죽음일 것이다. 어쩌면 '나'는 그것을 알아챘기 때문에 자신을 곤란하게 하는 승규 엄마에게 최소한의 연민을 가졌던 것인지 모른다. 소설의 마지막에서 마침내 여자가 이곳을 떠나기로 했을 때, '나'는 그녀의 여정이 "끝날 즈음엔 무슨 일이 있었는지도 잊어버릴 것처럼 평범"(31쪽)할 수도 있을 것이라 생각한다. 그것은 곧 그녀가 아들의 애도에 성공하는 것일 테다. '나'는 그녀가 고요하고 평화롭게 늙어갈 수 있길 빌어주며, "승규가 마지막의 마지막에 어떤 표정으로 나를 마주했는지"(33쪽) 말해주지 않는다. 이 소설의 독자도 본 적이 없는, 여전히 '나'의 기억 깊은 곳에 숨겨져 있을 그 '마지막의 마지막' 표정은 승규 엄마가 삼켜버리기엔 너무나 고통스러운 아들의 얼굴일지도 모른다. 그러니 '나'는 아무 말도 하지 않음으로써 그녀의 애도의 완수를 기원하는 것일 테다. 그러나 다른 한편으로 승규의 마지막 표정이 드러내는 고통의 강도는 그만큼 '나'가 승규의 죽음에 연루되어 있음을 의미하는 것일 테다. 그렇다면 이제 가장 어려운 마지막 질문이 남았다. 승규에 대한 '나'의 애도는 가능할까. 가능하다면 어떻게 할 수 있을까.

사실 애초부터 '나'에게 승규는 사랑하는 대상이 아니라, 오히려 간절히 벗어나고 싶던 존재였다. 승규는 일관되게 '나'를 훼손하는 악인이었고, 승규와의 기억을 내면화하는 것은 '나'에게 더 큰 고통을 준다. 그럼 승규의 죽음을 '나'의 바깥으로 끊어내버리면 될 것 같지만, 문제는 '나'가 승규의 죽음에 연루되어 있다는 점이다. 진정 승규의 죽음을 삼킬 수도 없고 뱉을 수도 없는 사람은 '나'인 것이다. 그 '비리고 물컹한' 죽음은 "커다란 우산이 시야를 가려"(15쪽)도 가려지지 않는 것, 날렵한 털목도리가 목을 간지럽혀 "주위를 둘러볼 틈조차 없게"(같은 쪽) 하여도 입 속에서 냄새를 풍기고 있는 것이다. 그리하여 '나'에게 주어진 애도란 끝없이 회귀하는 트라우마의 습격을 받으며, 매번 그날 밤 옥상으로 불려 올라가 다른 가능성을 모색하는, 완성될 수도 완료될 수도 없는 윤리적 책임을 떠안는 일이다.

나는 그 모든 장면을 똑똑히 기억했다. 그러나 기억은 언제고 형태를 바꿔 나를 끌어들였다. 옥상 위 그 자리로 끝없이 나를 불러들였다. 어느 때의 나는 승규의 주먹에 얻어맞아 어금니가 깨졌다. 깨진 단면에 혓바닥을 깊게 베어 입 안 가득 피가 고인 채 옥상에서 내려왔다. 승규와 함께였다. 어느 때의 나는 승규에게 휩쓸려 공사장 바닥으로 굴러떨어졌다. 어느 때의 나는 내 머리 위로 막 넘어가려던 승규의 다리를 붙잡았다. 정강이를 꽉 끌어안고 승규의 무게를 견뎠다. 그리고 어느 때의 나는, 쪼그려

앉은 채 승규의 정강이를 힘껏, 있는 힘껏 밀쳤다.

거듭되는 상상은 현실보다 혹독했다. 나는 수없이 승규를 붙들고 수없이 승규를 밀쳤다. 매 순간 나는 필사적이었다. 오롯이 진심이었다. (33쪽)

승규 엄마에게 승규의 죽음이 이별의 시작이라면, '나'에게 그것은 '나'와 승규 사이의 또 다른 관계의 시작이다. '나'는 매번 같은 시간 같은 장소에서 타협하거나 굴종하거나 혹은 저항하거나 복수한다. 그 어떤 다른 선택지도 '나'에게 고통을 남긴다는 점에서 '나'의 애도란 굴종적 관성을 벗어난 인간이 감내하는 최대치의 윤리적 책임이라 하겠다. 여기서 소설은 애도의 두 가지 방식을 보여준다. 승규 엄마가 그랬듯, 타자의 상실을 내 안에 삼킴으로써 그를 추억하며 남은 삶을 사는 방식. 혹은 타자를 자신의 서사 안에 가두기를 두려워하며 자기 몫의 윤리적 책임을 지속하는 방식. '나'는 후자를 선택함으로써 이제 삼키지도 뱉지도 못하는 사람의 얼굴, "비리고 물컹한 것"을 입에 물고 있는 표정을 지니게 된다. 그리고 이 윤리적 인간의 고통스러운 얼굴은 나름의 '애도의 방식'으로 복수(復讐)와 애도, 그리고 복수(複數)의 애도에 도달한 소설의 표정과 다르지 않을 것이다.

잘 여문 이야기의
공을 굴리는 마음
김 유 태

매일경제신문 문화부 문학 담당 기자. 2018년 월간 『현대시』를 통해 시를
발표하기 시작했다. 시집 『그 일 말고는 아무 일도 일어나지 않았다』가 있다.

몇 년간 문화부 기자로 일하면서 가장 보람찼던 일을 꼽아본다면 이효석문학상 대상을 수상한 직후 작가의 표정을 누구보다 먼저 확인할 수 있다는 점이었습니다. 되돌아보니 이효석문학상을 수상한 직후의 조해진(2016년), 장은진(2019년), 최윤(2020년), 김멜라(2022년), 안보윤(2023년) 작가를 만났습니다. 인터뷰를 위해 마주 앉은 작가들의 얼굴과 목소리를 대하면서 기자가 아닌 독자로서 깨달은 점이 하나 있다면, 수상작가 모두가 자기 내면의 질문을 무형으로 조각하기 위해 전심을 갈아 넣고 있다는 점이었습니다. 가장 깨끗하고 투명한 진심으로 제작된 결정체는 티끌 하나 없는 모습으로 더께 앉은 세상에 던지는 질문의 형태를 취하고 있었습니다. 명확하고 선명한 답이 없는 질문을 만들기 위해 자기 생의 일부를 기꺼이 세상에 내어주는 작가들의 눈빛 앞에선 몸도 마음도 경외감으로 물들곤 했습니다. 안보윤 소설가와는 8월 9일 서울

충무로의 한 카페에서 만났습니다. 한 시간 30분의 대화를 독자분들과 공유하게 되어 기쁩니다.

Q「애도의 방식」은 제가 이해하기로 연작소설이라는 느낌을 받았습니다. 동주와 승규의 관계를 다룬다는 점에서 「완전한 사과」(2021년 김승옥문학상 우수상 수상작)의 설정과 연결되는 부분이 보였어요.

처음부터 연작소설로 구상된 건 아니었어요. 단편소설은 쓸 수 있는 이야기의 양이 어느 정도 한정되어 있기 때문에, 한 편이 끝나고 나면 늘 아쉬움이 남습니다. 「완전한 사과」를 쓰고 나서도 아쉬움이 있었어요. 동주의 이야기, 조금 더 성장하고 조금 더 고민의 결이 깊어진 동주의 이야기를 쓰고 싶다는 생각이 들었습니다. 이야기가 연결되거나 순환하는 방식으로 쓰여지면 더 좋겠다는 생각도 했고요. 그렇다고 소설 속 세계의 모든 부분을 채우려고 한 건 아니에요. 제가 쓰고 있는 소설들은 질문의 한 형태이기 때문에, 앞장서서 너무 많이 이야기하려고 하면 세계가 오히려 닫혀버리는 것 같아요. 이후의 서사나 질문들에 대해서는 독자분들이 함께해주시면 좋겠다는 바람이 있었습니다. 「애도의 방식」 역시 질문들을 촘촘히 심어 넣는 방식으로 쓰여졌습니다. 동주에 관한 이야기나 동주의 심리 상태를 직접적으로 설명하지 않으려 최대한 애를 썼어요.

© 이충우

Q 왜 학폭이란 소재였을까요.

학폭은 오래된 주제이지만 어느 쪽으로도 해결된 점이 없다고 생각해요. 올바른 해결 방법이 있기는 한 건가 늘 의아하고요. 이 전보다 훨씬 더 잔혹해진 형태의 학폭 관련 뉴스를 보게 될 때마다 끝없는 무력감에 빠지곤 합니다. 더 큰 폭력을 행사해 자신이 당한 폭력을 되갚아주려는, 이른바 사적 복수의 영역을 다루는 작품들도 상당히 많지요. 「애도의 방식」은 사적 복수를 통한 쾌감을 전달한다거나 폭력에 투쟁하는 용기를 다루거나 하지 않아요. 오히려 답답증으로 발현된 형태에 가깝달까요. 그런 면에서 동주는 그저 의아해하는 사람인지도 모르겠습니다. 애초에 그는 피해자였고, 어느 순간 가해자로 오해받았고, 가해자로 오해받지 않기 위해서는 스스로가 피해자였다는 사실조차 부정해야 하는 정말이지 이상한 상황에 놓여 있으니까요. 가해자가 돌연 사망했을 때 피해자가 더 위험한 위치에 놓인다는 것도 소설에서 다루고 싶었던 부분이에요. '가해자의 죽음' 역시 학폭처럼 제 안에 오랜 질문으로 쌓여 있었거든요. 학폭 가해자, 소위 '악인'이라 일컬어지던 사람이 죽었을 때 납작한 일면으로는 "그렇게 못되게 살더니" "벌받았다"라고 말할 수 있을지 몰라요. 하지만 피해자 입장에서는 아무것도 해결된 것이 없죠. 가해자가 저지른 일에 대한 합당한 처벌을 받은 것도 아니고 사과를 받은 것도 아니고 그저 사건이 무작위로 종료되어버린 것뿐이에요. 이후에 벌어질 비난과 왜곡들은 오로지 피해자 혼자 감당해야 하죠. 그럴 때 인간은 무엇을 할 수 있나. 그런 고민들이 '애도'라는 단어와 맞물려 이 소설이 되었습니다.

Q 테이블 위 으깨진 함박스테이크를 보고 동주가 생각하는 장면 묘사가 심사위원단의 큰 호평을 받았습니다("이미 으깨진 것을 기어코 한 번 더 으깨놓는 사람의 마음 같은 건." 28쪽).

제가 말하고자 했던 부분이 누군가에게 정확히 가닿을 때 너무 기쁜 마음이에요. (웃음) 동주는 사물을 굉장히 예민하게 감각하는 인물입니다. 미도파 찻집에서도 소란한 상태를 온전히 받아들이고 사소한 것까지 전부 기억하려고 하지요. 하지만 그건 자신의 내면에 너무 어둡고 무거운 것들이 가득하기 때문에 보이는 회피적 행동에 불과해요. 자신의 안으로 침잠하면 절망과 죄책감, 고통 속에서 허우적대야 하기 때문에 애써 외부로 시선을 돌리는 거죠. 스스로에게 '너는 정말로 승규를 죽이고 싶지 않았니' 묻지 않기 위해서 미도파 찻집의 표면적 상황에만 집중하려고 애써요. 승규 엄마는 반대로 자신의 세계에 완전히 함몰되어버린 사람입니다. 자신의 아이가 돌연히 죽었고, 심지어 학폭 가해자로 명명되면서 강한 비난 속에 놓여 있어요. 다른 아이를 괴롭혔다고 해서 그게 자신의 아이가 처참하게 죽어야 할 정당성을 획득하는 건 아닌데도요. 승규 엄마의 으깨진 마음이 무의식중에 접시 위에 나타나는 모습을 그리고 싶었어요. 어떻게 보면 승규 엄마는 자신의 고통

받은 마음 때문에 신경 쓰지 않고 망가뜨릴 수 있는 대상으로 함박
스테이크를 선택한 것이기도 합니다. 그리고 이것은 똑같은 이유
로 동주의 마음과 동주의 삶을 한 번 더 으깨놓는 일이기도 하지
요. 서로 다른 마음과 서로 다른 상처를 가진 두 사람의 시선이 테
이블에서 교차되었으면 좋겠다고 생각했어요.

Q 선생님의 근작은 '우리, 지금, 여기'의 현실에 기반합니다. 「애도의 방식」은
학폭, 「어떤 진심」(2023년 현대문학상 대상 수상작)은 사이비 종교였고요. 모든
소설이 현실 속 인간과 유관하지만 좀 더 현실 소재에 가까이 다가가려 했다

는 느낌이 듭니다.

아무래도 현실에 발붙여 살고 있기 때문에 현실에서 했던 질문들이 자꾸 글 속으로 빨려들어가는 것 같아요. 현실의 이야기만을 쓰려고 하는 건 아니지만, 가능한 현실에서 눈 돌리지 않으려고 노력하는 부분은 있습니다. 시의적절한 소재라는 건 좋은 말이에요. 하지만 반대로 생각하면 시의적절하다는 건 시간이 지나면 익숙해져버리거나, 퇴색해버린다는 의미도 되잖아요. 우리가 살고 있는 세계는 하나의 문제가 발생하면 또 다른 문제와 교묘하게 얽히고, 많은 경우 같은 문제가 더 진화한 형태로 반복되고 있어요. 사이비 종교의 경우도 그렇고요. 저는 어릴 때부터 〈그것이 알고 싶다〉라는 시사 프로그램을 좋아했는데, 거기서 다루었던 80년대 사이비 종교들의 극악함과 기이함이 정말 충격적이었어요. 하지만 그것은 40여 년이 지난 지금도 정확히 같은 모습으로 반복되고 있지요. 더 교활해진 방식으로, 더 많은 피해자를 양산하면서요. 그렇다면 지금 필요한 이야기는 어쩌면 늘 필요했던 이야기가 아닐까 생각해봅니다.

Q 「어떤 진심」에 대한 이야기도 나눠볼까요.

처음 구상할 때는 '진심이 왜곡되는 순간, 누군가에게는 너무 진심인데 그것이 타인에게 치명적인 피해를 주게 되는 순간'을 생각했어요. 사기꾼의 진심을 다루어보자, 라는 생각이었는데 피해자가 무한대로 뻗어나가는 가장 위험한 사기꾼은 사이비 종교의 지도자 아닌가 하는 생각이 들더라고요. 종교를 직접적으로 다루고 싶다는 생각은 아니었고, 진심이 왜곡되는 순간에도 종교 공동체를 벗어날 수 없는 사람들의 이야기를 쓰고 싶었어요. 분명히 진심에서 시작했지만 진심이 와해되어버린 순간을 목격한 사람들, 그럼에도 그 어긋난 상황에 갇혀버려 꼼짝도 할 수 없는 사람들을 떠올리게 되면서 소설의 인물인 유란, 이서, 민주가 탄생하게 됐습니다.

Q '산 자와 죽은 자'가 아니라 '살아남은 자'의 이야기를 쓰고 있다는 느낌이 독자로서 듭니다.

생존이라는 키워드에 집중하게 된 때가 있었어요. 너무 많은 사건들이 숨 쉴 틈 없이 일어나다 보니 아무래도 '생존'이란 단어의 무게가 달라지더라고요. 살아남은 사람들은 어떻게 살아가야 하나. 그 질문이 어느 날 문득, 남겨진 사람들은 어떻게 견뎌내야 하나, 라는 질문으로 조금씩 틀어졌어요. 처음부터 살아남은 사람들, 남겨진 사람들에 대한 이야기를 구상했던 것도 아닌데, 써놓은 소설들을 보다 보면 그런 생각이 들더라고요. '나는 살고 싶었구나, 그리고 살아남은 사람으로서 예의를 다해 살고 싶었구나.' 죽음으로 인해 남겨진 사람들은 물론 그들을 바라보는 또 다른 사람들은 어떤 태도를 취해야 할까. 그런 질문들은 현실을 살고 있는 저의 고민이 그대로 투영된 것이기도 합니다.

Q 출간하신 책에 실린 '작가의 말'을 한 줄씩 꼼꼼히 읽었습니다. 첫 번째 책인 『악어떼가 나왔다』(문학동네, 2005)의 '작가의 말'이 가장 인상적이었습니다. "발뒤꿈치에서 밀려 나온 검은 때를 보고 있었다. 내게 있어 소설이란 것은 검은 때와 같았다. 한 꺼풀 벗겨놓으면 냄새나는 한 움큼에 불과한데도 내 온몸에 끈질기게 달라붙는 검은 때 말이다." 선생님께 소설은, 삶에 끈질기게 달라붙는 무엇이었을까요.

소설에 대한 저의 태도라는 게 사실 일관되지는 않는 것 같아요. 가장 진솔해지는 순간은 원고를 완성한 뒤, 책이 출간되기 직전까지의 마음일까요. 아마 그 문장('검은 때')이 다른 문장보다 조금 더 눈에 들어오셨다면 가장 진심인 순간이기 때문이었을 거예요. 이게 왜 자꾸 나한테 들러붙어 떨어지질 않지 생각하면서 때를 밀어내는 것처럼, 소설을 저의 삶으로부터 박박 밀어내고 싶을 때도 있어요. 현실과 밀접하게 관련된 이야기들을 쓰다 보니 소설을 쓰는 내내 괴로울 때가 있거든요. 소설 속 인물에 집중하다 보면 우울해지고 무기력해지고 현실의 거대한 벽을 조금도 깨뜨릴 수 없다는 절망감에 빠지기도 해요. 그러다가도 일단 소설이 완성되면, 이야기가 둥글게 잘 마련되어서 잘 여물어졌다 생각이 들면 안도하기도 하고요. 작가로서 소설이라는 공을 만들어 독자에게 굴리고, 독자가 어떤 형태의 것을 내게 굴려줄까 기대하면서 그렇게 쓰고 있습니다.

Q '안보윤의 처음'으로 돌아가볼게요. 왜 소설이라는 장르였을까요.

중학교 시절 이야기인데, 방학 숙제로 처음 쓴 소설이 있었어요. 아무래도 하이틴 로맨스를 좋아하던 시절이었고 추리소설을 좋아하는 중학생이어서, 첫 장면은 누군가 죽으면서 시작했던 것으로 기억해요. (웃음) 가장 촌스러운 형태의 추리 로맨스 소설이었는데 당시 숙제를 내주신 선생님께서 제가 쓴 글을 수업 시간에 낭독해주셨어요. 저는 어쩔 수 없이 친구들, 그러니까 제 글의 독자들을 실시간으로 지켜보게 된 거죠. 지금도 명확하게 기억해요. 교실에서 한 번도 이야기해본 적 없던 아이가 수업이 끝나고 저한테 와서 '나 이런 부분이 좋았어'라고 이야기하고 갔던 일을요. 그 기억이 굉장히 강렬했어요. 그 아이는 제게 '최초의 독자'였고, 그 아이의 말은 제게 '최초의 리뷰'였으니까요. 아마 그때 제가 생각했던 건 이런 거였을 거예요. '내가 쓴 이야기가 다시 내게 돌아온다고?' 당시 선생님은 지금 강화도에서 책방을 하고 계세요. 강화읍에 있는 '낙비의 책수다'라는 이름의 책방이고, 선생님 존함은 '서상희'입니다. (웃음)

Q 대학원에 가기 전에 도서관에서 공부하면서 또 이후 아르바이트를 하면서

도 소설을 지속해서 쓰셨습니다. 쉽지 않은 시절에도 소설을 써야겠다고 생각했던 마음은 어떤 것이었을까요.

고등학교 때까지만 해도 책을 많이 읽는 편이 아니었어요. 문예 동아리에 가입했기 때문에 뭔가를 쓰기는 했지만 확신이 있는 건 아니었고, 그저 글 쓰는 게 즐거운 정도였어요. 역사학과에 진학하면서는 막연히 선생님이 되면 좋겠다 생각했고요. 그런데 지나와서 보니 그건 '죽은 꿈'이었어요. 선생님이라는 직업이 나쁘다는 게 아니라, 남들이 좋다고 말하는 직업을 그저 덩달아 선망했을 뿐이니까요. 학과에 잘 적응하지 못하다 보니 즐거웠던 일들을 자꾸 더듬어보게 되더라고요. 글쓰기를 떠올렸고, 마침 다니던 대학에 문예창작학과가 있었어요. 우연이 저를 소설의 세계로 데려간 셈이네요. 처음에는 책을 읽는 게 즐거웠고 읽다 보니 쓰고 싶다는 생각이 커졌습니다. 소설을 쓰기 시작한 뒤 여러 일들이 있었는데 그때마다 대단한 포부를 가지고 버텨낸 건 아니었어요. 그저 조금 행복해지고 싶었던 것 같습니다.

Q 2005년 등단 후 열한 권의 책을 내셨어요. 끊임없이 쓰게 되는 힘은 어디서 오나요.

한 편을 쓰고 나면 아직 쓰지 못한 다른 면의 이야기가 쓰고 싶어져요. 세계에 대한 이야기가 단번에 끝날 리 없다는 생각을 갖고 있기도 하고요. 인간이 가진 어떤 한 면에 대해 이야기했다면 또 다른 면에 대해 쓰고 싶다는 생각을 계속 하게 됩니다. 제가 쓴 이야기로 하나의 세계가 완성되었다는 확신이 드는 게 아니라, 저는 그저 세계의 극히 일부를 보았고 또 보여주었다는 생각을 하기 때문인 것 같아요. 그런 식으로 자연스럽게 세계가 맞물리고, 다른 단면들이 펼쳐지면 그 길을 자꾸 따라가고 싶어집니다. 그렇게 계속 소설을 쓰게 됐어요.

Q 집필 과정에서 징크스나 버릇이 있나요.

지금은 많이 없어진 편이에요. 예전에는 '오후 3시'에 '카페'에서 글이 잘 써졌다고 하면 그 시간에 계속 거기를 가야만 했어요. (웃음) 그래, 이 정도의 소음과 이 정도의 채도와 이 정도 분위기가 맞아야 쓸 수 있지 하면서요. 카페인을 과다 섭취해야 내가 예민하게 깨어 있을 텐데, 했던 적도 있고요. 하지만 지금은 마음이 차분해지면, 혹은 소설 속 인물이 자연스럽게 머릿속에 떠오르면 준비가 되었구나 생각합니다. 소설의 얼개를 대부분 잡아두고 쓰기 시작하는데, 쓰면서 상당히 많이 바뀌곤 해요. 전혀 생각지도 못했던 모습으로 끝날 때도 있고요. 「애도의 방식」 역시 구상 기간이 상당히 길었음에도 불구하고 많은 장면과 대사들이 바뀌었습니다.

© 이충우

Q 현대문학상에 이어 이효석문학상을 같은 해 받으셨어요. 올해는 어떤 의미로 기억될까요.

저에게는 송구한 해였어요. 사실 다작했다고 말씀해주셨지만 제 이야기가 누군가에게 가닿고 있는지를 확인할 길이 없어 막막했거든요. 누가 제 글을 읽고 리뷰를 올렸을까 봐 자주 서칭하는 타입인데 (웃음) 독자분과 함께하고 있다는 느낌을 적극적으로 받진 못했어요. 그래서 조금 허무해지기도 하더라고요. 내가 뭔가 잘못 쓰고 있나, 나 혼자만의 독백으로 끝난다면 이 질문들에 어떤 의미가 있을까. 제가 생각하는 소설의 세계는 작가와 독자가 건강하게 소통하는 것인데 어떤 방식의 답도 듣지 못하니 많이 고민스러웠습니다. 특히 작년에 많이 혼란스러웠고 고민도 많이 했어요. 계속 쓰는 게 맞는 걸까 싶어 다른 일을 알아보기도 하고요. 그런데 그 고민에 대한 응답을 주시듯이, 제 이야기가 의미 있다는 답변을 연이어 들은 셈이잖아요. 이보다 더 기쁜 일이 있을까 싶습니다. 운이 좋았다는, 송구하다는 마음도 들지만 동시에 '더 나아갈 수 있겠다. 이런 마음이라면 5년, 10년은 더 쓸 수 있겠다' 하는 마음이 들어 특별하고 두려운 한 해였어요.

Q '소설가 안보윤'의 골방의 풍경이 궁금합니다. 소설을 쓰는 물리적인 장소로서의 공간이 아니라 쓰는 순간 보게 되는 것, 그곳엔 무엇이 지나가고 누가 살고 있으며 어떤 일들이 벌어지는지에 대한 감각으로서의 골방이에요. 안보윤의 골방은 어떤 풍경입니까.

제 안의 골방의 감각은……. 제가 누군가의 뒤통수를 계속 보고 있는 느낌이에요. 하나의 한정된 공간이라기보다 이 사람이 책상에 있기도 하고 걸어갈 때도 있고 일을 하기도 하는데 저는 계속 지켜보고만 있달까요. 이 사람과 나란히 앉지도 못하고, 계속 그 사람의 뒤에 서 있거나 옆얼굴을 바라보거나 하는 거예요. 이 사람이 보고 느끼는 것을 가까스로 훔쳐보면서요. 사람의 뒤통수는 대체로 쓸쓸하고 옆얼굴은 고독하지요. 그러면 저는 '나도 여기 있어, 내가 그걸 너와 함께 보고 있어'라고 말해주고 싶어지는데, 바로 그때가 제 안에서 문장이 불려 나오는 순간인 것 같아요. 그렇다고 이 사람의 어깨를 함부로 툭툭 치면서 말을 걸 수는 없고요. 이 사람이 앉아 있는 풍경을 자꾸 문장들로 덧씌워주는 거예요. 여긴 아무것도 없는 조그만 곳이지만 잘 내려다보면 복슬복슬한 강아지가 발밑에 있어. 그러면서 서둘러 강아지를 그려 넣는 식으로요. 그렇게 저는 그 사람의 풍경을 채워주고 싶어져요. 그렇다면 그곳은 더 이상 골방이 아니게 되겠지요.

제 2 4 회

이 효 석

문 학 상

————

우 수 작 품 상

수 상 작

2021년 한국일보 신춘문예를 통해
소설을 발표하기 시작했다.

뱀과 양배추가 있는 풍경
강   보   라

모두가 공용으로 쓰는 휴게실은 문 없이 마당과 곧장 연결되어 있었다. 포스트잇이 잔뜩 붙은 휴게실 벽을 따라 싸구려 향냄새가 밴 앉은뱅이 소파들이 늘어서 있었다. 머리 일부를 땋아 색실로 묶거나 팔에 문신을 새긴 여행자들이 거기에 몸을 파묻고 핸드폰을 두드리며 아직 날이 밝긴 하지만 뭔가를 시작하기엔 너무 늦은 오후 나절을 조용히 흘려보내고 있었다. 휴게실 천장에 실로 매단 코코넛 껍질들—물감으로 눈과 코를 그려 넣고 입 부분을 칼로 네모나게 도려낸—이 바람이 불 때마다 서로 부딪치며 둔탁한 소리를 냈다.

그냥 호텔에 갔어야 했나. 나는 마당 벤치에 기대며 생각했다. 8년 만에 찾은 게스트하우스는 기억 속 모습과 크게 다르지 않았다. 리셉션 벽에 걸린 새하얀 캄보자꽃 그림도, 마당 가운데 놓인 기괴하게 큰 코끼리 조각상도 예전 그대로였다. 역시 나이가 문제인 걸까.

나는 자책하듯 속으로 되뇌었다. 전에는 이렇지 않았다. 쉽게 어울리고 쉽게 헤어졌다. 지금처럼 남을 의식할 필요도, 의식하지 않기 위해 애쓸 필요도 없었다.

전날 캐리어를 끌고 숙소에 도착했을 때만 해도 나는 기대에 부풀어 있었다. 현오와 살게 된 후 처음으로 혼자 떠나는 여행이었다. 현오가 옆에 없다는 것. 그것만으로도 작은 모험을 시작하는 기분이 들었다. 현오와의 생활에 큰 불만이 없는 시기였는데도 그랬다.

"그거 리모와예요?"

휴게실에서 카메라를 만지작대던 남자가 내 캐리어를 턱짓으로 가리키며 물었다. 신형 모델로, 리모와 제품 중 드물게 폭이 좁은 정사각기둥 모양이라 요가 매트를 넣기 적당해 구입한 것이었다. 나보다 서너 살 어려 보이는 남자는 햇볕에 탈색된 듯한 연갈색 머리에, 놀랍게도 이손목 작가의 드로잉 작업이 프린트된 티셔츠를 입고 있었다. 어린아이 낙서 같은 그림 아래 "이 구역의 아티스트는 나야"라는 문장이 손글씨 서체로 찍힌 그 옷은 1년 전 서울 모처 레지던스에서 열린 입주 작가 단체전에서 작가가 굿즈로 판매한 물건 중 하나였다. 나는 그렇다고 대답했고 대화가 이어지길 기다렸다. 기대치 않게 제대로 된 말 상대가 나타났다고 생각하면서. 하지만 그걸로 끝이었다. 남자는 오, 하고 고개를 끄덕이더니 자기가 하던 일로 되돌아갔다. 어쩌면 그는 정말로 가방이 궁금했을 뿐인지 몰랐다. 캐리어를 살 때 매장 직원에게 노트북이나 카메라를 넣어 짐으로 부쳐도 될 만큼 튼튼하다는 말을 들은 것 같았다. 그럼에도 의문은 남았다. 무례하진 않지만 딱히 호의적이지도 않은 그의 태도 때문이었다.

우리 나이에는 아무래도 싱글 룸이 편하죠. 8년 새 몰라보게 살이 찐 주인 여자가 객실 열쇠를 건네며 영어로 말했다. 한국 돈으로 2만 원 정도면 하루 묵을 수 있는 방이었다. 내가 어리둥절한 표정을 짓자 그녀가 검지로 휴게실 방향을 가리키며 저들에 비하면 당신은 완전히 부르주아, 라고 넉살맞게 덧붙였다. 그제야 나는 우붓에서 이런 게스트하우스를 찾는 사람들—한창 나이의 백패커들과 돈을 아껴야 하는 장기 여행자들—은 여간해선 싱글 룸에 묵지 않는다는 걸 기억해냈다. 실제로 그때 나를 제외한 투숙객들은 모두 6인용 도미토리에 묵고 있었다. 그들은 객실 양옆에 놓인 2층 침대 사이를 오가며 자연스럽게 안면을 트고 서로의 일정을 공유했다. 숙박비에서 아낀 돈으로 다 같이 나시고렝을 먹고 빈땅 맥주를 마시며 아무에게도 말하지 않은 내밀한 이야기를 나누었다. 그런 유대감에 대해서라면 나도 잘 알았다. 현오와 만나기 전까지 여행은 내게 지극히 일상적인 행위였기 때문이다.

대학원 공부를 마치고 이런저런 단체들을 옮겨가며 일하던 시절, 나는 현실이 갑갑할 때마다 충동적으로 항공권을 끊었다. 가까운 일본이나 태국은 여권이 닳도록 드나들었고 비엔날레나 아트페어 같은 국제 행사가 열리는 기간에는 일을 그만두고 얼마 되지 않는 퇴직금을 쏟아부어 석 달 가까이 유럽에 머물기도 했다.

대부분 혼자 떠났고, 또 스스로 그것을 즐긴다고 믿었지만, 돌이켜 보면 여행지에서 내가 진짜로 혼자였던 적은 거의 없었다. 계단에서 무거운 캐리어와 씨름하고 있으면 반드시 누군가 나타나 도와줬고 그렇게 만난 현지인의 집에서 낯설고 친절한 사람들에게 둘러싸여 뜻밖에 소란스러운 밤을 보낸 적도 여러 번이었다. 그 시절 나는 이 도시에서 저 도시로 옮겨 다니며 우연한 만남이 주는 즐거움을 만끽했다. 허리를 쭉 펴고, 타인들이 베푸는 호의를 공기처럼 들이마셨다. 그런 공기가 희박해질 때면 환경을 바꿔 처음부터 다시 시작했다. 아는 사람이 있는 도시로 이동하거나 인터넷 카페에서 한국인들이 많이 가는 숙소를 검색해 일부러 찾아갔다. 그런 곳을 찾는 한국인들은 대개 무리 짓는 일에 익숙했고 젊은 나이에 혼자 여행하는 나를 대단하게 여겼다(혼자 해외를 여행하는 여자가 드물던 시절이었다). '미술 쪽 일을 한다'는 나의 직업 설명 역시 그들의 선망을 끌어내기에 충분했다. '멋지다' '그 나이에 대단하다' 같은 말이 주변에 공기 방울처럼 떠다녔다. 우붓 여행을 계획하면서 굳이 오래전에 묵었던 게스트하우스를 예약한 이유도 그것이었다. 밤이 되면 플라스틱 의자를 끌고 내 곁으로 모여드는 사람들. 기억 속에 선명한 파티 같은 밤들. 나는 그게 그리웠다.

일정을 마치고 돌아온 한국인 셋이 나를 지나쳐 휴게실로 들어갔다. 첫날 내게 말을 건 그 남자도 함께였다. 중년 남자와 이십대로 보이는 여자가 섞여 있는 걸로 보아 다들 이곳에서 만나 알게된 사이인 듯했다. 등 뒤로 그들을 반기는 한국인들의 웃음소리가 들려왔다. 내게는 절대 곁을 내어주지 않는 여행자들의 웃음소리가. 나는 잠시 후 그들이 둥글게 모여 앉아 맥주를 마시며 나에 대해 이러쿵저러쿵 떠드는 모습을 머릿속에 그려보았다. 누군가가 내 방문을 가리키며 저기 묵는 분도 한국인 아니에요? 하면 누군가가 심드렁하게, 그렇지만 약간의 멸시를 담아 받아친다. 아아, 그 부르주아 아줌마?

*

우붓에 애나 패서디나가 온대.

침대에서 인스타그램 피드를 훑다 던진 내 말에 곁에 누운 현오가 약간의 멸시를 담아 되물었다.

그 사기꾼 같은 여자?

자기한테 사기꾼 아닌 사람이 있긴 하고?

나는 놀리듯 반문하고 돌아누웠다. 핸드폰 화면 속 파도치는 바다를 배경으로, 백발 섞인 금발을 단발로 반듯하게 자른 애나 패서디나가 가부좌를 틀고 양 손등을 무릎 위에 올려놓는 '연꽃' 자세를 취하고 있었다. 애나 패서디나는 이제 막 자신만의 제국을 만들어가고 있는 요가계의 구루였다. 그녀가 창시한 패서디나 요가는 한국에도 마니아가 많았다. 수년간 요가 수업을 들으면서도 '마음 챙김' 같은 영적 수행과는 의도적으로 담을 쌓아온 내가 명상에 대해 다시 생각하게 된 계기도 지인이 보내준 패서디나 요가 영상 덕분이었다. 패서디나 요가의 근간을 이루는 수련은 몸으로 하는 명상, 즉 움직임을 동반한 동적 명상 프로그램이었다. 빗소리, 파도 소리, 폭포 소리 등 자연의 다양한 물소리에 반응해 즉흥적으로 몸을 움직이는 과정을 통해 내 안의 숨은 충동을 발견하고, 나아가 단체 명상을 통해 타인의 움직임까지 사심 없이 받아들이는 것이 수련의 목적이었다. 애나 패서디나는 자신이 고안한 명상법이 어디서든 수행 가능하다는 점을 강조했다. 실제 자연의 물소리를 들을 수 있는 장소라면 더할 나위 없겠지만 환경이 따라주지 않는다면 자사 공식 유튜브 채널에 올라와 있는 여러 가지 효과음을 활용해보라. 가능하면 공간의 불을 모두 끄고 온전히 소리에만 집중해볼 것을 권한다. 중요한 것은 장소가 아닌 마음가짐이다. 그러면서도 자신은 샌타모니카 해변이나 요세미티 폭포처럼 광활한 대자연을 배경으로 영상을 찍었다.

미국 캘리포니아주에 사는 애나 패서디나는 1년에 한 번 해외를 돌며 워크숍을 진행했는데 아시아 근처로는 웬만해선 오는 일이 없었다. '애나가 항공성 중이염이 있어 장거리 비행이 힘들다'는 게 공식적인 이유였지만 실은 아시아 음식에 대한 거부감이 커서, 라는 게 요가계의 정설이었다(특히 한국의 김치 냄새를 혐오한다고 했다). 그랬던 애나 패서디나가 한국과 비교적 가까운 인도네시아, 그것도 요가의 성지로 불리는 발리섬 우붓에서 내가 그토록 듣고 싶어 하던 동적 명상 워크숍을 진행한다는 거였다.

워크숍을 들으러 우붓에 가겠다는 내 결정을 현오는 별 저항 없이 받아들였다. 명상이야말로 자본주의 시장에서 가장 과대평가된 상품이라며 혀를 차던 평상시 그를 생각하면 신기한 일이었다. 당시 나는 출판사를 운영하는 현오의 권유로, 오랫동안 전념해온 문화재단 일을 그만두고 책을 써보겠다고 끙끙대고 있었다. 현오가 예술 입문자들을 위해 기획한 '안목' 시리즈의 일환으로, 적은 돈으로 미술에 대한 안목을 기르고 이를 통해 삶을 윤기 있게 가꾸는 방법을 제안하는 책이었다. 재단 동료들은 집에서 속 편하게 글이나 쓰는 내 처지를 못 견디게 부러워했지만 나는 나대로 글이 잘 써지지 않아 괴로운 시간을 보내고 있었다. 특히 앞서 출간된 같은 시리즈의 책들—현오 지인들이 필자로 참여한—을 생각하면 사고가 막히고 손이 굳었다. 예술에 대한 내 관점이 실은 현오의 생각에서 뻗어난 잔가지일 뿐이며, 그럴싸한 문장과 인용으로 그 허약한 본체를 간신히 지탱하고 있다는 걸 눈 밝은 그들이 알아챌 것 같았다. 어쩌면 이런 내 조바심을 눈치챈 현오가 내게 기분 전환이 필요하다고 생각해 평소보다 너그러운 태도를 보인 걸 수도 있었다. 이왕 가는 거 일주일 정도 푹 쉬다 오라며 비행기표까지 끊어주었으니 말이다.

하지만 현오는 막상 내가 짐을 꾸리자 뒤늦게 정신이 든 사람처럼 서둘러 물었다.

근데 자기, 전에 그 여자 인종차별주의자라고 하지 않았나?

인종차별주의자. 아마 내가 그렇게 말하기는 했을 것이다. 정확히 그 단어는 아니어도, 겉으로는 나와 다른 존재를 받아들일 것을 강조하면서 정작 본인은 아시아 국가에 발도 들이지 않는 애나 패서디나의 위선에 대해 한 번쯤 이야기했을 것이다. 애나 님이 한국은 김치 냄새 나서 못 오시겠대. 아주 우아하셔.

사회적 명성을 얻은 사람들을 끌어내리고 흠집 내는 것은 그 시절 현오와 나 사이에 통용된 은밀한 놀이였다. 우리는 습관처럼 그들을 의심하고 분류하고 비판했다. 제대로 된 검증을 거친 사람인지, 시대의 흐름 덕에 과대평가받고 있는 건 아닌지, 애초에 부자여서 모든 게 가능했던 경우는 아닌지 꼼꼼히 살폈다. 처음에는 우리와 가까운 문화계 인사들이 주된 대상이었지만 어떤 때는 일종의 반작용으로, 그저 교양 없고 몰취미한 사람들이 심판대에 오르기도 했다. 우리의 이런 태도는 일상생활에도 영향을 미쳤다. 옷, 음악, 책, 가구, 미술, 요리, 영화, 스포츠, 모든 것이 판단 대상이 되었다.

미술상이었던 아버지의 영향으로 예술 서적 전문 출판사를 운영하는 현오는 다른 면에서는 진보적이고 균형 잡힌 사람이었지만 미술에 대한 취향만큼은 은근히 보수적이었다. 21세기의 창작자들은 구매자의 취향을 무시해서는 안 된다고 힘주어 말하면서도 작품이 주류 미술사의 맥락에서 벗어나거나 시장의 흐름을 의식하는 기미를 보이면 내심 질색했다. 시세 차익이 확실히 보장된 작품이 아니면 투자하지 않았던 생전의 아버지를 '고루한 양반'이라고 평가했지만 자세히 보면 그 또한 예술의 순수성을 옹호한다는 걸 알 수 있었다. 현오는 점점 '시장'이 되어가는 현대미술 판을 못마땅해했고 업계가 전반적으로 품위를 잃어가고 있다고 말하곤 했다. 나는 그런 현오에게 많은 영향을 받았고 곧 여러 사안에 있어 그와 뜻을 같이하기에 이르렀다.

저희 생각은 그래요. 현오가 말했다.

고급문화와 대중문화를 뒤섞는 건 자기애로 똘똘 뭉친 작가가 자신감이 없을 때 쓰는 마지막 카드라고요.

요즘 같은 시대에 잡식 문화를 비판하는 사람은 거의 없으니까요.

사람들 앞에서 차분히 말을 거드는 내 모습을 현오는 대견하게 지켜보곤 했다. 그건 내가 현오에게서 가장 좋아하는 것이었다. 유복한 환경에서 자란 지적인 남자가 소수의 사람에게만 내비치는 믿음. 현오가 내게 소개해준 사람들은 전부 뭔가를 창작하거나 그 비슷한 일을 했다. 어려서부터 갈고닦은 취향과 관점을 바탕으로 정해진 길을 걷듯 편안하게 예술계에 진입한 사람들. 그런 사람들 앞에서 현오의 인정을 받는 건 기분 좋은 일이었다. 세속의 가치에 얽매이지 않고 자신의 창조성을 생계와 부드럽게 연결시키는 삶. 그런 삶이 세상에 그렇듯 흔하다는 걸 나는 현오와 만나며 알게 되었다. 우리 같은 사실혼 관계를 아무렇지 않게 받아들이는 사람이 한국에 그렇게 많다는 것도. 현오의 친구들은 언제나 예술을 인생의 최우선 가치로 삼았고, 정상 가족 형태의 평범한 삶이 부럽다고 말하면서도 실은 우습게 여겼다. 그들에게 결혼은 세상에서 가장 시시한 이벤트였다.

*

　일찍 눈이 떠져 시계를 보니 새벽 5시가 조금 넘어 있었다. 뒤척이다 주방으로 내려가 냉장고에서 내 이름을 적은 포스트잇을 붙인 생수병을 찾아 마셨다. 찬물에 정신이 깨면서 전날 밤 기억이 조금씩 되살아났다. 술자리 내내 나를 경계하던 한 여자애가 언니 내일 진짜 우리랑 가는 거죠? 하고 화장실 앞에서 달아오른 얼굴로 나를 꼭 끌어안았던 것도. 그 장면을 떠올리자 가슴속에 작은 파문이 일었다.

　다시 잠들 수 있을 것 같지 않아 읽다 만 책을 들고 밖으로 나갔다. 송기호가 전날 옷차림 그대로 마당 잔디밭에 주저앉아 카메라를 만지고 있었다. 손놀림으로 보아 그동안 찍은 사진들 중 지울 것과 남길 것을 신중히 고르고 있는 듯했다. 그의 티셔츠를 보자 술자리에서 사람들이 그를 작가님, 작가님 놀리던 게 떠올라 나는 용기를 내 농담조로 인사했다.

　"작가님, 안녕히 주무셨어요?"

　고개를 든 송기호가 나를 보고 피식 웃었다. 장난기 어린 눈과 살짝 들린 입꼬리 때문인지 그는 삼십대인데도 소년처럼 보였다. 곱상하지만 약간 날티 나는 얼굴이었다.

　"우리 누나 동생 하기로 한 거 아니었어요?"

　송기호가 능청을 떨더니 오 반장이 밤새 코를 고는 바람에 자기는 물론이고 같은 방을 쓰는 사람들이 죄다 잠을 설쳤다며 투덜거렸다. 그러더니 문득 공격 대상을 바꿔, 내가 든 책을 가리키며 여기까지 와서 글이 눈에 들어오냐고, 그렇게 두꺼운 책을 자기는 살면서 한 번도 끝까지 읽어본 적이 없다며 고개를 절레절레했다.

"수면제 대신 가져온 거예요. 푹 자려고."

내가 생각해도 괜찮은 대답 같았다.

"우리 6시에 출발하기로 한 거 알죠? 추울 수 있으니까 걸칠 거 갖고 나와요."

송기호가 싱긋 웃으며 엉덩이를 털고 일어났다. 그는 키가 크고 어깨가 벌어졌는데도 어딘지 모르게 여성스러워 보였다. 작고 다부진 체격의 오 반장이 실제보다 우람해 보이는 것과는 정반대였다.

짙은 눈썹에 구레나룻을 기른 오 반장을 보고 나는 몇 년 전 아트페어에서 만난 아이누족 출신 남성 작가를 떠올렸다. 홋카이도 지방 토착민으로 소수민족을 향한 일본 사회의 선입견을 은유적으로 드러내는 작가였는데, 동양인임에도 묘하게 서구적인 얼굴이 인상 깊게 남아 있었다. 그러나 이국의 원주민 같은 외모와 달리 오 반장의 기질은 영락없는 한국인이어서, 결과적으로 그는 어디에도 속하지 않는 국적 불명의 사나이처럼 보였다. '말로 설명하기 어려운 사업상의 이유'로 발리에 장기 체류 중이라는 오 반장이 게스트하우스에 예사롭게 녹아드는 건 그런 외모 때문일지 몰랐다. 그는 스무 살 넘게 차이 나는 대학생 무리와도 허물없이 어울렸고, 주인이 없을 때는 대신 손님을 받아 이를 장부에 기록했다. 나중에는 숙소로 배달 온 생수 상자를 그가 직접 정리하는 걸 보기도 했다. 친목 도모를 목적으로 게스트하우스를 찾은 한국인들은 그를 오 반장이라 부르며 따랐다. 그날 오 반장 옆에 있던 호경이라는 여자애도 말하자면 그런 애들 중 하나였다.

숙소에서 제일 연장자인 오 반장은 다른 한국인들과 달리 스스럼없이 내게 말을 걸었다. 우붓은 처음인지, 며칠 일정으로 묵을 예정인지, 예약해둔 프로그램이 있는지, 결혼은 했는지 취조하듯 캐물었다. 나는 대화가 이상한 방향으로 튀지 않도록 진실과 거짓을 적당히 섞어 대답했다. 내가 말하는 동안 호경은 오 반장의 등받이에 팔을 두르고 나를 뚫어져라 쳐다봤다. 대답하는 내내 그 애가 내 속을 빤히 들여다보는 기분이었다. 취조를 마친 오 반장이 흡족한 얼굴로 담뱃갑에 손을 뻗으며 말했다.

"우리 기호랑 잘 맞겠네. 나이도 얼추 비슷하고."

"기호요? 그게 누군데요?"

"기집애처럼 생겨갖고 카메라 들고 다니는 놈 못 봤어요?"

내가 답을 흐리자 호경이 언니 취향은 아닐 수도 있지, 하고 오 반장을 나무랐다. 그러더니 언니라고 불러도 되죠? 하며 내 술잔을 채웠다. 태연을 가장한 말투에서 그 나이 또래 특유의 방어적이면서도 호전적인 태도가 느껴졌다.

휴게실에서 조촐하게 시작된 술자리는 일정을 마치고 돌아온 사람들로 금세 판이 커졌다. 숱 많은 곱슬머리를 틀어 올려 나무젓가락으로 고정한 호경이 자리를 옮겨 다니며 활기차게 술잔을 돌렸다. 길게 뻗은 다리와 탄탄한 팔뚝이 운동선수 같은 느낌을 주는 아이였다. 한국인이 절대다수인 술자리는 자연스럽게 대학 MT 분위기로 흘러갔다. 남녀 간에 미묘한 눈짓이 오가고 여기저기서 발작적인 웃음이 터졌다.

기분 좋게 취한 오 반장이 야한 농담으로 이따금 분위기를 띄웠다. 그때마다 남자들이 호경아 도망쳐, 하며 와르르 웃었다. 저렇듯 어린 여자애가 왜 지저분한 농담이나 하는 중년 남자와 어울리는지 알 수 없었다. 호경은 별로 웃기지 않은 이야기에도 자지러지듯 웃었고 입에 잘 붙지도 않는 욕을 밥 먹듯이 사용했다. 그렇게 시도 때도 없이 깔깔거리다 갑자기 부루퉁해져서는 보란 듯이 하품을 하며 지루한 티를 냈다. 오 반장이 담배와 라이터를 챙겨 밖으로 나가려 하자 호경이 또? 하고 이맛살을 찌푸렸다. 정색하는 아내가 아닌, 부드럽게 타박하는 애인의 표정이었다.

잠시 후 오 반장이 카메라를 든 남자와 함께 마당을 가로질러 안으로 들어왔다. 그가 나를 가리키며 남자에게 물었다.

"송기호. 어떠냐, 저 언니."

"아, 형 제발."

진저리를 친 남자가 양해를 구하듯 나를 바라봤다. 내 캐리어를 눈여겨보던 남자였다. 오 반장은 내게 언니, 라는 호칭을 썼다. 자기 딴에는 누나라고 부를 수도 없고 아줌마라고 부르기도 애매한 여자를 높이는 용도인 듯했다. 송기호가 자리에 앉자마자 오 반장은 그와 나를 대놓고 엮으려 들었다.

"언니 쟤가 저래 봬도 작가야, 작가. 다큐멘터리 포토그래퍼."

나는 그때 약간 모욕감을 느꼈는데, 그가 나를 부르는 방식이나 내가 단지 미혼이고 나이 들었다는 이유만으로 짝이 필요한 외로운 여자라고 단정 짓는 경솔한 태도 때문만은 아니었다. 오 반장이 은연중에 나와 자신을 동급으로 여기고 있다는 것. 자기 눈에 대단해 보이는 것이 내 눈에도 그럴 거라고 확신하는 것. 설사 그게 사실이 아니라 한들, 그런 기미를 느끼는 것만으로도 속이 꼬이고 비위가 상했다. 오 반장이 어떤 부류인지 알 것 같았다. 게스트하우스라는 작은 사회에서 어른 행세를 하고 있지만 실은 사회에서 낙오되어 물가 싸고 춥지 않은 나라를 떠돌고 있을 뿐인, 여행이 곧 삶이 되어버린 중년 남자. 여행하던 시절 숱하게 봐온 스테레오타입이었다.

방으로 돌아온 나는 옷을 벗고 욕실로 들어갔다. 찍찍, 소리가 나 올려다보니 욕실 천장에 새끼손가락만 한 도마뱀이 달라붙어 있었다. 샤워를 하려고 팔찌를 푸는데 까맣게 잊고 있던 장면이 머릿속에 떠올랐다. 술자리에서 부산 사투리를 쓰는 대학생 여자애가 이걸 보고 유난스레 호들갑을 떨었던 것이다. 네잎클로버를 닮은 보라색 참이 여러 개 연결된 그 팔찌는 몇 해 전 현오가 큰맘 먹고 생일선물로 사준 것이었다.

"은니야, 이거 반클리프 앤 아펠 아이가. 라일락인가 머신가 하는 유튜버가 짝퉁 찼다 디비졌던 그그 맞제?"

브랜드 이름을 리드미컬하게 발음하는 그녀의 억센 사투리에 몇몇이 웃음을 터뜨리며 내게로 시선을 돌렸다.

"한번 차볼래요? 보니까 이게 젊은 친구들한테 더 잘 어울리더라고요."

나는 얼른 팔찌를 풀어 그녀에게 건넸다. 그렇게나마 사람들의 관심이 내게 쏠린 것이 기뻤던 것이다. 팔찌를 본 여자들이 역시 진짜는 다르다며 한마디씩 했다. 멀리서 그 광경을 힐긋 본 호경이 아 구려, 하고 중얼거렸다. 들릴락 말락 한 목소리였지만 어째서인지 그날 호경의 언행에 남들보다 좀 더 주의를 기울이고 있던 나로서는 그 가시 돋친 혼잣말을 놓치기가 어려웠다. 옆에서 오 반장이 너도 저런 거 갖고 싶어? 이 오래비가 하나 사줘? 하고 눈치 없이 허풍을 떨자 호경이 오 반장의 턱을 손으로 톡 치며 까불지 말고 본인 빚이나 갚으세요, 했다. 아무리 친해도 그렇지 너무 버릇없는 거 아닌가 싶었는데 오 반장은 오히려 귀여워죽겠다는 듯 호경의 머리를 손으로 부스스 흩뜨렸다.

술자리가 무르익을 무렵 송기호가 내일 새벽에 오 반장과 호경 셋이 근교로 나갈 예정인데 함께 가지 않겠느냐고 물었다. 어차피 사흘 후 열리는 워크숍을 제외하면 별다른 일정도 없는 터였다. 내가 선선히 그러겠다고 하자 오 반장이 우리 스쿠터 타고 갈 건데 괜찮나? 하고 막아섰다.

"아까 보니까 벤치에서 책 읽고 있으시더라고. 아주 우아한 분이셔."

"그리고 겁나 부자야."

호경이 큰 소리로 덧붙였다.

스쿠터 타는 거랑 부자가 무슨 상관이지? 나는 몸에 물을 뿌리며 생각했다. 부자라니. 엄밀히 말해서 그건 사실도 아니었다.

요즘은 진짜 개나 소나 사진작가야. 그날 밤 나는 잠들기 전 현오와 통화하며 송기호 이야기를 꺼냈다. 늘 그렇듯 현오가 호응해주길 기대하면서. 그런데 현오는 어쩐지 좀 지루해하는 눈치였다. 뭐랄까, 내 말에 그럭저럭 맞장구치긴 했지만 이전 같은 의욕이 느껴지지 않았다. 비판할 가치도 없는 주제라고 생각하는 걸까? 아니면 다른 남자 얘기를 꺼내서 마음이 상했나? 호경과 오 반장에 대해서도 할 말이 많았던 나는 현오의 미지근한 반응에 그만 입을 다물었다. 이런 분위기에서 괜히 더 말을 이었다간 그러게 왜 거기까지 가서 영양가 없는 사람들과 어울리는 거냐고 의아해할지 몰랐다. 캐리어와 팔찌 이야기를 잘못 전하면 의심 많은 현오 성격상 그들을 잠재적 도둑으로 여길 수도 있었다.

옷을 갈아입으며 나는 현오에게 다시 한번 전화를 걸까 망설이다 그만두었다. 대신 현오가 전날 그 자리에 있었다면 그들을 어떻게 대했을지 상상하는 것으로 못다 한 대화의 허기를 달랬다. 남자들에 대한 현오의 반응을 상상하는 건 어렵지 않았다. 그는 대화 중에 틈틈이 나와 눈을 맞추며 이만 자리를 뜨자는 신호를 보냈을 것이다. 오 반장의 핸드폰 케이스에 프린트된 클림트의 〈키스〉나 송기호가 노트북을 열어 수줍게 보여준 원주민 아이들 사진을 보고 속으로 빠르게 판단을 마쳤을 것이다. 그럼에도 싫은 내색 없이 자리를 지키다가 더없이 깍듯한 태도로 그들과 마지막 인사를 나

116

넜을 것이다. 현오의 깍듯한 태도는 예의나 존중의 표현이라기보다 마음에 들지 않는 타인을 슬며시 밀어내는 기교에 더 가까웠다.

못내 궁금한 건 호경에 대한 현오의 반응이었다. 생각 외로 쩔쩔맬 수도 있었다. 현오도 남자니까, 그녀의 솔직하고 예측 불가능한 태도에 속수무책으로 빠져들지 몰랐다. 그러다 며칠 후 내가 호경의 이름을 꺼내면 불편한 기억을 떠올리듯 얼굴을 찡그릴 것이다. 마음을 복잡하게 만드는 작품 앞에서 품위 운운하며 저도 모르게 반감을 드러낼 때처럼. 나는 욕실로 들어가 거울을 보며 매무새를 다듬었다. 가슴속 파문은 어느새 잔잔히 잦아들어 있었다. 천장 모서리로 이동한 도마뱀이 꼬리를 갈지자로 흔들며 환풍구 뒤로 사라졌다.

그날 아침 도로에는 엄청나게 많은 차량이 나와 있었다. 달리는 승합차와 트럭 사이를 그보다 더 많은 스쿠터들이 지그재그를 그리며 빠져나갔다. 여러 사람의 체취가 밴 헬멧 때문에 무척 괴로웠던 것, 진흙 섞인 물웅덩이를 지날 때마다 종아리에 구정물이 튀었던 것이 기억난다. 예상 밖의 속도감에 놀라 송기호의 옷자락을 붙들었을 때 그가 팔을 뒤로 뻗어 내 손을 자기 허리 쪽으로 바짝 끌어당겼던 것도(예의 바르지만 남자다운 완력이 느껴지는 동작이었다). 나와 마찬가지로 뒷자리에 탄 오 반장은 호경이 핸들을 꺾을 때마다 솜씨 좋게 몸을 기울여 중심을 잡았다. 가파른 커브 길을 돌 때마다 춤추듯 함께 무너졌다 몸을 일으키는 두 사람의 모습에서 그들만의 은밀한 시간과 리듬을 짐작할 수 있었다.

도로가 혼잡해 잠시 멈춰 설 때면 송기호와 나는 여럿이 있는 동안에는 차마 묻지 못한 질문들을 주고받았다. 하는 일이 뭔지, 사는 곳은 어디인지 같은 평범한 물음이 대부분이었지만 스쿠터가 다시 속도를 높이고 우리 목소리가 도로의 소음에 파묻힐 때면 대화는 한층 대담해졌다. 집, 꿈, 일, 미래 같은 단어가 오가는 동안 내 안에 설렘과 실망이 빠르게 교차했다. 스쿠터가 구불구불한 오르막길을 넘어 목적지에 접어들었을 때 우리는 이미 서로에 대한 호감과 반감을 각각 엇비슷하게 주고받은 상태였다.

주차장에서 잡상인들이 과일을 플라스틱 바구니에 쌓아놓고 팔고 있었다. 나는 망고스틴 한 봉지를 사서 그들에게 나누어 주었다(오 반장이 나 대신 가격을 흥정했는데 그는 대화 중에 영어가 아닌 현지어를 써서 나를 놀라게 했다). 세 사람은 적극적으로 나를 데리고 다니면서도 음식값을 계산해야 하는 순간이 오면 담배를 피우거나 화장실에 가는 등 노골적으로 딴청을 피웠다. 나는 머지않아 그것이 그들의 오랜 생존 방식이라는 사실을 깨달았다. 자신들이 스쿠터를 빌리고 기름을 채워 나를 먼 곳까지 데려왔으니 밥값 정도는 내가 감당하는 게 당연하다는 태도였다.

우리가 그날 방문한 장소의 정확한 명칭은 '낀따마니'였다. 반세기 전에 폭발해 아직도 김이 피어오르는 휴화산과 거대한 칼데라 호가 있는 곳이었다. 언니 저거 봐요. 호경이 살갑게 내 팔짱을 끼며 다른 한 손으로 산 아래를 가리켰다. 분화구 가득 고인 호수 위로 뽀얀 물안개가 띠처럼 떠 있었다. 우리는 초승달 모양으로 구부러진 호숫가를 따라 천천히 걸었다. 호수에 버려지듯 떠 있는 난파선 안에 초등학교 저학년 또래의 남자아이들이 모여 있었다. 원주민으로 보이는 그 아이들은 고지대의 서늘한 기후에도 아랑곳없이 알몸으로 물놀이를 즐겼다. 송기호가 뱃머리에서 차례차례 물속으로 뛰어드는 아이들을 카메라에 담았다. 피사체가 되었다는 사실에 신이 난 아이들이 손가락으로 브이 자를 그리며 할로, 할로, 소리쳤다. 허리를 숙여 그들에게 사진을 보여주는 송기호의 얼굴이 아이처럼 환했다.

산 능선을 따라 전망 좋은 카페들이 늘어서 있었다. 내 발길이 그리로 향하자 오 반장이 저런 데는 뜨내기들이나 가는 곳이라며 나를 말렸다. 그러고는 사향고양이 배설물로 만든 커피를 맛볼 수 있는 농장이 근처에 있으니 조금만 참으라며 갑자기 철 지난 루왁 커피 예찬을 늘어놓기 시작했다. 루왁의 정의부터 설명하려 드는 걸 보니 내가 아무것도 모르고 있다고 생각하는 게 분명했다. 나는 또 한 번 모욕당한 기분이 들었고, 더는 참기 어려웠고, 그래서 그냥 이렇게 말해버렸다.

"이 정도 고지대에서 생산하는 거면 아라비카 품종이겠네요."

"그게 아니라 루왁이라고……."

"그러니까요. 루왁도 다른 커피처럼 아라비카가 있고 로부스타가 있을 거 아녜요."

"그치 그치. 잘 아시네."

오 반장이 쌍꺼풀 진 큰 눈을 끔뻑였다. 그 얼굴을 지켜보는 게 너무 짜릿해서 약간 죄책감이 들 정도였다. 하지만 승리의 깃발은 어느 틈에 다가온 불청객의 손으로 냉큼 넘어갔다.

"반장님 또 재아 언니 앞에서 주름잡다 혼났구나?"

호경이 어린아이 달래듯 오 반장의 엉덩이를 툭툭 두드렸다. 오 반장이 머쓱하게 웃으며 호경의 어깨에 팔을 둘렀다.

"우리 오빠 아는 척하는 거 너무 귀엽지 않아요?"

호경이 말해놓고 대답을 기다리듯 나를 똑바로 쳐다봤다.

그날과 관련된 또 하나의 기억은 이런 것이다. 호수 구경을 마치고 주차장으로 돌아오는 길이었다. 어디선가 튀어나온 원숭이 한 마리가 내 손에 들려 있던 망고스틴 봉지를 사납게 낚아챘다. 터진 봉지 틈으로 빠져나온 자줏빛 열매들이 바닥에 나뒹굴었다. 그중 한 알을 집어 먹는 원숭이를 보며 내가 황당해하고 있을 때 호경이 아오오오오, 늑대 울음소리를 내며 원숭이를 쫓아냈다. 왜 하필 늑대 울음소리였는지는 모른다. 원숭이, 아니 모든 동물의 천적은 늑대라는 논리였을까? 아무튼 호경은 그날 숫제 네발로 기어가는 시늉까지 하며 늑대 흉내를 냈고, 그 모습에 남자들이 허리를 꺾어가며 웃어댔고, 나는 그런 세 사람을 지켜보며 그들 사이에 섞이고 싶은 마음과 그들 사이를 엉클어뜨리고 싶은 마음 사이에서 진자 운동을 거듭했다.

가까워질수록 예의를 차리는 사람도 있다는 걸 나는 오 반장을 보며 알았다. 우리가 층층이 물을 가둔 논둑길을 산책하고, 입구에 커다란 힌두 도깨비가 새겨진 석굴사원을 돌아보고, 원주민들이 직물을 푸르게 물들이는 것을 구경하는 동안 나에 대한 그의 호칭은 언니에서 재아 씨로, 최종적으로는 작가님으로 바뀌었다. 송기호에게 지나가는 말로 책을 쓰고 있다고 했는데 그 얘기가 오 반장에게 조금 왜곡된 형태로 전해진 듯했다(그는 무슨 말 끝에 내게 쓰고 있는 책 내용이 뭐냐고 물었는데 막상 내가 입을 열자 금세 집중력이 흐려져서는, 마지막에는 거의 듣는 시늉만 했다).

한편 몰라보게 정중해진 그의 태도 덕에 나 역시 전과 다른 관점으로 그를 바라보게 되었다. 오 반장은 현지 사정에 빠삭했고 발리섬 지리를 손바닥 보듯 꿰고 있었다. 영어가 좀 투박하긴 해도 의사소통에는 지장이 없는 데다 발리어도 조금 할 줄 아니까 관광 가이드로만 일해도 지금보다 생활이 훨씬 나아질 것이었다. 이런 내 생각을 전하자 그는 심상한 얼굴로 나를 보더니, 발리에는 자국민 보호정책이 시행되고 있어 외국인이 관광업에 종사하는 데 제약이 많이 따른다고 설명했다. 체념하는 기색 없이 사실을 있는 그대로 전하는 말투였다(그가 발리어를 배운 계기를 말하는 과정에서 들려준 이야기도 의외로 흥미로웠다. 발리에는 아직 희미하게나마 카스트제도가 유지되고 있어 계급마다 사용하는 언어가 조금씩 다르다는 말이었다).

낀따마니에 다녀온 다음 날 아침, 송기호는 전날 찍은 사진들 중 베스트 컷을 추려 내게 톡으로 보내주었다. 강렬한 콘트라스트로 화산지대의 신비로움을 부각한 그 흑백사진 컬렉션은 히말라야산 맥이나 인도 갠지스강 같은 오지에서만 인생의 진리를 찾으려 드는 삼류 다큐 작가들의 스타일을 그마저도 어설프게 답습한 것에 불과했다. 원주민 아이들의 천진난만한 얼굴을 클로즈업한 신파조의 인물 사진도 거슬리긴 마찬가지였다. 아이들을 향한 그 애정어린 시선에서 사진이 세상을 변화시키리라 기대하는 그의 순진한 믿음이 고스란히 전해졌다. 나는 뭐라고 반응해야 좋을지 몰라 고민하다가 캐릭터 이모티콘으로 적당히 대답을 대신했다.

송기호에게 베스트 컷을 한 번 더 받은 날, 그와 단둘이 사진 이야기를 나눌 기회가 있었다. 저녁 무렵 둘이 함께 안줏거리를 사러 나왔다가 갑자기 쏟아진 폭우에 숙소 근처 스타벅스로 몸을 피한 때였을 것이다. 계산대 앞에 선 송기호가 웬일로 자기가 사겠다며 나를 만류했다. 그에게 주문을 맡기고 카페 안으로 들어간 나는 사원이 잘 보이는 창가 테이블에 자리 잡았다. 여느 스타벅스와 달리 매장 뒤편이 연못으로 둘러싸인 사원과 연결되어 있어 관광객들이 성지순례 하듯 한 번씩 들르는 곳이었다. 심벌즈를 뒤집어놓은 것처럼 가운데가 오목한 연잎들이 서로 다른 높이에서 빗물을 튕겨내며 흔들리는 풍경이 꽤 근사했다. 신기하네. 원래 여기 자리 잘 안 나는데. 송기호가 음료를 내려놓으며 말했다. 건너편에 앉은 한국인 여자 둘이 우리 쪽을 슬쩍 보더니 자기들끼리 의미심장한 눈웃음을 주고받았다. 처음에는 한국어가 적힌 그의 티셔츠 때문인 줄 알았는데(그는 그날도 문제의 티셔츠를 입고 있었다) 아이

돌 누구 닮지 않았느냐는 말이 흘러나온 걸 봐서 웃음의 이유가 반드시 옷 때문만은 아닌 듯했다.

창밖을 물끄러미 바라보던 송기호가 대수롭지 않은 척 사진 이야기를 꺼냈다. 아무 말이 없는 내 반응을 은근히 신경 쓰고 있던 게 분명했다. 나는 속마음을 감추려 이리저리 수선을 떨었지만(글쎄 기호 씨만의 느낌이 있다니까요?) 솔직한 의견을 구하는 듯한 그의 눈빛에 그만 마음이 흔들려서는 격려도 조언도 아닌 어중간한 말만 늘어놓고 말았다.

"부민성 작가 아시죠?"

송기호의 얼굴에 반가움이 스쳤다.

"일반 사진가 중에는 부민성이 최고인 것 같아요."

"일반 사진가요?"

"음…… 말에 좀 어폐가 있을 수 있는데요. 솔직히 그분 작업이 한국 다큐멘터리 사진사에 언급될 만한 수준은 아니잖아요. 그냥 아름다운 여행 사진? 뭐 그런 거죠."

송기호가 혼란스러운 얼굴로 나를 바라봤다. 나는 여러 번 접어 꼬깃꼬깃해진 냅킨을 다시 펼치며 되는대로 말을 이었다. 말이 말을 낳는 느낌이었다.

"왜 다큐 작가랍시고 이상한 환상 가진 사람들 있잖아요. 자기가 찍은 사진이 잘못된 세상을 개선하는 데 이바지할 수 있다는 환상이요. 부민성은 그런 게 없어서 좋아요. 사진이 겸손하다고 해야 하나."

송기호는 풀이 죽은 기색이었지만 그의 눈빛에는 저항감이 엿보였다. 반격하고 싶지만 적당한 말을 찾지 못해 고심하는 듯했다.

"전부터 궁금했는데 그 옷은 대체 뭐예요?"

나는 분위기를 전환하려 웃으며 물었다.

"이거요? 호경이가 준 거예요."

"호경 씨가요?"

송기호가 끄덕였다.

"예전에 알바할 때 가져온 거라던데…… 이상해요?"

"호경 씨가 전시장에서 알바를 했어요?"

"저도 자세한 건 잘 몰라요. 거기 주인이 하도 재수 없게 굴어서 일 그만둘 때 몰래 몇 장 가져왔다나. 하여간 골 때려요, 그 녀석."

송기호가 말하며 빙긋 웃었다. 귀여운 말썽꾸러기 여동생을 떠올리듯 다정한 미소였다. 그 미소에 내 가슴속 추(錘)가 다시금 좌우로 흔들렸다. 순간, 낀따마니로 가는 길에 그가 들려준 말이 떠올랐다. 한국으로 돌아가 사진으로 돈을 벌고 싶다는 말. 그렇게 번 돈으로 전시도 열고 싶다는 말. 하지만 어디서부터 시작해야 할지 몰라 아직은 생각만 하고 있다는 말. 한국을 떠난 지 너무 오래라 이제는 돌아가기가 무척 두렵다는 말. 나는 그의 두려움을 충분히 이해할 수 있었다. 이렇다 할 경력도 인맥도 없는 송기호가 서른이 한참 넘은 나이에 한국에서 사진으로 돈을 벌기란 쉽지 않을 것이다. 웨딩 촬영 보조나 인터넷 쇼핑몰 촬영 같은 아르바이트를 전전하며 방황하다 맥없이 꿈을 접는 그의 모습이 눈에 선했다.

"한국 오면 연락해요. 도와줄게요."

나도 모르게 튀어나온 말에 스스로 놀라며 말했다. 또다시 말이 말을 낳기 시작했다. 반짝이는 약속들이 꼬리를 물었다. 서울에 오면 도움될 만한 사람들을 소개해주겠다고, 아주 대단한 곳은 아니어도 작은 갤러리 정도는 연결해줄 수 있다고, 부민성과도 친분이 있으니 원한다면 그분 스튜디오에 자리가 있는지 알아봐주겠다고. 송기호는 조금 놀란 것 같았다.

"반장 형 말이 맞구나."

"뭐가요?"

"김재아 보통 사람 아니라고."

성과 이름을 붙인 그 호칭에 흔들리던 추가 한순간 움직임을 멈추었다. 나를 보는 송기호의 눈에 돌연 장난기가 돌았다. 나는 상황을 눈치채고 재빨리 고개를 돌렸다. 동시에 한발 늦은 셔터음이 울렸다.

"에이, 흔들렸잖아요. 아깝다. 방금 진짜 예뻤는데."

송기호가 카메라를 내리며 투덜거렸다. 그때 테이블 위에 올려둔 내 핸드폰에서 문자 알림음이 울렸다.

—유니세프 광고 사진인 줄. ㅋㅋ

그제야 아침에 현오에게 보낸 문자 생각이 났다. 송기호의 흑백사진을 보내고 의견을 물었는데 저녁이 다 되어서야 답이 온 것이었다.

—ㅎㅎㅎ 내 말이. 보고 싶다 우리 현오.

나는 답문을 보내고 핸드폰을 테이블 위에 엎어놨다.

"재아 언니, 신발!"

옆에 앉은 호경이 비명을 내질렀다. 황토색 강물 위로 벗겨진 내 샌들 한 짝이 둥실둥실 떠내려가고 있었다. 얼굴에 튄 물이 한낮의 뜨거운 볕에 금세 말라 사라졌다. 8월, 여름의 복판이었고, 다음 날 그처럼 비가 쏟아지리라고 예상치 못할 만큼 날씨는 화창했다. 애나 패서디나의 워크숍을 하루 앞둔 날이었다. 우리를 태운 코끼리가 철퍼덕 소리를 내며 물속 깊이 몸을 담갔다. 다음 목표물은 내가 아닌 호경이었다. 녀석이 코를 치켜올려 또 한 번 넓게 물을 내뿜었다. 호경이 물세례를 맞자 관광객들 틈에서 우리를 구경하던 송기호와 오 반장이 박수를 치며 즐거워했다. 강 바깥에서 손짓하는 조련사를 따라 걸음을 옮긴 코끼리가 긴 코로 수면을 훑어 내 샌들을 민첩하게 낚아챘다. 웩, 이걸 어떻게 신어. 트레킹을 마친 내가 젖은 나뭇잎이 엉겨 붙은 샌들을 받고 우는소리를 하자 호경이 킥킥 웃으며 내게 몸을 기댔다.

"작가님 떠나시기 전에 그림 구경 좀 시켜드릴까?"

그날 점심, 다 같이 시장에서 꼬치구이를 먹고 있을 때 오 반장이 떠보듯 입을 열었다. 스쿠터로 한 시간 남짓 거리에 발리 전통회화를 볼 수 있는 제법 큰 규모의 미술관이 있다고 했다. 자기도 아직 가보지는 않았네 어쩌네 뜸을 들이던 그가 쑥스러운 얼굴로 덧붙였다.

"작가님 미술 책 집필에 영감이 될까 해서."

"언니가 말하는 미술은 그런 미술 아니야, 바보."

호경의 면박에 오 반장이 머리를 긁적였다. 나는 아니라고, 그러잖아도 미술관 구경이 하고 싶었다고, 갈 거면 늦기 전에 얼른 출발하자고 말했다. 발리의 원시미술에 딱히 흥미가 있어서는 아니었고 실은 스쿠터가 타고 싶었다. 그때쯤 나는 스쿠터의 속도감이 주는 쾌감에 푹 빠져 있었던 것이다.

오 반장이 말한 미술관은 고급 리조트들이 모여 있는 관광단지 근처에 있었다. 피라미드 형태의 벽돌색 지붕을 삿갓처럼 인 건물 내부에 지붕과 비슷한 톤의 회화들이 풍성하게 걸려 있었다. 인도네시아 말고도 중국, 일본, 베트남 등 다양한 국적의 작가들 그림이 있었고 고갱의 작품도 눈에 띄었다. 관람객이 거의 없어 우리는 호젓하게 그림을 구경했다. 텅 빈 전시장에 우리의 발걸음 소리와 송기호가 내는 셔터 소리만이 간간이 울려 퍼졌다.

전시 자체는 특별할 게 없었다. 20세기 초 발리에 거주했던 서구 남성 작가들의 작품을 모아놓은 것으로, 고갱의 화풍을 베낀 발리 여성의 누드화가 주를 이뤘다. 문명에 염증을 느낀 고갱이 타히티의 원시적 삶에서 아름다움을 찾으려 했듯, 그들 역시 자신을 문명인의 위치에 두고 발리의 원시성을 예찬하고 있었다. 오리엔탈리즘에서 발로했을 그 오만한 시선이 나는 얼마간 불편했는데, 호경은 그림들이 마음에 드는지 평소답지 않게 고요한 얼굴이었다. 뒤처진 채로 특정 그림 앞에 한동안 서 있기도 했다. 어두운 피부를 가진 작고 마른 원주민 소녀가 춤을 추는 모습을 그린 그림이었다. 허리에 붉은 치마를 두르고 맨가슴을 드러낸 소녀는 춤에 완전히 몰두한 듯 황홀경에 빠진 표정이었다. 다른 누드화 속 여자들처럼 화가를 정면으로 바라보거나 관객에게 유혹의 눈길을 던지는 대신 감은 눈으로 자신의 내면을 응시하는 그 소녀는 치마와 비슷한 색 배경 위에 묻히듯 그려져 있어 불에 타고 있는 것처럼 보이기도 했다.

"어려울 게 뭐 있어요. 자기가 봐서 좋으면 그만이지."

나는 감상을 어려워하는 오 반장을 독려하며 앞으로 나아갔다. 촬영에 정신이 팔린 송기호와 달리 오 반장은 얌전한 학생처럼 내 설명에 귀를 기울였다. 전시장이 너무 조용해서 내 목소리가 좀 도드라지는 듯했고 그래서인지 단어 하나하나에 신경이 쓰였다. 젠체하는 느낌이 들지 않도록 조심했지만 필요에 따라 '대상화'라든지 '타자화' 같은 말을 쓰기도 했던 것 같다.

여행 마지막 날 호경이 내게 선물한 그림은 그날 미술관 앞에 모여 있던 노점상 중 한 곳에서 구입한 것이었다. 발리의 풍경과 동물 따위를 그린 유화 그림을 파는 가게였는데 캔버스가 하나같이 손바닥만 했다. 여행자들이 부담 없이 구입할 수 있도록 그렇게 만든 것 같았다. 호경은 가게 앞에 쭈그리고 앉아 바닥에 놓인 그림들을 골똘히 들여다보았다. 오 반장이 설마 살 건 아니지? 하는 표정으로 호경을 내려다봤다. 나는 호경 옆에 앉아 뭐라도 살 것처럼 그림들을 뒤적거렸다. 아마 점심때 호경이 한 말이 마음에 걸렸기 때문일 것이다. 언니가 말하는 미술은 그런 미술 아니야.

"내일 온다고 했죠? 애나인지 뭔지 하는 그 여자요."

호경이 그림에서 눈을 떼지 않은 채 내게 물었다.

"그거 할 때 저희 따라가도 돼요?"

"야 인마, 우리는 요가 할 줄 모르잖아."

옆에서 듣고 있던 송기호가 펄쩍 뛰었다.

"어려울 게 뭐 있어. 요가가 별거야?"

자리에서 일어나 서너 걸음 뒤로 물러난 호경이 무릎을 꿇고 앉아 손깍지를 끼고 팔꿈치를 바닥에 내려놓았다. 그런 다음 고개를 들고 우리를 보며 씩 웃더니, 깍지 낀 손 앞 바닥에 정수리를 대고 길게 뻗은 다리를 하나씩 들어 올려 '머리 서기' 자세를 취했다. 남자들의 입이 딱 벌어졌다. 나는 아무리 연습해도 할 수 없던 자세였다.

＊

그날은 아침부터 비가 왔다.

창문을 때리는 빗소리에 내려가보니 휴게실 천장에 걸린 코코넛 껍질들이 네모난 입으로 물을 콸콸 토하고 있었다. 빗물의 무게를 감당하지 못하고 아래로 당겨진 입과 부릅뜬 눈의 대비가 섬뜩했다. 우천 시 아래 장소에서 진행합니다. 핸드폰을 열어 주최 측이 보내온 구글맵 링크를 한 번 더 확인했다. 여기까지 와서 자연의 물소리가 주는 현장성을 경험하지 못하는 것은 안타까웠지만 한편으론 오히려 잘됐다 싶었다. 동적 명상은 장소가 실내일 경우 조명을 모두 끄고 진행하는 것이 원칙이었다. 그런 환경이라면 누구도 의식하지 않고 온전히 나 자신에게 몰입할 수 있을 것 같았다. 그래, 어둠 속에서라면. 나는 떨어지는 빗방울을 보며 생각했다. 그리고 내가 이 시간을 아주 오래, 맹렬히 기다려왔다는 사실을 깨달았다.

그날 저녁 도로는 종일 내린 비로 완전히 물에 잠긴 상태였다. 다행히 요가원이 숙소에서 걸어갈 수 있는 거리에 있어 우리는 우비 차림으로 숙소를 나섰다. 해가 지기 전인데도 날이 흐려 거리가 어둑했다. 나는 어깨 한쪽에 요가 매트를 메고 발목까지 오는 물을 찰박거리며 앞으로 나아갔다. 이제 좀 그쳤나 싶을 때마다 굵은 빗방울이 후드득 떨어졌다. 워크숍 예정 시간보다 30분 일찍 도착했음에도 요가원 입구에는 앞서 도착한 스쿠터들이 줄줄이 세워져 있었다.

우리와 함께 요가원에 들어선 외국인들이 저마다 '고저스'를 연발했다. 천장이 높은 건물 창밖으로 무성한 열대의 원시림—그러나 실제로는 조경사가 정성껏 다듬었을—이 그림처럼 걸려 있었다. 빗살이 거세질 때마다 갈래갈래 찢어진 야자수잎들이 춤추듯 흔들리며 물줄기를 쏟아냈다. 호경이 티켓을 구입할 때만 해도 돌아가고 싶어 하는 기색이 역력했던 송기호가 그 풍경에 상기된 얼굴로 카메라를 들었다. 비에 젖은 머리를 털며 들어온 사람들이 하나둘 매트를 깔고 요가 자세로 몸을 풀었다. 나처럼 수건에 매트까지 챙겨 온 사람도 있었고 오 반장네처럼 일행을 따라 호기심에 찾아온 듯한 사람도 있었다.

잠시 후 칼로 자른 것처럼 반듯한 단발머리에 화려한 요가복을 입은 백인 여자가 앞으로 나와 마이크를 잡았다. 여자가 합장하며 허리를 숙이자 참가자들 사이에 열띤 박수와 환호가 쏟아져 나왔다. 다소 사무적인 태도로 짧게 자기소개를 마친 애나 패서디나는 곧장 본론으로 진입해 패서디나 요가의 동적 명상이 갖는 의의에 대해 설명했다. 이 수련의 목적은 흐르는 물처럼 자유롭게 몸을 움직이는 과정을 통해 내면의 확장을 경험하는 것이다. 단체 명상에서 가장 중요한 것은 타인의 움직임을 사심 없이 받아들이겠다는 마음가짐이다. 유튜브로 이미 여러 번 반복해 들은 이야기였다. 뒤이어 주최 측이 준비한 시연 영상을 보며 간단히 이미지 트레이닝을 하는 시간이 이어졌다. 언니. 저. 너무. 기. 대. 돼. 요. 멀리 떨어져 앉은 호경이 입 모양으로 내게 말했다. 그 말이 내 여행을 끝끝내 망치려 드는 불길한 주문처럼 느껴졌다. 모두 자리에서 일어나세요. 애나 패서디나가 말했다. 상관없어. 어차피 내일이면 한국으로 돌아간다. 나는 매트 위에 몸을 바로 세우고 숨을 크게 몰아쉬었다.

조명이 꺼지고 사방에서 소리가 흘러나왔다. 어둠에 눈이 적응하기까지 시간이 좀 걸렸다. 바위를 타고 흐르는 계곡물 소리에 사람들이 주술에 걸린 것처럼 몸을 앞뒤로 흔들었다. 기존에 배운 요가 동작은 잊으세요. 내 몸이 이끄는 대로 자유롭게 흘러갑니다. 애나가 격려하듯 속삭였다. 내 발에 구멍이 났다고 상상해보세요. 물의 에너지가 발끝에서 머리끝까지 올라오는 것을 느끼며 물살의 흐름을 온몸으로 의식합니다. 애나의 희끗한 단발머리가 어둠 속에서 부드럽게 흔들렸다. 오디오 사운드가 계곡물 소리에서 폭포 소리로 바뀌었다. 얌전한 계곡물이 순식간에 불어나 빠르고 험한 물살로 이어지다가 거대한 폭포가 되어 포효하듯 굴러떨어졌다. 소용돌이를 일으키며 넘실대던 물이 잔잔한 소낙비로 바뀌었다가 바닷속 깊이 흘러가 불현듯 고요해지기도 했다. 나는 착실한 모범생처럼 애나의 움직임을 따랐다. 물속에서 흔들리는 말미잘을 상상하며 팔다리를 흐느적거리고 온몸이 폭포가 된 양 제자리에서 몸을 탈탈 털었다. 그런 나 자신이 낯설고 짜릿했다. 몸이 물에 젖어 점점 부풀어 오르는 기분이었다. 옆에서 송기호와 오 반장이 어색하게 몸을 움직이는 게 느껴졌다. 호경의 모습은 보이지 않았다.

잦아들었던 빗줄기가 다시 거세게 유리창을 때리기 시작했다. 어둠이 내려앉은 창밖 풍경 위로 천둥이 치고 번개가 우르릉거렸다. 인공의 물소리와 자연의 물소리가 기묘한 조화를 이루며 현장 분위기를 뜨겁게 끌어 올렸다. 애나 패서디나가 철썩이는 파도 소리에 맞춰 바닥에 넘어졌다 일어나길 반복하고 있을 때 갑자기 팍, 소리와 함께 오디오 전원이 꺼졌다. 폭우로 인한 정전이었다. 장내에 창문을 때리는 빗소리만이 요란하게 울려 퍼졌다. 어둠 속에서 스태프들이 분주하게 움직였다. 흥이 깨진 사람들이 숨을 몰아쉬며 사태가 회복되길 기다렸다.

"아오오오오!"

난데없는 늑대 울음소리에 사람들의 시선이 앞으로 쏠렸다. 아
오오오오! 늑대처럼 바닥에 엎드린 호경이 또 한 번 소리를 내지
르며 고개를 하늘로 쳐들었다. 그 모습에 사람들이 웃기 시작했다.
껄껄대는 오 반장의 웃음소리도 들렸다. 유 아 브릴리언트! 백인
남자 한 명이 호경을 향해 엄지손가락을 치켜올렸다. 눈치 빠른 스
태프들이 요가원에 있던 핸드팬과 젬베를 두드리며 호경의 놀이
에 장단을 맞췄다. 늑대 울음소리와 타악기 소리와 빗소리가 야생
적인 화음을 만들어내며 분위기를 고조시켰다. 멀리서 호경을 흐
뭇하게 지켜보던 애나 패서디나가 함박웃음을 지으며 앞으로 걸
어 나왔다.

"우리는 동물입니다!"

애나가 팔로 커다랗게 날갯짓을 하며 까마귀 소리를 냈다. 시도
하세요, 모든 것이 가능합니다. 애나가 매트 사이를 돌아다니며 부
추겼다. 나는 젖은 땅을 기어다니는 뱀입니다! 나는 비 오는 밀림
의 사자입니다! 나는 물속을 걷는 코끼리입니다! 화가 아주 많이
난 코끼리입니다! 애나의 외침에 고양된 사람들이 저마다 동물 흉
내를 내며 괴상한 소리를 내질렀다. 바닥에 드러눕고 제자리에서
빙글빙글 돌고 자리에서 벗어나 다른 사람의 매트를 마구 짓밟았
다. 나는 무아지경에 빠진 사람들을 더듬거리며 눈으로 호경을 좇
았다. 호경은 굿판을 벌이는 무당처럼 타악기 소리에 맞춰 장내를

휘젓고 있었다. 이제 막 자신의 초능력을 인지한 사람처럼 경외감에 찬 얼굴이었다. 눈앞이 어지러웠다. 타악기 소리가 가슴을 쿵쿵두드렸다. 나를 발견한 호경이 땀에 젖은 얼굴로 내게 다가왔다.머리를 빙빙 돌리고, 망설임 없이 이를 드러내고, 어린애처럼 엉덩이를 흔들고, 몸을 사리지 않고, 추하게, 옆에 있는 사람을 향해 컹컹 짖고 혼자 데굴데굴 구르다가 덮치듯 내게 몸을 무너뜨렸다. 나는 호경의 밑에 깔린 채 웃기 시작했다. 가슴을 들썩이며 온 힘을다해 웃기 시작했다. 타악기 연주가 절정을 향해 치달았다.

＊

송기호로부터 연락이 왔을 때 나는 현오의 출판사가 아닌 다른출판사에서 두 번째 책 계약을 막 마친 참이었다. 첫 번째 책이 출간 2주 만에 2쇄를 찍는 등 잔잔한 성공을 거둔 덕이었다.

송기호는 말줄임표가 가득한 문자로 우리 사이의 문을 조심스레 두드렸다. 뭔가를 바라고 연락하는 것이 아니니 오해 없었으면좋겠다고, 커피도 좋고 술도 좋으니 바쁘지 않다면 홍대 근처에서한번 보자고, 내가 일러준 작가들 사진도 인터넷에서 다 찾아보았다며 마틴 파와 다이안 아버스는 좋았지만 필립 퍼키스는 잘 모르겠더라는 감상도 덧붙였다. 그러나 이틀 전 귀국해 이런저런 볼일을 마치고 이제 막 본가에 짐을 풀었다는 송기호의 말에서는 어쩔수 없는 조급함이 느껴졌고, 그의 메신저 프로필은 여전히 우붓의 풍경에 붙박여 있었다. 사진을 눌러 다이빙하는 원주민 소년을 확인한 순간 정신이 아득해졌다. 술김에 보낸 문자를 다음 날 맑은 정신으로 다시 읽은 기분이었다. 나는 안 그래도 안부가 궁금하던 참이었다고, 기호 씨는 뭘 해도 잘할 테니 너무 걱정 말라고, 지금은 내가 조금 바쁘니 긴 얘기는 나중에 만나서 하자고 답했다. 최대한 사려 깊고 친근하게, 하지만 그가 다시 내게 연락할 수 없을 만큼은 분명하게 선을 그으면서.

몇 시간 뒤 그는 "참, 반장 형도 비자 문제로 조만간 한국 올 것 같아요"라고 소심하게 덧붙였다. 나는 답문 대신 화들짝 놀란 표정의 토끼 이모티콘을 전송했다. 그게 송기호와의 마지막 대화였다.

마흔 이후의 삶은 내리막길을 달리는 스쿠터처럼 무서운 가속도로 우리를 흔들었다. 현오와 나는 어리둥절한 얼굴로 서로를 꼭 붙들었다. 모든 것이 전보다 쉽지 않았다. 중심에 속하기 위해 안간힘을 써야 했다. 예상을 벗어난 결과 앞에서 평정을 가장하는 일이 늘어났다. 우리는 각자의 영역에서 작은 실패를 맛보고 작은 성공으로 그것을 갈음하길 거듭하며 나이에 어울리는 포기와 체념을 얼굴에 새겼다. 심사숙고 끝에 입양한 고양이 한 마리와 맛있는 음식, 질 좋은 스피커로 듣는 클래식 음악이 뜻밖의 위안이 되었다.

위안?

사회적 명성을 얻은 사람들을 끌어내리고 흠집 내는 것은 여전히 우리만의 은밀한 놀이로 남아 있지만 그것은 이제 일시적인 위안 이상도 이하도 아니다. 요즘은 대화 중에 그와 내 역할이 완전히 전도된 느낌을 받기도 한다.

우리는 곧 남산 근처에 있는 맨션으로 이사할 예정이다. 현오의 어머니가 훗날 자식 간에 다툼이 생길 것을 염려해 유산 일부를 미리 증여한 덕택이다. 현오와 나는 이제 정말 '사실상' 부부다. 우리는 공동 명의로 된 신용카드를 쓰고, 같은 정당을 지지한다. 서로의 가족 행사에 참여하고, 돌아오는 차 안에서 크게 다툰다. 그의 친구는 곧 나의 친구이고, 그들의 작업을 응원하는 것은—장기적으로 봤을 때—우리의 밥벌이를 유지하는 데 도움이 된다. 지난 토요일 우리가 후암동에 있는 미술관을 찾은 것도 현오의 대학 동기인 H 작가의 작업을 보기 위해서였다.

장소는 본관 건물 지하에 있는 50석 규모의 작은 극장이었다. 미술관에서 운영하는 극장답게 현대미술 작가들의 비디오아트와 실험적 다큐멘터리를 주로 상영하는 곳이었다. 우리는 이사하면 앞으로 여기 자주 오게 될 것 같다는 말을 주고받으며 엘리베이터 내부에 붙은 안내문을 훑었다. '일시적인 유동 : 관객 실험.' 그게 H가 참여한 프로그램 제목이었다.

'관객 실험'이라는 부제가 불러일으키는 호기심 때문인지 극장에는 예상보다 많은 관객이 앉아 있었다. 빈자리가 거의 없어 우리는 비상구와 가까운 맨 앞줄 끝에 자리 잡았다. 불이 꺼지고 창작자와 관객의 관계성을 다루는 30분 내외의 영상 세 편이 연달아 상영되었다. 작가 본인이 재래시장에서 상인들의 이름을 호명하는 퍼포먼스를 담은 H의 작품은 영리하긴 했지만 어쩐지 뒷맛이 씁쓸했다. 다섯 명의 작가와 다섯 명의 관객이 민주주의와 미술에 대해 집단토론을 벌이는 두 번째 작품은 형식 자체는 흥미로웠으나 패널 구성이 편향적이고 정치색이 짙어 거부감이 들었다. 마지막 작품은 독일 안무가 피나 바우슈에 대한 식상한 오마주였지만 편집이 날렵하고 출연진이 놀랄 만큼 매력적이어서 보는 내내 눈을 떼기 어려웠다. 춤과 무관한 일반인 참가자들과 프로 무용수들이 일시적인 공동체를 이뤄 함께 무대를 준비하는 모습에 관객들이 허리를 바로 세우는 게 느껴졌다.

상영이 끝나고 프로그램 취지에 맞게 '관객과의 대화' 시간이 이어졌다. 무채색 옷을 입은 남자 감독들 가운데 컬러풀한 차림의 여자 감독이 시선을 끌었다. 숱 많은 머리를 하나로 굵게 땋고 연보라색 슬립 드레스를 입은 여자는 시상식에 참석한 배우처럼 단정한 블랙 재킷을 어깨에 살짝 걸치고 있었다. 안무가이자 무용수로 자신을 소개한 그녀는 유명 영화감독인 아버지의 영향으로 어려서부터 영상 작업에 관심이 많았으며—아버지의 이름을 말할 때 여자는 그것이 특권이라는 걸 자기도 잘 알고 있다는 듯 민망한 웃음을 지어 보였다—팬데믹 시대에 관객과의 소통을 고민하던 중 극장 측의 제안을 받아 이번 영상을 기획하게 됐다고 설명했다. 여자의 말이 끝나기 무섭게 H가 손을 들어 마이크를 받았다. H는 여자의 작품에 나오는 강강술래 장면을 언급하며 자신에게는 그것이 관객과의 소통을 희구하는 일종의 주술적 제의처럼 느껴졌다고 말했다. 서로 손을 맞잡고 빙글빙글 돌던 일반인과 무용수들이 원심력을 이기지 못해 난폭하게 떨어져 나갔다가 다시 손을 잡기를 반복하는 장면을 두고 한 말이었다. 질문인지 의견인지 모를 H의 말에 현오가 저 자식 여자한테 사심 있네, 하고 쿡 웃었다. 여자는 H의 말에 공감을 표하면서도 강강술래처럼 보이는 그 춤은 사실 고대 부족사회에서 흔히 볼 수 있는 원무(圓舞)이며, 이를 통해 자신이 보여주려 한 것은 소통의 가능성보다 오히려 그것의 불가능성에 가까운 것 같다고 부연했다. 여자의 말을 듣는 동안 나는 내 인생의 작은 모험 정도로 치부해왔던 그 시간이 여자에게는 그보다 더 축소된, 작은 모험의 전주곡에 불과했다는 사실을 깨달았다. 알 수 없는 무력감에 젖어 내가 극장 의자에 몸을 파묻었을 때 현오가 귓속말로 "그래도 저 여자는 자기가 무슨 말을 하는지 알고 있는 것 같다"고 짧게 평했다. 옷차림이나 태도로 시선 끄는 작가를 좋아하지 않는 그로서는 매우 이례적인 평이었다.

질의응답 시간이 왔을 때 나는 서호경 작가에게 물었다.

아까 강강술래 장면 말인데요. 관객도, 무용수도 결국 작가님이 만든 규칙 안에서 움직인 것 아닌가요?

여자가 땋은 머리끝을 만지작거리며 눈을 굴리더니 음 이번 프로그램 제목과도 연결 지어 말할 수 있겠네요, 하고 운을 뗐다. 그리고 마스크 쓴 내 얼굴을 무심히 바라보며 대답했다. 서로 무언가를 주고받는 과정에서 우리 안의 농도가 달라지는 것을 느끼는 것, 그 일시적인 감흥이 우리가 도달할 수 있는 최선 아니겠느냐고.

탁자 위에 양배추 한 통이 놓여 있다. 겉잎 가장자리가 메말라 시든, 시장에서 흔히 볼 수 있는 연녹색 양배추다. 그리고 뱀. 손가락으로 들어 올릴 수 있을 정도로 조그만 뱀이 양배추 옆에 죽은 듯이 누워 있다. 탁자 위에 놓인 양배추와 그 옆에 있는 뱀. 그림 속에 있는 건 그게 전부다.

극장에 다녀온 날 저녁, 나는 이사 전에 버리려고 베란다에 쌓아둔 물건들 사이에서 이 그림을 찾아냈다. 손바닥만 한 캔버스에 유화물감으로 그린 조악한 정물화. 오래전에 호경이 내게 준 그것을 나는 베란다에 서서 한참 들여다보았다. 새하얀 캄보자꽃과 원숭이, 노을에 물든 논밭 같은 상투적인 그림들을 제쳐두고 그 애가 굳이 골라 내게 선물한 것. 아무런 맥락이 느껴지지 않는, 텅 빈, 이해 불가능한 어떤 것. 그림을 받았을 때 아연함보다 불쾌감이 앞섰던 이유를 나는 이제 조금 알 것 같다.

누군가 그 작은 모험에 대해 묻는다면 나는 (그래도) 즐거웠다고 말할 것이다. 그리고 내가 가장 좋아하는 사진 한 장을 보여줄 것이다. 흑백에 콘트라스트를 강하게 넣은 그 사진 속에서 호경과 나는 양팔을 하늘로 쳐들고 활짝 웃는 얼굴이다. 번개가 치고 천둥이 우르릉거리면 그것은 네거티브필름처럼 변한다. 검은 부분이 하얘지고 하얀 부분이 검어진다. 검은 얼굴의 우리를 태우고 강물을 가르는 흰 코끼리. 화면 가득 하얗게 발광하는 그것은 게스트하우스 마당에 있던 기괴하게 큰 코끼리 조각상을 떠오르게 한다.

제24회 이효석문학상

우수작품상

제24회 이효석문학상 수상작품집

우수상

© 김유미

2014년『작가세계』신인문학상을
통해 소설을 발표하기 시작했다.
소설집『기다릴 때 우리가 하는
말들』, 장편소설『아는 사람만 아는
배우 공상표의 필모그래피』, 산문집
『아무튼, 방콕』이 있다. 제13회
젊은작가상을 수상했다.

세월은 우리에게 어울려
김   병   운

1

장희가 부산행을 제안한 건 지난달 말이었다. 그날은 P의 2주기이자 본격적으로 여름 기운이 나기 시작한다는 절기 소만(小滿)이었고, 우리는 진짜 P는 아니지만 P라고 믿기로 한 산사나무에 물을 충분히 준 뒤에 그 옆 벤치에 앉아 숨을 돌리던 참이었다. 물을주고 나면 덩달아 목이 마를 것 같아서 챙겨 온 작은 생수병을 꺼내는데, 장희가 다다음 주 주말에 시간이 되느냐고 물었다. 그 주금요일이 건강검진일이어서 휴무이므로 그날 늦은 오후에 출발하여 일요일 이른 오후에 돌아오는 짧은 일정으로 부산에 다녀오자는 것이었다. 차비와 숙박비, 식비까지 모두 자기가 부담할 테니같이 가주기만 하면 된다는 게 장희의 제안.

꿀이네.

꿀이지.

그런데 얘기를 들어보니 장희는 마냥 놀자는 게 아니었다. 장희가 계획 중인 일정에는 병문안이 있었고 그래서 더더욱 혼자이고 싶지 않았던 것이다. 병문안은 잠깐이고 나머지는 식도락일 거라고 했지만 병문안이 아니라면 굳이 건강검진일까지 붙여가며 부산에 내려가지는 않았을 터였다.

근데 웬 병문안? 누가 아파?

장희는 그때부터 죽은 삼촌 얘기를 했다. 이건 꼭 얼굴을 보고 해야 하는 얘기여서 요 며칠 오늘만 기다렸다며 뜸을 들이는데 어쩐지 장희와 나눠 마시고 있는 공기의 밀도가 빽빽해지는 것 같았다.

혹시 그 삼촌 기억하려나?

삼촌?

응, 미국에서 돌아가셨다는 삼촌. 예전에 말했던 것 같은데.

이쪽이었다는?

오, 기억하는구나.

나는 몇 해 전 장희로부터 전해 들었던 사연을 떠올려보며 천천히 고개를 끄덕였다. 집안에 어렸을 때부터 여성스러운 행동거지로 천덕꾸러기 취급을 받던 삼촌이 하나 있었다는 것. 80년대 말에 미국으로 이민을 가서 잘 사는가 싶었던 그 삼촌이 어느 날 갑자기 세상을 떠났다는 것. 직계가족이 쉬쉬해 몰랐으나 나중에 알려지기를 사인은 에이즈로 인한 합병증이었다는 것. 이런 것들이 내게 남아 있는 그분에 대한 몇 가지 정보였다.

내 기억이 맞다면 장희가 처음 삼촌 얘기를 꺼낸 건 아마도 앨리슨 벡델의 『펀 홈』 때문이었을 것이다. 장희에게서 그 책을 빌려 읽고는 돌려주던 날이었는데, 나는 마지막 장을 덮은 지 수일이 지났음에도 딸은 레즈비언이고 아빠는 클로짓 게이라는 설정에 다소 경도되어서는 장희에게 연신 이게 말이 되느냐고 물었다. 이 별난 사연이 작가의 실제 가족사라는 것도 놀라웠지만, 무엇보다도 부녀가 모두 퀴어라는 희박한 확률이 퀴어 후진국에서 나고 자란 나로서는 좀처럼 믿기지가 않았던 것이다.

그때 장희는 퀴어가 한 가족에 둘이나 셋이면 안 된다는 법이라도 있느냐며 내게 퉁을 줬는데, 다들 말을 안 해서 그렇지 증조에 고조까지 거슬러 올라가든 사돈에 팔촌까지 옆으로 뻗어가든 가계도를 샅샅이 뒤져보면 퀴어가 여럿인 집은 생각보다 많을 거라고 자신했다. 그러고는 또 하나의 사례처럼 자기 아버지의 외종사촌 얘기를 했다. 그러니까 할머니의 큰오빠의 막내아들. 촌수를 엄밀히 따지자면 오촌 외종숙이지만 엄마가 삼촌으로 부르기에 자기도 그냥 삼촌으로 부르게 됐다는 친척 어른.

장희는 자신이 태어나 처음으로 만난 퀴어가 바로 그 삼촌이었다고 했고, 그래서인지 그분의 죽음은 지금까지도 인생을 통틀어 가장 충격적인 사건으로 남아 있다고 했다. 왜냐하면 자신과 무관할 수 없으리라 예감했던 그 질병이 바로 그때를 기점으로 아주 구체적인 얼굴을 하고서 일상 속으로 들어왔으니까. 죽어서까지도 그분에게 가해지던 비난과 멸시를 곱씹다 보면 그것이 예비 감염

인인 자신에게 예정된 미래일 수도 있다고 생각하지 않을 수가 없었으니까.

나한테 삼촌이 죽었다는 소식을 전해준 사람이 엄마였거든.

장희가 맞은편 산책로를 건너다보며 말했다.

입대하기 전이었으니까 아마도 대학교 1학년 때였던 것 같은데, 엄마가 안방 문을 닫은 채로 누구랑 길게 통화하는가 싶더니 갑자기 내 방으로 와서는 그러더라고. 진무 삼촌, 그이가 죽었다고. 그렇게 하지 말라는 짓만 골라서 하더니 결국 더러운 병에 걸렸다고. 통화를 하다 울었는지 눈은 퉁퉁 부어 있고 목은 잠겨 있었는데도 입에서는 그런 말이 나오더라.

나는 장희가 지어 보이는 쓸쓸한 미소를 그대로 돌려주었고 옆에 있는 산사나무를 한 번 올려다보았다. 하얀 꽃잎이 촘촘히 달린 나뭇가지 틈새로 초여름의 청명한 하늘이 깔려 있었고, 햇살이 우리가 앉아 있는 자리 주변으로 난해한 모양을 만들었다. 물을 한 모금 마신 뒤에 그래서 누구 병문안을 가는 거냐고 되물으려는 찰나, 장희가 말을 이었다.

근데 말이야. 얼마 전에 누가 집으로 찾아온 거야.

응? 누가?

진무 삼촌에 대해 잘 아는 사람. 삼촌을 오랫동안 돌봐왔고 지금도 삼촌의 곁을 지키고 있는 사람.

나는 이게 무슨 소린가 싶어서 장희를 똑바로 바라봤다. 오랫동안 돌봐왔다는 말도 곁을 지키고 있다는 말도 모두 현실에서는 불가능한 일이므로 무슨 비유나 상징 같은 건가 싶었다. 그때 장희가 전혀 감을 잡지 못하는 나를 보며 피식 웃었고, 어떻게 말을 하면 좋을지 다시금 생각을 가다듬는 것처럼 조용히 눈을 감았다 떴다. 그러고는 이렇게 이야기를 시작했다.

삼촌이 살아 있다고. 그러니까 삼촌은 죽은 게 아니었고 그동안 나는 완전히 속았던 거라고.

2

지난주 일요일이었으니까 열흘쯤 됐나. 그날 내가 주말 야근에 감기몸살까지 겹쳐서 내리 열두 시간을 잤거든. 일어나보니 점심이 훌쩍 지나 있었고 약 기운인지 잠기운인지 눈을 뜨고도 몸이 무겁고 몽롱해 이불 밖으로 나오질 못하고 있는데, 누가 현관을 똑똑 두드리더라고. 처음에는 잘못 들었나 했어. 소리가 작기도 했거니와 누구시냐고 물어도 답이 없었거든. 내가 잠이 덜 깼나 싶기도 하고 택배가 왔나 싶기도 해서 일단은 문을 조금 열어본 거지.

그랬더니 그분이 있었던 거야. 문틈 사이로 눈이 마주치자마자 꾸벅 인사를 하시는데 작고 마른 체구에 동그란 이마, 어디서 빌려 입은 것 같은 낡은 정장 차림까지……. 그래, 하필 일요일이기도 했으니까 아, 이건 전도구나, 요즘도 이런 걸 하는구나 싶더라고. 그래서 그냥 죄송합니다, 제가 지금 바빠요, 하고 다시 문을 닫

으려고 하는데, 그때 생전 처음 보는 그 아저씨 입에서 엄마 이름
이 나오는 거야. 여기가 이금이 씨 댁이 맞느냐고.

　저희 어머니신데 어떻게 오셨느냐고 되물었더니 그제야 그분
이 안도하면서 그럼 그쪽이 장희 군? 하고 아는 척을 하더라. 그러
고는 원진무 씨를 기억하느냐고 물었지. 자기는 원진무 씨 대신 온
사람이고, 원진무 씨가 이금이 씨의 부음을 얼마 전에 접하게 됐다
고. 그래서 장희 군한테 어떻게든 연락하고 싶어 했는데 알고 있는
게 옛날 집 주소 하나뿐이어서 일단 무작정 찾아와본 거라고.

　나는 삼가 고인의 명복을 빈다는 그 깍듯한 인사에 덩달아 허리
를 굽혔고 얼결에 그분이 안겨주는 꽃다발까지 받아 들었어. 겹겹
의 신문지에 싸인 새하얀 국화에서 향기가 진동하는데 어쩐지 그
마저도 난데없는 게 내가 무슨 꿈이라도 꾸고 있는 건가 싶었다니
까. 그분을 안으로 모시고 나서도 한동안 믿을 수가 없었어. 삼촌
의 최근 모습이 담긴 사진을 여러 장 본 뒤에도, HIV 감염인으로
스무 해 가까이 살아냈고 또 살아가고 있다는 걸 알게 된 뒤에도
무슨 유령이라도 본 것처럼 아연했지.

　그때부터 내 안에서 질문이 솟구쳤어. 어째서 엄마는 죽지도 않
은 사람을 죽었다고 한 건지. 그 시절 엄마에게 삼촌의 소식을 전
한 사람은 누구였고 도대체 무슨 말이 오갔기에 죽었다고 생각하
게 된 건지. 아니, 나는 엄마가 과연 내게 사실을 전한 건지도 의심
스러웠어. 어쩌면 엄마는 듣고 싶은 대로 듣거나 믿고 싶은 대로
믿은 건 아닌지. 이런 삶의 말로는 비참한 죽음뿐이라고 내게 일러

주고 싶었던 건 아닌지…….

삼촌은 한일월드컵 이듬해에 미국 생활을 완전히 접고 한국으로 돌아온 모양이더라고. 처음 몇 년간은 부천과 인천에 살았는데 결국 자리를 잡은 건 부산이었대. 작은 무역 회사 일을 오래 했고 그때부터 지금까지 쭉 부산에 살았다고 하더라고. 작년부터는 영도에 있는 한 요양병원에서 생활하시는데, 최근 몇 년 사이에 지표도 안 좋아지고 경도인지장애 진단까지 받아서 상황이 그렇게 좋지만은 않은가 봐. 치매 판정이 예견되어 있고 그래서 기운이 날 때마다 마지막이라는 생각으로 소중했던 사람들에게 연락하신다고 하네. 의절했던 큰형네 식구들에게 다시 전화를 하게 된 것도, 그러다 우리 집 소식을 전해 듣게 된 것도 모두 그래서였다고 하고.

그분이 말씀하시기를 삼촌이 예전부터 내 얘기를 자주 하셨대. 금호동 고모네 집에 정말 힘들게 태어난 애가 하나 있는데 어찌나 순한지 계속 안고 있어도 힘들지가 않았다고. 한번은 그 아이가 자기를 힘껏 안아주었던 순간에 뭔가 간신히 참고 있던 게 무너져 눈물을 쏟은 적이 있는데, 그 이후로 사는 게 너무 무섭거나 참담한 날에는 그 순간을 한 번씩 떠올리게 됐다고. 삼촌은 며칠 전에도 그런 얘기를 했고 그 애가 어떻게 자랐는지, 건강히 잘 지내고 있는지, 그리고 혹시 자기를 기억하고 있는지 궁금해하셨다고 하네.

3

부산에 내려온 첫날부터 이영서 씨를 만나려 했던 건 아니었다. 저녁 무렵 도착하는 만큼 첫날은 호텔에서 조금 쉬다가 느지막이 저녁을 먹는 게 우리의 계획이라면 계획이었다. 장희가 부산에서 나고 자란 직장 동료로부터 추천받은 곱창집이 부평동에 있었고, 거기서 밥을 먹고 야시장을 구경하면 그럭저럭 괜찮을 것 같다는 얘기를 장희와 나누었다. 출발 전날에 이영서 씨가 우리를 자신이 일하는 조개구이집으로 초대하기 전까지는 그랬다.

장희에 따르면 이영서 씨는 삼촌의 병문안을 위해 장희가 다시 연락한 그날부터 가게에 한번 꼭 들러달라는 얘기를 거듭했는데, 밥 한 끼를 같이했으면 하는 바람이 느껴지기도 하거니와 어르신의 호의를 거절할 이유는 전혀 없었기에 우리는 짐을 풀자마자 태종산 인근의 자갈해변으로 갔다. 이삼백 미터쯤 되어 보이는 자그마한 해변을 따라 영업장이 빽빽하게 늘어서 있었고, 테이크아웃 커피점 하나를 제외한 모든 가게가 조개구이집이었다.

이영서 씨는 그중 가장 안쪽에 있는 가게 앞에서 호객을 하다 말고 우리를 맞았다. 금요일의 여파인지 이른 저녁임에도 가게 안이 북적였고 우리를 위해 일부러 맡아두었다는 창가석을 빼고는 여석이 없었다. 하지만 예상과 달리 이영서 씨는 우리와 함께 식사를 하지는 않았다. 알고 보니 가게에 한번 꼭 들러달라는 말은 우리에게 밥을 사겠다는 뜻이지 같이 먹겠다는 뜻은 아니었던 것이다.

이영서 씨는 근무 시간에 뭘 먹는 건 불가능할뿐더러 사실 자기는 물에서 나는 건 이골이 났다며 손사래를 쳤고, 결국 우리에게 조개구이 대자를 주문해주고는 다시 하던 일로 돌아갔다. 도중에 내가 불판 앞에서 유난스레 땀을 흘리는 게 안쓰러웠는지 아이고, 친구분, 하면서 본인의 목에 걸고 있던 휴대용 선풍기를 쥐여주기도 했는데 몇 번을 사양해도 이런 건 가게에 막 굴러다닌다며 돌려받지 않았다. 하나라도 더 챙겨주려는 마음이 여실한 듯했고, 창밖에서도 우리와 눈이 마주치면 손을 흔들며 아는 체를 하기도 했다.

같이 밥을 먹을 것도 아니면서 우리를 군이 왜 여기로 불렀을까 하는 의문은 식사를 마치고 나서야 조금 해소되었다. 이영서 씨가 이 해변에 얽힌 소중한 기억을, 정확히는 이 해변에서 많은 시간을 보냈다는 원진무 씨에 대한 이야기를 들려주었기 때문이었다. 장희가 근처 커피집에서 아이스아메리카노 세 잔을 사 온 다음이었고, 우리는 가게 앞 공터에 나란히 서서 한동안 해변을 눈에 담았다. 하늘을 주홍빛으로 물들였던 노을은 어느새 저녁 공기에 자리를 내어준 듯했고, 어둠이 흐릿하게 내려앉은 하늘 위로 사람들이 쏘아 올린 불꽃이 시시하게 흩어졌다.

여기는 밥을 먹으러 온 사람들이 덤으로 노는 곳이지 일부러 찾아올 만한 곳은 아닌 것 같다는 생각을 하는데, 이영서 씨가 해변으로 이어지는 돌계단을 보며 말했다. 시선을 따라가보니 검은색 야구 모자를 푹 눌러쓴 폭죽 장수가 작은 캐리어와 함께 서 있었다.

형님이 저 자리에서 장사를 오래 했어요. 몸이 안 좋아지기 전까지 했으니 꼬박 10년은 했죠.

장사요?

장희가 되물었고,

저이처럼 폭죽을 팔았지요.

이영서 씨가 대답했다.

저이는 궂은 날씨에는 안 나오는데 형님은 추우나 더우나 한결같이 나왔어요. 어느 해 여름인가 아는 분 소개로 한 철만 해볼 생각이었는데 하다 보니 계속하게 됐지요.

장희는 조금 놀란 눈치였고 뭐라 설명할 수 없는 기분 속에 있는 사람들만이 지을 법한 당혹스러운 표정으로 한동안 폭죽 장수에게서 눈을 떼지 못했다. 아마도 폭죽을 팔던 삼촌의 모습을, 비가 오나 눈이 오나 그 자리에 있었다는 삼촌을 상상해보는 게 아닐까 싶었다.

일이 분쯤 뒤에 이영서 씨는 우리를 해변 쪽으로 이끌었다. 폭죽이라도 사주려는 건가 했는데 그건 아니었고, 몇 걸음 더 걷다가 충분하다고 생각하는 지점에서 해변을 등지고 서게 했다. 그러고는 조개구이집 너머의 완만한 언덕을 가리켰다. 중턱에 조립식 슬레이트 지붕을 얹은 집이 예닐곱 채 보였고, 언덕배기에 오래 방치된 폐건물이 자리하고 있었다.

이영서 씨는 콘크리트 외벽에 붉은색 철골이 드러나 있는 바로 저 건물이 원래는 요양병원이었다고 설명했다. 죽을 날을 받아놓은 노인들이나 다른 의료기관에서 입원도 치료도 거부당한 사람들이 오는 시설. 이영서 씨와 원진무 씨가 환자와 간병인으로 처음 만나게 되었다는 곳.

그때만 해도 지금보다 인식이 많이 안 좋아서 우리 같은 사람들은 간병인들도 꺼렸거든요. 그래서 형님처럼 몸 관리를 잘하고 일상생활이 가능한 다른 감염인들이 협회에서 교육을 받고 간병 일을 하기도 했지요. 그런데 그것만으로는 먹고살 수 없으니까 형님은 퇴근하고 이 해변으로 오는 거예요. 저 언덕길을 따라 캐리어를 끌고서.

거기까지 들었을 때 다시금 바다 앞에서 불꽃놀이가 시작되었다. 값이 꽤 나가는 제품인지 앞선 것들보다 소리도 훨씬 더 크고 퍼져나가는 반경도 넓었다. 매캐한 화약 냄새가 끈적한 바닷바람을 타고 우리가 서 있는 자리까지 넘실댔다.

다들 아주 성가셔했어요.

이영서 씨가 코끝을 찡그리며 말을 이었다.

밤에 소등하고 누워 있으면 저 소리가 끊이질 않는 거예요. 창문을 닫으면 덜하긴 한데 그래도 신경이 예민한 사람들은 아주 미치는 거죠. 하지만 나는 안 그랬어요. 소리가 날 때마다 형님이 돈을 버는 거니까, 하나를 팔면 얼마가 남는지 내가 아니까 오늘은 몇 개나 팔리나 귀 기울이고 있는 거죠. 그러다 자정이 가까워지면 적막해지는데 그럼 생각하는 거예요. 이제 형님도 집으로 가겠구나. 고된 하루가 드디어 끝났으니 그럼 이제 나도 눈을 붙여도 되겠구나.

이영서 씨는 그 시절이 눈앞에 재생되는 것처럼 잠시 허공에 시선을 걸어두었고, 이내 우리를 향해 살포시 웃어 보였다. 주름으로 깊게 팬 눈가와 희끗희끗한 머리가 어스름한 저녁 빛으로 물들었고, 두껍고 커다란 안경 너머에 가려져 있던 눈동자가 물막에 싸인 듯이 반들거렸다.

나는 그 순간 장희의 어깨를 툭 하고 건드려보았다. 이영서 씨에게서 어떤 소중한 것을 건네받은 듯한 느낌이 들었는데, 장희 역시 그것을 놓치지 않기를 바라서였다.

그때 이영서 씨가 더 할 말이 있는지 목을 가다듬었다. 그리고 그다음 이어진 한마디 한마디는 그로부터 20여 분 뒤 우리가 호텔로 돌아가는 택시 안에서 내내 무거운 침묵과 함께 창밖만 내다봤던 이유이기도 했다.

나는요, 형님을 만나고 나서 알게 됐어요.

이영서 씨는 말했다.

나를 죽게 한 건 병이 아니고 사람이었다는 걸. 그러니 나를 살게 할 수 있는 것도 약이 아니고 사람이라는 걸. 오늘 장희 군한테 이 말을 꼭 해주고 싶었어요. 삼촌은 절대로 부끄러운 삶을 살지 않았다고. 곁에 있는 사람을 하루라도 더 살고 싶게 만드는 사람이 삼촌이었고, 그래서 내가 이렇게 지금도 잘 지내고 있다고.

4

부산까지 내려가도 원진무 씨를 만날 수 없다는 건 이미 출발 전부터 알고 있었다. 사회적 거리두기가 해제되고 생활 전반에서 방역 수칙이 완화되었음에도 요양병원은 예외였고, 면회는 비대면 방식으로만 허용될 뿐이었다.

처음 장희가 부산에 가서 할 수 있는 건 전화나 영상통화가 전부라고 말했을 때, 어쩌면 삼촌의 컨디션에 따라서 그마저도 할 수 없을지도 모른다고 말했을 때 나는 그렇다면 조금 더 기다려보는 게 어떻겠느냐고 물었다. 지난봄에는 접촉 면회가 한시적으로 허용되기도 했거니와 일부 시설에서는 명절마다 유리 칸막이나 비닐을 사이에 두고 만나는 비접촉 면회를 진행하기도 하므로 추석쯤에는 방법이 생기지 않을까 싶었던 것이다. 하지만 장희는 이후에 다시 찾아뵙더라도 일단은 가봐야 할 것 같다고 했다. 계신 곳을 알게 된 이상 가보고 싶다고 했고, 그게 맞는 것 같다고도 했다.

장희가 병원에서 겨우 2백 미터쯤 떨어져 있는 호텔을 예약한 것도 그러한 이유에서였다. 장희의 요청으로 우리는 창문을 열면 왼편으로 병원 건물의 일부가 보이는 객실에 묵었는데, 장희는 자정이 넘어서까지도 창밖을 살피는가 싶더니 결국 그것만으로는 성에 차지 않는지 동네를 좀 걸어보자고 했다. 어떻게든 삼촌에게 더 가까이 가보고 싶은 듯했다.

우리는 그길로 나서서 산책 삼아 동네를 크게 한 바퀴 돌았다.

그리고 병원 앞을 오래 서성였다. 어둑한 초록빛이 새어 나오는 창도 몇 있었으나 안이 보이진 않았고, '면회 전면 금지 유지'라는 제목의 안내문이 출입문뿐만 아니라 사람 키만 한 입간판에도 부착되어 있었다. 장희는 한동안 끊었던 연초를 피우며 헛숨을 내쉬었는데, 원진무 씨가 있다는 708호의 위치를 가늠해보는 게 그 순간 우리가 할 수 있는 전부라는 사실이 생각할수록 기막힌 듯했다. 이게 말이 되느냐는 혼잣말이 연거푸 흘러나왔고, 요동치는 마음을 진정해보려는지 건널목의 전신주나 신호등에 눈을 두기도 했다.

그런 장희의 곁에 우두커니 서 있는데, 문득 P와 함께 살았던 집 주변을 하염없이 배회하던 밤들이 떠올랐다. 도저히 안으로 들어갈 수도 없고 이대로 떠날 수도 없어서 누군가 내 목에 줄이라도 채워놓은 것처럼 숨 막혔던 밤들. 눈물이 나는데도 어떻게든 몸을 움직여보겠다며 걷는 사람들이 그러하듯이 한 걸음 한 걸음 내디딜 때마다 물에 젖었다 그대로 얼어버린 신발이라도 신은 것마냥 비참했던 밤들.

생각해보면 그 밤들을 내가 오롯이 혼자서 감당했던 건 아니었다. 이따금 장희가 앱에서 만난 남자들 얘기나 기한 만료가 임박한 스타벅스 BOGO 쿠폰을 구실로 나를 보러 와주기도 했으니까. 그때 장희는 우리 동네의 명소라는데도 어째서인지 나는 그 존재조차 몰랐던 백반집과 선술집으로 나를 데려가주었고, 발이 얼다 못해 떨어져 나갈 것 같은데도 종종거리며 남산 둘레길을 같이 걸어주었으며, 그래도 차도가 없는 날에는 언제까지고 있어도 된다며 자기 방을 내어주기도 했다.

내가 자꾸 죽고 싶다고 말하는 게 사실은 살고 싶어서라는 걸 알았던 장희. 내가 무슨 말을 할 때보다 하지 않을 때 오히려 더 유심히 귀 기울여주었던 장희.

무슨 생각을 그렇게 해?

장희가 두 번째 담배를 비벼 끄며 물었고, 나는 장희가 이 와중에도 나를 보고 있었구나, 내가 보이는구나 생각하며 느릿하게 고개를 저었다. 그러고는 이제 슬슬 들어가자는 장희의 팔꿈치를 잡으며 말했다.

한 바퀴만 더 돕시다.

5

장희가 오래전 삼촌에게 받았다는 자동카메라를 보여준 건 다음 날 점심 무렵이었다. 원진무 씨와 영상통화를 하기로 한 시각은 오후 2시였고, 늦은 아침을 먹고 커피까지 마셨는데도 아직 세 시간이나 남아서 우리는 다시 영도 초입의 골목을 소요했다. 그리고 한낮의 햇살이 목덜미를 뭉근히 덥힐 때쯤 근처의 편의점 야외테이블에 앉았다. 날은 흐렸으나 바다 마을의 습기가 만만치 않아서 어제 이영서 씨로부터 받은 휴대용 선풍기가 내내 요긴했다.

카메라는 원진무 씨가 장희를 기억하지 못할 가능성에 대비해 준비한 것이었다. 이영서 씨가 말하길 원진무 씨는 코로나 이후로 인지력과 기억력이 급격히 저하됐다고 하는데, 삼촌의 상태를 종잡을 수 없는 장희로서는 뭐라도 챙겨 오지 않을 수가 없었던 모양이었다. 바디 전체가 어두운 녹갈색으로 장희의 손에 딱 맞는 크기였고, 렌즈 커버에 'RICOH'라는 브랜드명이 속이 빈 테두리 선으로 인쇄되어 있었다. 농활 때 수로에 빠뜨려 망가진 다음부터는 쭉 서랍 속에 두었는데, 몇 년 전 충무로에 있는 수리점에 가져가봤더니 이건 틀렸다며 사망 선고를 받았다고 했다.

미국 삼촌이 준 건데 어째서 미제가 아니라 일제인 거냐며 내가 실없이 웃자, 장희가 그건 말이지 하면서 카메라에 얽힌 사연을 들려주었다. 삼촌이 준 것이긴 하지만 원래 주인은 따로 있었다는 것이었다. 초등학교 3학년 여름 방학의 일이라고 했다.

하루는 삼촌이 친구랑 월미도로 드라이브를 가는데 나를 데려갔거든.

장희가 머뭇머뭇 웃음을 섞어 말했다.

근데 가는 길에 내가 뒷좌석 시트에다 대박 토를 한 거야. 원체 차멀미가 심했던 데다 하필 출발 전에 코코스인가 하는 패밀리레스토랑에서 뭘 많이 먹었던 거지. 차주였던 그 친구분은 뚜껑이 열려서 노발대발이고, 삼촌은 애가 그럴 수도 있는 거지 왜 화를 내느냐며 황당해하고, 나는 창피하기도 하고 무섭기도 하니까 계속 울고…… 결국 월미도는 가보지도 못하고 중간에 쫓나버렸지. 근데 집에 돌아와보니까 가방에 이게 들어 있더라고.

나는 장희의 카메라를 자세히 살펴보았다. 안에 필름이 들어 있는지 카운터 바늘이 21에 걸려 있었고, 뷰파인더는 깨끗했으나 후면의 액정은 시커멓게 깨져 있었다.

그날 내가 찍사였거든.

찍사?

밥을 괜히 사준 게 아닌지 그 친구분이 나한테 카메라 조작법을 알려주더니 월미도에 도착하면 삼촌이랑 자기 사진을 많이 찍어 달라고 하더라. 삼촌이 미국으로 돌아가면 한동안 못 볼 테니 사진이 중요하다면서.

근데 그 사달이 났고?

응, 그분도 나도 카메라 같은 건 안중에도 없게 됐고. 아, 처음에는 돌려주려고 했어. 근데 며칠 뒤에 삼촌이 떠나면서 이건 그냥 너 가지라고, 그 사람은 이런 건 몇 개나 더 있다고 하더라고.

장희가 말을 멈췄을 때 나는 두 사람이 혹시 연인이었던 거냐고 물었다. 그리고 추억 속의 두 사람을 재구성해보는지 눈을 가느다랗게 뜨는 장희의 다음 말을 기다리면서, 그때는 잘 몰랐지만 생각하면 할수록 그랬을 거라는 확신이 든다는 장희의 대답에 흡족해하면서 손에 쥐고 있던 카메라의 무게를 다시 실감해보았다.

하지만 잠깐의 망설임 뒤에 장희는 이미 그때도 알고 있었던 것 같다며 말을 고쳤다. 그날 밤 엄마에게 거짓말을 했는데 굳이 그런 말을 공범처럼 했던 걸 보면 아마도 많은 것들을 감지하고 있었던 게 아닐까 싶다고 했다.

거짓말? 무슨 거짓말?

장희는 엄마에게 그 친구분의 성별을 여성으로 바꿔 말했다고 했다. 삼촌이 무슨 부탁을 한 것도 아니요, 엄마가 먼저 캐물은 것도 아닌데 자기도 모르게 그런 말이 술술 나왔다고 했다. 삼촌을 도와주고 싶었던 거냐고 묻자, 장희는 그것보다는 조금 더 복잡한 마음이었다며 말을 골랐다. 그러고는 그건 엄밀히 따지면 삼촌을 위한 것이라기보다는 엄마를 위한 것이었다고 회상했다. 그 당시에 할머니가 장희를 볼 때마다 너는 계집애같이 매가리가 없는 게 꼭 진무 어렸을 때랑 똑같다며 한두 마디씩을 했는데, 그래서인지 엄마는 삼촌이 집에 오는 걸 별로 좋아하지 않았다는, 삼촌이 오면 장희가 무슨 영향이라도 받을까 봐 신경을 곤두세우는 게 느껴졌다는 그런 이야기였다.

그때 나는 엄마를 안심시키고 싶었던 것 같아.

장희가 한 박자 쉬었다 말했다.

삼촌과 함께 있었지만 나는 비정상적인 것에 노출된 적이 없다고. 내가 삼촌과 비슷한 사람이 될 수도 있다는 예감은 틀린 거라고. 웃기지? 엄마가 모를 리가 없는데. 어쩌면 내가 그런 말을 해서 더 심란했을 텐데…….

나는 장희가 그러하듯이 입은 웃고 있지만 눈은 그렇지 않은 얼굴이 되었고, 이내 뭔가를 곰곰이 생각하는지 발끝을 쳐다보는 장희와 그런 장희의 어깨 위로 일렁이던 햇빛 조각을 눈에 담았다. 그리고 그 대목에서 장희의 어머니가 했다는 거짓말을 떠올렸다.

진무 삼촌, 그이가 더러운 병에 걸렸다는 말. 하지 말라는 짓만 골라서 하더니 결국 죽었다는 말. 잘못 알고 말한 것인지, 아니면 어떤 의도를 갖고 말한 것인지 영영 알 수 없게 되었지만 어쨌든 사실이 아니었던 말.

나는 그 말을 내뱉던 순간에 그녀가 마주했을 불안의 크기에 대해 생각했다. 감염과 죽음이 동의어인 줄 알았던 그 무지한 시절에, 장희의 미래를 오염과 타락, 징벌로밖에 상상할 수 없었던 그 막막한 날들에 그녀가 감당했을 공포의 무게에 대해 생각했다. 그러니까 어쩌면 그건 장희의 성장과 함께 증식한 불안이 아니었을까. 장희가 누군가를 원하고 만지고 사랑하는 게 이상할 게 없는 나이가 됨으로써 완성된 공포가 아니었을까.

그렇다면 그건 왜 응당 불안이고 공포였을까.

내가 이런 생각을 공글리다 입 밖으로 꺼냈을 때 장희는 그럴지도 모르겠다며 고개를 주억거렸다. 너희 어머니는 너를 보호해야 한다는 절박한 심정이었을 거라고 말했을 때도, 너를 지키려면 이 방법뿐이리라 생각했을 거라고 말했을 때도 그 말을 곱씹는 것처럼 골똘히 생각에 잠겼다.

하지만 어느 순간부터 나는 장희가 내 말에 동의하지 않는다는 것을 알았다. 비스듬하게 당겨진 턱과 굳었다 풀어지기를 반복하는 입매가 그걸 똑똑히 보여주고 있었다.

뭔데, 말해.

아니야, 그냥.

그냥 뭐.

사람 참 안 변한다 싶어서.

……응?

너 말이야. 그렇게 당했으면서…….

나는 그게 무슨 소리냐고 되묻듯이 미간을 좁혔다. 그게 무슨 소리인지 단박에 알아차렸으면서도, 장희가 P에 대해 말하고 있다는 걸 모르지 않았으면서도 설명이 더 필요한 것처럼 장희를 건너다봤다. 생각을 젓듯이 남은 음료를 빨대로 휘휘 젓는 걸 보니 무슨 말이 이어지기는 할 것 같았다.

하지만 장희는 시선을 떨어뜨린 채로 시간을 끌었다. 정적이 길어질수록 주제넘은 소리였다 후회하는 게 보였고, 여기서 P 얘기를 꺼내는 건 적절치 않다고 판단하는 것 또한 보였다. 내가 그 시절의 얘기는 나 자신에게도 하고 싶어 하지 않는다는 것을 장희는 아니까. 어떤 날들은 말해지지 않아야만 간신히 멀어질 수 있으니까.

아니, 나도 나지만 너도 정말 어떻게든 이해해보려고 하잖아.

장희가 한참 만에 입을 뗐다.

그럴 수밖에 없는 이유가 있을 거라고, 그럴 만한 사정이 있을 거라고. 설령 그게 우리가 죽는 건 자업자득이고 인과응보라고 생각하는 사람들일지라도.

내가? 그런가?

지금도 우리 엄마를 이해해보려고 했잖아. 입장 바꿔서 생각해보려고 했잖아. 아니야?

162

…….

나는 그 말을 듣고서야 장희가 왜 P를 떠올렸는지 알 것 같았다. 왜냐하면 나는 우리가 잘못됐다고 생각하는 사람들을 어떻게든 이해해보려다 P를 잃었으니까. 중죄를 지은 듯이 자책하고 선처를 바라듯이 관용을 구걸하다 P를 빼앗겼으니까. 그럴 수밖에 없는 이유가 있을 거라고 생각하다 나는 어떻게 되었나? 배제되었다. 그럴 만한 사정이 있을 거라고 생각하다 나는 어떻게 되었나? 박탈당했다.

그 시절 장희는 도대체 왜 이런 취급을 받으면서도 가만히 있느냐며 나를 한심해했지만, 사실 나는 가만히 있었던 게 아니다. 나는 최선을 다해 나를 증명해 보였던 것이다. 내가 기다리라면 기다리고 믿으라면 믿는 그런 충직한 사람이라는 걸 보여주기 위해서, 나는 당신들 못지않게, 아니 당신들보다 훨씬 더 도덕적이고 모범적이며 무해하므로 내게도 자격이 있다는 걸 입증하기 위해서 기꺼이 참고 견뎠던 것이다. 오직 내가 원했던 단 한 자리, P의 곁에 있기 위해서. P의 마지막을 지키기 위해서.

하지만 그렇게 해서 나는 어떻게 되었나? 내가 틀린 게 아니었다면, 그 방법이 유효했다면 어째서 나는 지금 아무것도 아닌 나무 쪼가리에다 P의 안위를 빌고 용서를 구하며 살고 있나. 어째서 그토록 끊어내고자 했던 원가족의 품으로 P를 돌려보내야 했으며, 어째서 죽어도 거기는 싫다고 사정했던 그 선산에 P를 가두어야 했나.

그때 장희가 말했다.

나는 아니야. 나는 안 할래.

뭐를…….

이해할 생각이 없다고. 이해를 거부할 거라고.

나는 장희를 똑바로 바라봤다. 계속 바라보고 있었지만 더욱 바라봤고, 장희의 눈에 비치는 것은 나인데 어째서 분노가 느껴지는 것인지 확인하려는 것처럼, 이게 분노라면 어째서 이토록 단숨에 서글퍼지는 것인지를 납득해보려는 것처럼 조용히 시선을 맞받았다.

안전을 바라는 마음? 보호해야 한다는 믿음? 그거 혐오였어. 헷갈릴 것도 없고 선해할 것도 없어.

장희가 나를 향하던 눈빛만큼이나 선연한 목소리로 덧붙였다.

그래서 동성애 하라는 거야? 아니잖아. 남자랑 섹스하라는 거야? 아니잖아. 거기에 무슨 자유가 있고 해방이 있는데? 그런데도 나는 그 마음을 사랑이랍시고 놓지를 못했던 거야. 그게 나를 어떻게 좀먹는지도 모르고, 나를 반쯤 죽여서 딱 반만 살게 하는 줄도 모르고…… 어떻게든 이해해보려고 했던 거야. 나는 그랬던 거야.

6

하루 만에 다시 만난 이영서 씨는 화면이 못해도 15인치는 되어 보이는 커다란 노트북과 함께였다. 한 손에 노란색 이마트 가방이

164

들려 있기에 뭔가 했더니 노인복지회관에서 대여해 왔다는 노트북이었고, 우리가 앉아 있던 카페의 테이블 위로 어댑터와 마우스까지 차례로 꺼내며 능숙하게 영상통화를 준비했다. 얘기를 들어보니 병원에서 눈이 어두운 분들 가운데 신청자에 한해 노트북 영상통화 서비스를 제공하는 모양이었다.

이영서 씨는 약속한 시간이 다가올수록 너무 큰 기대는 하지 말라는 말을 거듭했다. 오는 길에 간병인로부터 오늘 원진무 씨의 컨디션이 아주 좋다는 얘기를 전해 들었다며 안도하면서도 통화가 불발되거나 갑자기 종료될 가능성을 언급했다. 이영서 씨에 따르면 원진무 씨는 약 기운 때문에 깜빡 잠이 든 적도 있었고, 정신이 산란한 날에는 통화 중에도 화면을 보지 않거나 입을 열지 않은 적도 있었다.

하지만 약속 시간이 되어 화면에 나타난 원진무 씨는 모든 우려가 무색할 만큼 좋아 보였다. 두 눈 밑에는 푸른빛이 감도는 음영이 곡선을 그리고 있었고 납작한 이마와 움푹 꺼진 뺨은 주름과 검버섯으로 뒤덮여 있었지만 어쩐지 화면 너머로 생기가 느껴졌다.

그게 나만의 인상은 아니었는지 이영서 씨는 좋아 보인다는 말로 대화를 시작했다. 두 사람 역시 얼굴을 보는 건 근 한 달 만이어서 확인해야 할 근황이 적지 않았고, 사회복지사라는 중년의 여성이 원진무 씨의 휠체어 위치를 조정해주는 동안에도 문답은 끊기지 않았다.

그래서 장희는? 장희는 어디 있는데?

다정한 타박과 성마른 염려가 이어지려는 찰나, 원진무 씨가 손을 내저으며 물었다.

거기 있는 거 맞아?

이영서 씨는 그제야 아이고, 내 정신 하면서 장희에게 자리를 내어주었다. 장희는 심장이 너무 뛰어 갈비뼈가 아플 지경이라며 내쪽으로 몸을 반쯤 숙이고 있었는데, 삼촌의 목소리가 들려오는데도 화면을 쳐다보지 못하더니 결국 카메라 앞으로 자리를 옮긴 뒤에야 겨우 눈을 들었다.

너가 장희야? 장희가 이렇게 큰 거야?

예, 삼촌. 장희예요.

원진무 씨가 순간 휠체어에서 몸을 반쯤 일으켜 세우며 화면으로 얼굴을 들이밀었다. 그러고는 장희에게도 조금 더 가까이 와보라며 손짓했다.

그래, 맞네. 장희다, 장희야. 애기 때 얼굴이 다 있어.

삼촌도요. 그대로예요.

장희는 그렇게 말하고는 고개를 떨구었다. 복받치는 감정을 어떻게든 제압해보려고 애쓰는 것 같았는데, 바로 그게 부질없다는 걸 깨닫고는 그냥 모든 걸 놓아버린 듯이 울었다.

장희야, 잘 컸다. 고맙다.

원진무 씨가 소매로 눈가를 훔치며 말했다.

죄송해요. 정말 죄송해요.

뭐가 죄송해. 너가 왜 죄송해.

모르겠어요. 그냥 다 죄송해요.

장희가 들썩이는 어깨를 간신히 누르며 말을 이었다.

돌아가신 줄 알았어요. 그 말을 다 믿었어요.

괜찮아, 잘했어.

정말 몰랐어요.

아니야, 나부터 내가 죽었다고 생각하면서 살았어. 그러지 말자, 그럴 필요 없다 수백수천 번 맘을 다잡았는데도 그게 잘 안됐어. 이렇게 반가울 줄 알았으면 더 일찍 만나는 건데, 그렇지?

장희는 한참을 더 울고 나서야 원진무 씨의 안부를 챙겼다. 몸은 좀 어떠시냐고도 물었고 병원 생활은 하실 만한 거냐고도 물었는데, 그 짧은 몇 마디를 잇는데도 목젖이 뜨거운지 자꾸 침을 삼켰다.

원진무 씨는 이토록 서서히 나빠진 것에 감사하는 마음으로 지낸다고 했다. 언제나 소원은 노환이었는데 그게 이루어졌다며 멋쩍게 웃었고, 사람 일은 한 치 앞도 알 수 없다지만 그래도 한 가지 확실한 건 지금 있는 6인실에서만큼은 자신이 제일 오래 살 거라는 말로 장희를 웃게 했다. 그리고 그 실낱같은 웃음이 잦아들었을 때, 이내 어떤 생각이 스친 것처럼 표정이 어두워졌을 때 원진무 씨는 장희에게 엄마의 마지막에 대해 물었다. 어떻게 된 거냐며 사정을 궁금해했고 너무 일찍 갔다며 속상해했다.

아팠어요.

어디가.

머리요. 수술을 여러 번 했는데 잘 안됐어요.

잠시간의 침묵이 흘렀고, 원진무 씨가 세월 속에 잠겨 있던 생각들로 어떻게든 자신을 이해시켜보려는 것처럼 인상을 썼다.

그래, 두통이 심했지. 항상 게보린을 달고 살았고.

맞아요, 그놈의 게보린.

말도 안 되는 집에 시집와서 기가 막혔을 거야. 너 태어나기 전에는 훨씬 더 심했어. 장희 너가 엄마를 살렸지.

장희가 그 말을 되새기듯 작은 미소를 지어 보이는 사이, 원진무 씨가 장희를 나지막이 불렀다.

장희야.

예.

장희야.

예, 삼촌. 말씀하세요.

너 엄마한테 잘했지? 잘했을 거야, 그렇지?

…….

장희는 한동안 입을 떼지 못했다. 한꺼번에 너무 많은 감정이 치밀어 오른 것 같았고, 호흡이 뜻대로 안 되는지 들숨도 날숨도 모두 거칠었다. 물기 어린 눈을 손바닥에 파묻었을 때는 끙하고 앓는 듯한 소리가 나기도 했다.

내가 타코마에 있을 때 말이야.

얼마쯤 뒤에 원진무 씨가 말했다.

형수가 꼬박꼬박 연하장을 보내줬어. 거기 15년을 살았는데 한 해도 거른 적이 없었지. 그렇게 해주는 사람은 형수뿐이었어.

엄마가요?

응, 그리고 어느 해부터인가 장희 니가 한글을 배우기 시작했는지 카드 안에 추신처럼 한두 문장을 더 적었지. 그때 너는 또 오라고 썼어. 처음에는 삐뚤빼뚤한 글씨로 나중에는 단정해진 글씨로 기다리고 있을 테니 언제든 우리 집에 또 오라는 말을 잊지 않았어. 그 말이 나는 참 좋았고.

장희가 기억의 미로를 헤매는 듯한 고통스러운 표정으로 되물었다.

제가요? 생각이 안 나요.

괜찮아, 그 카드들 아직도 다 갖고 있어. 이사를 하도 많이 다녀서 다른 건 다 버렸는데 그래도 그건 지켰어. 나중에 보여줄게.

꼭이요.

그래.

진짜로요.

그래.

거기까지 말했을 때 화면 밖에 있던 사회복지사가 다시 모습을 드러내며 통화 종료 시간을 알렸다. 원래 통화는 15분으로 제한되어 있는데 벌써 20분이 됐다고, 다음 분이 밖에서 대기 중이니 이쯤에서 그만 마무리해달라고 했다.

두 사람은 다음 만남을 기약하는 것으로 마지막 인사를 나눴다. 돌아오는 추석 연휴에 또 내려오겠다는 장희에게 원진무 씨는 그때까지 건강하자며 고개를 끄덕였고, 하고 싶은 말이 너무나도 많다는 원진무 씨에게 장희는 앞으로는 오늘처럼 울다가 시간을 허비하는 일은 없을 거라며 입꼬리를 끌어 올렸다.

삼촌, 저 잊으면 안 돼요.

장희가 마지막으로 말했고,

그래, 곧 보자고.

원진무 씨가 손을 흔들며 대답했다.

그리고 몇 초 뒤에, 서로를 향하는 눈짓과 손짓, 표정에서 스며 나오던 아쉬움이 두 사람을 어떠한 양감으로 살짝 움켜쥐었다 편 것처럼 주춤하게 했을 때 통화는 예기되었음에도 예기치 않은 것처럼 갑자기 종료되었다.

7

돌아가는 날에는 장희의 카메라를 고쳤다. 고쳐야겠다 마음을 먹고 고친 것은 아니었고 어쩌다 얼결에 고친 것이었는데, 과연 이걸 고쳤다고 말해도 될까 싶을 정도의 간단한 조작으로 작동이 됐으므로 사실 카메라는 망가진 것도 아니었다고 보는 게 맞을 것 같다.

그때 우리는 부산역 대합실에서 서울행 열차를 기다리고 있었다. 딱히 서두른 건 아니었음에도 예상보다 일찍 도착해 시간이 30분 정도 남았고, 출도착 현황 전광판이 보이는 벤치에 나란히 앉아 시간을 흘려보내고 있었다.

얼마쯤 지났을까. 아무래도 호텔에 핸드폰 충전기를 두고 온 것 같다며 백팩을 뒤적이던 장희가 제대로 확인을 해봐야겠다 싶었는지 앉아 있던 자리에 자기 물건을 하나둘 꺼내놓았다. 안경 케이스와 접이식 우산, 화장품 파우치 같은 생활 도구가 먼저 나왔고 아이패드와 에어팟, 전동 면도기 같은 전자 기기가 뒤이어 딸려 나왔는데, 그중에는 자동카메라도 있었다.

나는 카메라를 이리저리 살피다 하단 오른쪽에 달린 작은 뚜껑을 열어보았다. 입구 전체가 황갈색이 도는 녹으로 뒤덮여 있었고, 작은 걸쇠를 밀어 올리자 지난 세기에 제조되었을 것만 같은 AA형 건전지 한 쌍이 하얀색 전해액 가루와 함께 별다른 저항 없이 밀려 나왔다. 거의 썩은 듯한 상태여서 손바닥에 올려둔 것만으로도 꺼림칙했다.

이영서 씨에게 받은 휴대용 선풍기가 머릿속을 스친 건 아마도 그때였을 것이다. 장희가 여기 있다, 하면서 백팩 밑바닥에서 충전기를 꺼내 들었던 그때. 전광판에 14시에 출발하는 서울행 KTX 36 열차의 탑승구 안내가 업데이트된 것을 확인한 그때. 나는 혹시나 하는 마음으로 선풍기 손잡이에 달린 뚜껑을 열었고, 그 안에 들어 있는 게 AA형 건전지 한 쌍이라는 것을 확인하자마자 카메라에 바꿔 끼웠다. 그러고는 셔터 버튼을 천천히 눌러보았다.

뭐야? 어?

찰칵 소리와 함께 팡 터지는 플래시에 장희의 눈이 내 것만큼이나 휘둥그레졌고, 나는 그런 장희를 뷰파인더에 담으며 다시 한번 버튼을 눌렀다. 그사이 카운터의 바늘이 21에서 23으로 바뀐 걸 보니 뭐가 찍히긴 찍힌 것 같았다.

어떻게 한 거야? 천잰데?

장희가 내 손에 들린 카메라를 거의 낚아채다시피 가져가며 물었고,

내가 좀.

나는 어깨를 으쓱해 보이며 대답했다.

분명히 고장 났다 그랬는데?

속았지 뭐.

또 속은 건가.

막 믿고 그러지 말라니까.

장희는 믿을 수 없다는 듯이 얼빠진 얼굴로 카메라를 만지작거렸다. 렌즈 커버를 여닫으며 뷰파인더를 확인했고, 이내 렌즈의 방향을 내 쪽으로 맞추더니 셔터 버튼을 꾹 눌렀다. 그리고 한 번 더 눌렀을 때 카메라에서 우웅 하는 작은 진동음이 들리기 시작했다. 이대로 고장인가 싶어서 멈칫했는데 다행히 그건 아니었고 안에 들어 있던 필름이 자동으로 감기는 소리였다. 24장짜리 필름이었는지 카운터가 24부터 거꾸로 돌았다. 24, 23, 22, 21……

우리는 하나씩 줄어드는 숫자를 숨죽이며 지켜봤다. 그리고 카운터가 0을 가리키는 바로 그 순간에, 한 시절의 끝이자 시작을 알리는 것 같은 바로 그 순간에 눈을 들어 서로를 바라봤다.

장희가 먼저 웃으며 말했고 내가 따라 웃으며 들었다.

제 2 4 회
이　　효　　석
문　　학　　상
———
우 수 작 품 상
수　　상　　작

1983년 조선일보 신춘문예를 통해
소설을 발표하기 시작했다. 소설집
『칼날과 사랑』『브라스밴드를
기다리며』『단 하루의 영원한 밤』,
중편소설『벚꽃의 우주』, 장편소설
『'79-'80 겨울에서 봄 사이』『꽃의
기억』『봉지』『소현』『미칠 수 있겠니』
『모든 빛깔들의 밤』『더 게임』등이
있다. 제28회 한국일보문학상, 제45회
현대문학상, 제27회 이상문학상,
제12회 이수문학상, 제14회
대산문학상, 제41회 동인문학상,
제12회 황순원문학상, 제28회
오영수문학상을 수상했다.

자 작 나 무   숲
김   인   숙

그 자작나무 숲은 임도를 30분쯤 달렸을 때 나왔다. 해가 완전히 저문 후였는데, 갑자기 눈앞이 환했다. 달빛이었다.

30분 넘게 숲속을 달리는 동안 어딘가에 숨어 있던 달이 마치 문밖으로 나오듯 뛰어나와 자작나무 숲을 밝혔다. 숲의 달이 그렇게 밝을 줄 몰랐다. 보름달 아래 갑자기 하얗게 밝아진 숲은 눈부시게 아름다웠다. 고작 눈부시게, 라고밖에 말할 수 없는 것인가 하는 생각이 들기도 했으나 서럽도록, 이나 가슴이 무너지도록, 이라고 말하는 것보다는 나을 것 같았다. 그런 수식어들은 쓰레기처럼 의미에 냄새를 입힐 뿐이다. 차를 세웠으나 내리지는 못한 채 숲을 바라보았다. 하얗게 서 있는 나무들의 숲이었다. 하얗고, 곧게. 그리고 빛을 뿜어내는 숲이었다.

할머니.

그런 숲에서는 할머니를 부르지 않을 수 없었다. 그러려고 자작

나무 숲을 찾아온 것이 아니었으나 마침내 이르렀으므로.

할머니, 자작나무 숲이야.

할머니는 대답하지 않았다. 당연한 일이다. 죽은 사람은 대답할 수 없다. 할머니는 지금 내 차 안에 죽어 있고, 나는 그런 할머니를 버리러 가는 길이다. 그런데, 다시 궁금해진다. 죽은 사람은 과연 대답할 수 없는 것일까.

할머니가 아직 죽지 않았을 때, 매일매일 할머니의 나이를 세던 때가 있었다. 마지막으로 나이를 셌을 때 할머니는 아흔한 살이었다. 그 후로는 포기했다. 할머니는 영원히 살 것 같았고, 내가 할머니보다 먼저 죽으리란 법도 없을 것 같지 않았는데, 어느 날부턴가는 그게 당연하게 여겨지기까지 했기 때문이다.

할머니는 아흔 살까지 호더로 살았고, 아흔한 살인 그때까지도 호더로 살고 있었다. 쓰레기로 가득 찬 집, 쓰레기와 죽은 쥐와 산 쥐와 죽은 벌레와 산 벌레들이 우글거리는 집. 당연히 할머니가 그토록 오래 살 거라고는 한 번도 생각해본 적이 없었다. 그런 불결한 환경에서는 누구도 오래 살지 못할 거라고, 심지어는 쥐와 벌레들조차도 자기들 똥으로 뒤덮인 그 집에서는 오래 살지 못할 거라고 생각했다.

그 끔찍한 집은 그러나 평생 동안 내 삶의 유일한 희망이었다. 내가 할머니의 하나밖에 없는 혈육이라는 것. 그러므로 할머니의 집은 어쨌든 내게 상속되리라는 것. 쓰레기가 아니라 집과 땅 말이다. 호더인 할머니의 유일한 미덕은 무조건 쌓아놓기만 하는 것이었으므로, 그 집의 어느 한구석도 나 모르게 처분된 것이 없으리라는 건 분명했고, 실제로 등기부등본을 떼어볼 때마다 그 집은 언제나 무사했다.

주기적으로 구청이나 민간단체에서 나온 사람들이 할머니의 집에서 쓰레기를 털어 갔다. 할머니의 집은 방송에 나온 적도 있었다. 몇 톤 트럭 몇 대 분량의 쓰레기라는 제목과 함께 토가 나올 정도로 더러운 집의 풍경이 영상에 나오고, 얼굴이 모자이크로 가려진 할머니의 욕설이 음성 처리 된 채 엑스 자 자막으로 떴다. 그곳에 나도 있었다. 할머니의 팔을 붙잡고 있거나 단체에서 나온 사람들과 함께 쓰레기봉투를 나르고 있는 사람이 바로 나였다.

영상의 끝에는 느닷없이 개과천선한 할머니의 음성이 자막과 함께 떴다. 이렇게 좋은 걸 모르고 살았네. 고맙습니다, 여러분. 국민 여러분 고마워요. 할머니가 거짓말을 하고 있다는 건 단체 사람들도, 방송국 사람들도 다 알았다. 물론 할머니 자신도 알고 있고 나도 알고 있었다. 쓰레기가 말짱히 치워진 후 텅텅 빈 집을 할머니는 거대한 상실감과 비통함으로 바라보았다. 모든 것을 잃어버린 자의 빈 몸에 고통과 슬픔이 넘쳐흐른다. 할머니는 다시 채우기 시작했고, 다시 쥐들이 돌아왔고, 다시 벌레들이 알을 깠다.

멀지 않은 곳에 도로가 개통되고, 공원이 생기고, 플라자가 조성되었다. 땅값이 갑자기 폭등했다. 그리고 또 방송국 기자들이 찾아왔다. 금싸라기 땅의 쓰레기 집. 다분히 과장된 제목이기는 했지만 어쨌든 영상의 제목은 그러했고, 할머니는 또 음성 변조 처리가 된 채 욕을 하다가 또 마지막에는 말했다.

국민 여러분, 고마워요! 아주 고맙습니다!

엄마는 한 달에 한 번씩 나를 할머니 집으로 보냈다. 할머니에게서 돈을 받아 와야 했기 때문이다. 갖다 쌓기만 하고 내다 파는 것은 없는 할머니에게 어떻게 돈이 있는지는 몰랐지만, 한때 부자였다는 할머니에게는 어떻든 돈이 있었고, 그 돈이 정기적으로 내게 전해졌다.

버는 것은 없고, 쓰레기도 주울 줄 모르는 엄마에게 그 돈이 얼마나 갈급한 것인지는 어린 나도 알았다. 돈이 떨어지기 시작하면 나를 할머니 집에 보낼 날이 오기만을 기다렸는데, 그게 실은 한 달 내내였으니까. 그러나 나로서는 할머니 집에 가는 것이 죽도록 싫은 일이 아닐 수 없었다. 엄마가 잊을 만하면 한 번씩 나를 할머니네 집에 내다 버린다고밖에는 생각하지 않을 수 없었는데, 그보다 더 마땅한 생각은 없었을 것이다. 할머니네 집에 가면 나 역시 쓰레기가 되었으니까. 그러나 그건 엄마와 살던 집에서도 역시 마찬가지였으므로 어쩌면 할머니 집에 이르러서야 비로소 내가 쓰레기가 아니게 되는 것인지도 알 수 없는 일이기는 했다. 쓰레기와 쓰레기 사이에서의 무차별성. 그건 쥐와 벌레들 사이에서도 마찬가지였고, 똥과 오물 사이에서도 마찬가지였다.

어린 시절에는 남다른 것이 자랑이 되기도 했다. 할머니네 동네에서 처음으로 친구들을 사귀었을 때, 쓰레기 집이 잠깐이나마 자랑거리가 되었다. 친구들과 나는 폐지 더미와 용도를 알 수 없는 고철 더미 사이에서 보물을 찾아냈다. 그러니까 망가진 장난감, 봉투를 뜯지도 않은 과자, 눈알 하나가 없는 인형 그런 것들. 그러다가 죽은 쥐가 나왔을 때, 친구들은 비명을 지르며 뛰어나갔고 더미들이 무너지기 시작했다. 무너지며 먼지가 쏟아지고, 쥐똥이 쏟아지고, 악취가 쏟아지고, 바퀴벌레가 쏟아져 나왔다. 친구 하나가 넘어졌다. 내가 달려가자 눈알 하나뿐 아니라 팔 하나 다리 하나도 없어진 인형을 마구 흔들며 자빠져 있던 그 애가 내게 악을 썼다.

더러워, 저리 가! 저리 가! 더러워!

말은 더러워, 라고 하고 있었으나 실은 무서워, 라고 비명을 지르고 있다는 것을 어린 그 나이에도 알아들을 수 있었다.

그러나 더럽고 무서운 건 내가 아니라 할머니였다. 그렇지 않은가.

그런데 할머니는 도대체 어쩌다 그런 사람이 되었던 것일까. 엄마와 할머니네 동네 가게 아주머니가 나누던 이야기를 들은 기억이 있다. 할머니네 집 앞까지 질질 끌려가기는 했지만, 대문 앞에만 이르면 땅바닥에 아주 자빠진 채 팔다리를 버르적거리며 울음을 쏟는 게 일이었던 나를 가게 아주머니는 늘 혀를 쯧쯧 차며 내다보곤 했었다.

엄마는 아이스크림이나 사탕 같은 것들을 사주며 나를 달래지 않을 수 없었다. 그야말로 필사적으로 달렸다. 그러나 어떻게 해도 나를 이기지 못했던 엄마는 아이스크림과 사탕이 느리게 녹아가는 동안, 내 손등과 허벅지가 끈적하게 젖어가는 동안, 가게 아주머니와 그 시간을 때워야만 했다. 나는 할머니 집 외벽 위로 솟아오른 쓰레기 더미와 그 더미를 뚫고 솟아오른 봄의 꽃나무 가지, 여름의 알 수 없는 풀잎, 가을의 붉은 잎과 노란 잎을 보았다. 그러는 동안 내 등 뒤에서 할머니에 관한 이야기가 오고 갔다.

할머니가 한때는 얼마나 깔끔한 양반이었는지, 얼마나 정상적인 사람이었는지 그런 건 이야기 속에도 없었다. 할머니는 젊어서부터 무엇이든 주워 들이는 사람이었다. 동네에서 제일가는 부잣집 며느리로 살면서도 시장이 파장할 때 바닥에 떨어진 배춧잎이나 콩나물 따위를 주워다 끓여 먹었고, 저보다 가난한 사람이 버린 옷을 겹쳐 입으며 겨울을 보냈다. 그 겨울옷을 봄에도 버리지 않았고, 봄에는 또 봄옷을 주워다 입었다. 그 부잣집이 원래 그런 부잣집으로 소문이 났었다. 그래서 며느리 잘 얻었다는 수군거림이 오고 갔고, 동시에 자린고비 시부모를 쩜쪄먹는다는 험담도 있었다. 드물게 모진 시댁살이에 좀 정신이 나가 저러는 것 같다는 말도 있었지만, 그 시절에는 누구나 다 애면글면 아끼며 살던 시절이라 귀담아듣는 사람은 없었다. 그런 얘기를 하면서 둘은 똑같이 혀를 쯧쯧 찼다.

그래도 어쩌다 저렇게까지 됐나 몰라.

이건 가게 주인의 말이었고, 엄마는 주로 이렇게 말했다.

그런데 어쩌다 저렇게까지 미쳤나 몰라.

할머니의 집을 상속받는 것이 내 유일한 꿈이 된 것은 아마도 엄마의 꿈이 유전되었기 때문일 것이다. 엄마의 죽기 전 유일한 꿈 역시 할머니의 집이었으니까. 말하자면 할머니의 죽음. 그래서 유일한 손녀인 내가 할머니의 집을 상속받는 것. 그리고 나의 유일한 엄마인 당신이 그 집을 넉넉히, 남김없이, 배가 터질 때까지 먹어 치우는 것.

엄마는 오십이 되기도 전에 세상을 떴다. 아마도 너무 지쳐서였을 것이다. 내가 할머니에게서 받아 오는 돈이 너무 적은 까닭이었다. 하긴 엄마의 욕망이 너무 컸던 까닭이었는지도 모른다. 무엇으로도 채워지지 않는 것, 영원한 허기. 그게 엄마의 정체성이었으니까. 가질 수 없는 집을, 그러나 꼭 자기 것이어야만 할 것 같은 집을 눈앞에 둔 채 살면서 겪어야 했던 그 격렬한 허기. 할머니의 집에 붙들려 산 엄마의 세월이 너무 길었다.

엄마가 죽고 나서 나는 처음으로 할머니네 집값을 직접 알아보았다. 인터넷을 뒤져보고, 할머니네 동네 부동산에 전화를 걸어 물어보았다. 할머니의 집은 쓰레기의 값이 아니었다. 그건 충분히, 꿈을 꾸어도 좋았을 만한, 엄마의 인생 전체를 걸어도 좋았을 만한 액수였다. 내 인생 역시 갑자기 꿈으로 가득 찼다. 엄마가 죽었는데도. 할머니의 집이 쓰레기로 넘치는데도.

어느 해 여름, 할머니 집에서 기절한 적이 있다. 한낮의 폭염으로 인해 유해 환경에서 발생한 가스가 원인으로 지목되기는 했지만, 가스보다 더욱 유독했던 것은 아마도 할머니에 대한 나의 불안이었을 것이다. 어찌 안 불안할 수 있었겠는가. 할머니는 내게 보통의 할머니가 아니었다.

119에 전화를 한 건 마침 그 장면을 목격한 가게 아주머니였지만, 할머니는 구급차를 타고 병원까지 같이 갔다. 응급실에 할머니의 쓰레기 냄새가 가득 찼다고, 간호사들이 수군거리는 소리를 들으며 정신을 차렸을 때는 엄마도 와 있었다. 할머니가 쥐 잡듯이 엄마를 잡고 있었다. 내가 준 돈으로 네년만 먹었냐. 저년을 먹이라고 준 돈이다. 저년 가르치고, 저년 입히고, 저년 먹이고, 그러려면 네년도 먹고 입고 써야 하니, 그래서 준 돈이다.

할머니가 주로 나를 저년이라고 호칭한다는 것도 그때 알았다. 할머니와의 사이가 평생 그러했던 것은 아니다. 어떤 방식으로든 오래된 관계는 서로에게 익숙해지는 부분이 있는 법이다. 손이 발에 익숙해지고 발이 손에 익숙해지는 것처럼. 왼손과 왼발이 같이 나가는 일이 평생 계속되지는 않는 것처럼. 심지어 나는 할머니가 줍는 큰 덩어리의 쓰레기를 영차영차 소리 맞춰가며 같이 들어 올릴 때도 있었고, 역시 영차영차 하며 무거운 리어카를 뒤에서 밀어줄 때도 있었다. 어떤 쓰레기를 주울 것인지 말 것인지 길 한복판에서 밀고 당기며 몸싸움을 할 때도 있었다. 나로서는 할머니의 쓰레기를 조금이라도 줄여보기 위해 하는 짓이었지만, 남들이 보면 늙은 호더와 어린 호더 사이의 영역 싸움인 줄 알았을 것이다.

우리는 그 쓰레기 집에서 밥을 같이 먹기도 했다. 호더도 먹고는 살아야 하니까. 드물게 할머니가 밥을 지을 때도 있지만 내가 김밥이나 도시락, 빵 같은 것을 사 가는 경우가 대부분이었다. 그래야 조금이라도 덜 더러울 것이라고 여겨 그리했으나 결국 크게 다를 바가 없었다.

여기서 먹으면 김밥도 더러워.

더러운 게 어디 있냐, 이년아. 입에 들어가면 똑같지.

그럼 저것들은? 입에도 못 넣는 걸 왜 그렇게 쌓아놓는 거야?

저게 다 네 입으로 들어가고 남은 것들이다, 이년아.

그러고 보니, 엄마가 죽은 후에야 내가 저년에서 이년이 되었으니, 그건 그만큼 가까워진 것일까, 그만큼 멀어진 것일까.

할머니네 동네에는 뒷산이 있었다. 땅값이 오른 후에는 산책로가 조성되고, 꽃나무가 심기고, 덱이 깔려 아주 훌륭한 주민공원이 되었지만, 내가 아직 어렸을 때만 하더라도 제법 험한 산이었다.

동네가 개발되기 시작하면서 그 뒷산 아래로 공사로가 뚫렸다. 낮이나 밤이나 그 도로로 화물 트럭과 레미콘 차 같은 것이 달렸는데, 그런 차들은 지나가는 것들을 신경 쓰지 않고, 속도를 줄이지도 않았다. 개구리나 쥐의 사체 따위는 아예 깔아뭉개져 보이지도 않았지만 고양이, 개, 심지어는 고라니까지 피투성이가 된 채 그 길 한복판에 짜부라져 있곤 했다.

할머니는 동물을 좋아하지 않았다. 길고양이나 개가 지저분한 냄새를 맡고 집 안으로 들어오는 걸 질색했다. 개들은 쉽게 쫓겨났지만 길고양이들은 어떻게 해도 되돌아오고, 또 되돌아왔다. 쥐가 지천이어도 눈 깜짝도 안 하던 할머니는 고양이를 잡기 위해 쥐약 놓을 생각까지 했다.

그러나 죽은 것들에 대해서는 달랐다. 죽은 짐승들을 발견하면 할머니는 당연하다는 듯이 그것들을 리어카에 실었고, 묻을 만한 곳을 찾아 어디에든지 묻어주었다. 산 아래나 아직 개발이 덜 된 들판 한 귀퉁이 같은 곳에 죽은 것들을 묻어주고는 왼발 오른발 발을 번갈아 땅을 땅땅 다졌다. 나도 같이 따라 했다.

내가 그 이야기를 했을 때, 엄마의 대답이었다.

그 동네에선 다 죽어. 뭐든지 죽어.

나는 그 말 역시 엄마가 나를 달래기 위해서 하는 말이라고 믿었다. 겁주기 위해서가 아니라 달래주기 위해. 내가 고작 죽은 개나 고양이 때문에 할머니 집에 안 가겠다고 고집을 부릴까 봐 말이다. 어린 시절 할머니 집에 나를 보내기 위해 엄마가 했던 모든 일들을 생각해보면, 그러니까 구타, 욕설, 협박, 회유, 심지어는 울음까지 쏟아내던 그 모든 것들을 기억해보면, 그런 말쯤은 신기할 것도 없었다.

게다가 엄마의 걱정과는 달리 나는 죽은 고양이라든가 죽은 개 같은 것이 그다지 무섭지 않았다. 동물의 사체에서 줄줄 흘러나오는 피라든가, 차에 부닥칠 때 터져 나온 내장이라든가, 부러져 덜

렁거리는 다리라든가, 아직 덜 죽어 눈을 깜빡깜빡하는 고양이의 눈이라든가, 그런 것은 별로 무섭지 않았다. 호더의 손녀로 살아서 그럴 것이다. 그런 환경에서 자라면 아무리 어린 아이라도 비범해지기 마련인 것이다.

어린 시절 엄마가 내게 들려주던 괴담도 마찬가지였다. 할머니의 집 앞에서 안 들어가겠다고 버틸 때마다, 바닥에 자빠져 팔다리를 버르적거리며 울 때마다 엄마가 했던 말들. 이 동네에서는 다 죽어. 너같이 어린애도 죽어. 칼에 찔려 죽어. 그러니까 빨리 할머니한테 가서 숨으란 말이야. 할머니는 귀신도 못 이겨. 그렇겠어, 안 그렇겠어?

참으로 설득력 있는 말이 아닐 수 없었다. 누가 할머니를 이기겠는가.

아빠. 할머니의 유일한 아들인 아빠에 대한 이야기를 해야겠다. 나의 생물학적인 아버지. 엄마는 그와 결혼하지 않아서 내 아빠의 아내가 된 적이 없었다. 실은 그에 대해서 잘 알지도 못한다고 했다. 어쩌다 만나 어쩌다 꿍짝꿍짝하다가 또 붕가붕가하다가 내가 생겼는데, 나를 낳을까 말까 궁리하는 중에 아빠가 죽어버렸고, 그래서 어어, 하다가 내가 세상에 태어났다고 했다.

원 세상에, 우리 엄마 말솜씨라고는. 내 탄생 신화는 고작해야 꿍짝꿍짝, 붕가붕가, 그러다가 어어.

세상 모든 사람이 그러하듯 나 역시 내 아버지란 사람이 궁금했다. 할머니나 엄마보다는 나은 사람이기를 바랐기 때문이다. 그러지 않고서는 나라는 존재를 이해할 수 없을 것 같았다. 아니, 더 정확히 말하면 이해하고 싶지 않을 것 같았다. 그랬음에도 할머니에게 내 생물학적인 아버지, 그리고 할머니의 유일한 아들에 대해 물어볼 수는 없었다. 무서웠기 때문이다. 엄마가 꿈짝꿈짝, 붕가붕가에 대해 말하는 대신 나를 겁주려고 했던 말들, 그 동네에서는 다 죽어, 뭐든지 다 죽어, 했던 말들.

실은 모르지는 않았다. 내 아버지라는 사람이 어떻게 죽었는지. 그런 희귀한 일은 내가 스스로 알아내지 않아도 누구나 다 내 귀에 대고 외치는 것처럼 목청 높여 말을 하는 것이니까. 할머니네 집 앞 구멍가게 아주머니뿐만이 아니라 그 골목의 모든 사람, 그리고 물론 엄마 역시.

내 아버지는 나를 낳다가 죽었다고 했다. 이해할 수 없는 말일 것이다. 아이를 낳다가 죽는 어미는 있을 수 있지만, 대체 아이를 낳다가 죽는 아비는 어떻게 있을 수 있다는 말인가. 열다섯 살의 엄마가 나를 가졌을 때 열여덟 살의 아버지는 자신의 인생이 끝장났다고 믿었다. 엄마를 죽이고 싶을 정도로 증오했다. 아니, 어쩌면 죽이고 싶을 정도로, 혹은 죽고 싶을 정도로 무서웠던 걸지도 모른다. 죽이고 싶은 마음이 절실해지면 정말 죽여야 하는 마음이 된다는 것을, 엄마와 할머니는 나의 어린 아빠를 보고 알게 되었다.

그때 어린 아빠가 허구한 날 들었던 노래는 퀸의 〈보헤미안 랩소디〉. 엄마 역시 그 노래를 죽는 날까지 좋아했는데, 죽기 직전까지도 그 가사가 무슨 뜻인지는 알지 못했다.

엄마, 내가 사람을 죽였어요. 그 새끼 대가리에 대고 방아쇠를 당겨버렸어요. 엄마, 내 인생이 쫑났어요. 이제 막 시작했는데, 그걸 다 말아먹어버렸다고요.

대충 그런 뜻의 가사라고 알려줬더니, 엄마가 말했다.

씨발 새끼.

그리고 그 새끼가 엄마를 어떻게 죽이려고 들었는지, 총이 있었으면 엄마 이마에 대고 총을 쐈겠으나 총이 없어 칼을 들고 설칠 때, 그 칼끝이 만삭의 배에 어떤 느낌으로 닿았는지를 말했다.

그 동네에서는 다 죽어.

그리고 다시 한마디 더.

그런데 너는 살았지.

그리고 또 한마디 더.

그런데 그 노래에서는 왜 자꾸 엄마를 불러?

나는 아빠의 사진 한 장조차 본 적이 없다. 할머니의 집에는 그흔한 가족 사진 한 장이 없었는데, 일부러 없앤 것은 아닐 터이다. 어딘가에 있기야 하겠으나 쓰레기에 묻혀 찾을 수 없는 것일 뿐이겠지.

구청에서 나와 쓰레기를 치워주던 날, 쓰레기 더미 사이에서 앨범 하나를 발견한 적이 있기는 했었다. 화들짝 반가워 펼쳐보았더니 남의 집 앨범이었다. 젊은 부부가 아들 하나를 안고 찍은, 아마도 무슨 기념일에 찍었을 사진관 사진이 들어 있었다. 사진은 사진관 사진답게 군더더기 하나 없이 깔끔한 행복으로 가득 차 있었으나 그래봤자 누군지도 알지 못하는 남의 집 사진이니 쓰레기에 불과했다. 그럼에도 나는 그 후부터 그 앨범 속의 아이를 꿈꾸기 시작했다. 엄마 아빠의 무릎에 앉아 있는 귀여운 내 아빠. 그렇게 자라는 내 아빠. 착한 소년이 되는 내 아빠. 조금은 말썽꾸러기가 되는 내 아빠. 그리고, 내 엄마를 만나 붕가붕가하는 내 아빠…….

그런데 할머니는 그 시절에도 호더였을까. 그렇다면 내 아빠는 얼마나 불행했을까. 그래서 그렇게 못돼 처먹은 소년으로 큰 것이 아니었을까.

엄마의 말에 의하면 내 아빠는 '그렇게 미쳐 날뛰다가' 사고로 죽었다고 했다. 어떤 날은, 사라져버렸다고도 했다. 엄마의 말은 그날의 기분에 따라 오락가락했다. 어느 쪽이든 이야기의 시작에 비해서는 너무 시시한 결말이었다. 너무 흔하다고 해야 할까. 한 아이의 신화가 되기에는 너무 흔한 이야기. 잠시 광분하기는 했으나 곧 반성한 아빠는 편의점 파트타임 일을 가다가, 혹은 배달 아르바이트를 하다가 교통사고를 당했을지도 모르고, 그때만 해도 순진했던 엄마는 원하지 않는 출산을 어떻게 해야 할지를 몰라 쩔쩔매다가 공중변소 대신 할머니의 집 쓰레기 더미를 찾아들어갔을지도 모르고, 할머니는 쓰레기를 절대로 버리지 않는 사람이니 나를 책임지기로 결정했을지도.

이런 스토리는 평범하지는 않으나 결코 비범하지도 않다. 세상에는 이보다 더 비범한 이야기들이 가득하니. 나는 평범하지 못한 사람의 손녀로 살아가면서도 결국에는 비범하지 못한 사람이 되는 운명을 가졌다는 뜻이다.

내 친구들. 나만큼이나 평범한 내 친구들 중 누구도 나 같은 상속자는 없었다. 무남독녀나 외동아들은 있었지만 상속을 기대하기에는, 그러니까 부모가 언제 죽을지 궁리를 해보기에는 그들의 부모는 너무 젊었고, 무엇보다도 너무 가난했다. 빚이나 안 남기면 다행인 부모들이었다. 뜻밖의 행운이라는 것도 없어서 독신으로 늙어가는 이모나 고모가 있지도 않았다. 우리는 술을 마시며 흔히 부모를 욕했다. 취했을 때는 상욕을 하기도 했다. 술이 깨면 모두들 부모를 욕한 자신들에게 수치심을 느꼈고, 고통스러워졌고, 그래서 이번에는 스스로를 향해 상욕을 했다.

그러고 나서 내 친구들이 돈을 벌러 갈 때, 그러니까 콜센터에서 욕설과 음담패설을 듣고, 편의점 사장에게 막말을 듣고 월급을 떼먹히고, 식당의 불판을 닦고, 바퀴벌레와 싸우고, 화장실 변기 속을 박박 청소하고 있을 때, 나는 그냥 열심히 살아 있기만 하면 되었다. 내 엄마가 그랬던 것처럼 말이다.

그러나, 그들은 몰랐을 것이다. 나 역시 그냥 살아 있기만 했던 것은 아니었다. 나 역시 있는 힘을 다했다. 상속받을 때까지는 악

착같이 살아 있어야 하므로 더욱 열심히 살아 있어야 했다. 나는 엄마 같은 사람이 되지 않고, 당연히 할머니 같은 사람이 되지도 않기 위해 살았다. 나의 정체성은 한마디로 열심이었다. 그랬음에도 첫 직장은 첫 월급을 받기도 전에 문을 닫았고, 두 번째 직장에서는 사수가 변태였고, 세 번째부터는 면접조차 보러 오라는 곳이 없었다. 취직을 했거나 못 했거나 전공과 상관있는 곳이 아닌 것은 다 같았다.

그즈음에 다짜고짜 할머니를 찾아갔던 적이 있다. 한 시간 넘게 헤맨 후 할머니를 뒷산 아래에서 찾았다. 뒷산은 쓰레기가 쌓일 만한 데가 없었으므로 죽은 짐승을 묻어줄 때 아니고는 할머니가 좀처럼 찾는 곳이 아니었다. 할머니의 평소 동선을 쫓아 한참을 헤매고 다닌 후에야 뒷산을 떠올리게 된 이유였다. 뒷산 아래가 공원으로 정비된 이후로 더는 로드킬당하는 짐승은 없었지만, 여전히 무슨 이유인가로 죽는 길고양이들은 있었고, 때로는 죽은 새나 햄스터도 버려져 있었다.

밥은 먹었냐.

할머니가 물었다.

먹었지, 그럼.

너 밥 짓는 소리가 어떻게 나는지 아냐?

보글보글 끓다가 자작자작 나지 않나?

너 자작나무가 왜 자작나무인지는 아냐?

왠데?

자작자작 타서 자작나무란다.

할머니가 대체 무슨 말을 하는 건가 싶었다. 이상할 건 없었다. 할머니는 조리에 닿는 말을 하는 법이 도통 없었으니까.

그러면 너 꽝꽝나무가 왜 꽝꽝나무인 줄은 아냐?

그런 나무도 있어?

탈 때 꽝꽝 소리를 내서 꽝꽝나무란다.

나는 할머니가 바라보는 숲을 같이 바라보았다. 어떤 나무가 꽝꽝나무인지는 몰랐으나, 그곳에 자작나무가 없다는 건 알 수 있었다. 자작나무는 추운 곳에서 자란다는 것 정도는 나도 알았고, 어떻게 생겼는지도 알았다. 소나무만큼이나 알았다. 하얀 껍질을 종이처럼 벗겨내는 나무였다. 한 껍질을 벗기면 또 살아서 다시 하얘지는 나무. 벗고, 벗고, 또 벗는 나무. 그래도 알몸이 되지 않는 나무. 내가 모르는 것은 할머니가 왜 갑자기 나무 이야기를 하느냐는 것이었다.

그때, 할머니가 내게 물었다.

너는 뭘 먹고 사냐?

내 처지가 어떤 지경인지 정도는 할머니도 알고 있다는 뜻이었다. 내가 왜 다짜고짜 찾아왔는지도 알고 있다는 뜻일 터였다. 아마도 오래전부터일 것이다. 내가 대학에서 글 쓰는 것을 공부하려고 한다고 했을 때부터 할머니는 이미 알았을 것이다. 쓰레기를 줍고, 쓰레기를 아끼고, 쓰레기보다 아끼며 간직했던 돈으로 가르쳐 놓았더니 그따위 무용한 것을 공부하겠다니 차라리 같이 쓰레기나 주우러 다니자고 하고 싶었을지 모른다. 그러나 평생을 상속의 꿈만으로 살아온 내가 할 수 있는 공부가 뭐가 있었겠는가. 그 상속이 이루어질 때까지 할 수 있는 일이 무용한 것을 열심히 하는 것 말고 뭐가 있었겠는가.

할머니가 또 말했다.

잘 살아라. 잘 먹고 잘살아라.

그 말이 왜 그토록 분했는지 모를 일이다. 간절한 게 아니라 분했다. 분해서 미칠 지경이었다. 할머니는 세상을 알지 못했다. 할머니가 쓰레기나 주우며 살 수 있었던 것 역시 따지고 보면 상속덕분이었다. 할머니는 부잣집 며느리였고, 그 돈을 다 말아먹을 수 있었던 유일한 아들은 다행히 일찍 죽었다. 말하자면 할머니는 그무엇으로부터도 안전했다는 뜻이다. 로또를 꿈꾸지 않고도 살 수 있었다는 뜻이다. 할머니는 내 죽은 엄마가, 그리고 내가 어떤 간절함으로 살고 있는지, 그러니까 얼마나 자작자작 마음이 타며 살았는지 알지 못하는 것이다. 그러니 잘 먹고 잘살아라, 따위의 말을 할 수 있는 것이다.

할머니.

내가 불렀다.

나 돈 좀 줘. 할머니 집 팔아서 돈 좀 줘. 잘 먹고 잘살게 나 돈 좀 줘. 나라도 잘 살게 그 집 팔아 돈 좀 달라고, 쫌!

중학교에 다닐 무렵에는 한동안 할머니의 쓰레기 집에서 살기도 했었다. 그때 엄마가 단단히 바람이 났었다. 엄마가 상속의 꿈을 포기하고 나까지 포기해서 싫거나 좋거나, 죽고 싶거나 살고 싶거나 등을 기댈 곳이 할머니 집밖에 없었다.

할머니의 집에는 내 방이 있었다. 무용한 물건들로 가득 차 있지만 않았다면 내 욕실도 있고, 내 놀이방도 있고, 내 서재도 있을 수 있었을 것이다. 내 다락방과 내 지하실도 있을 수 있었을 것이다. 할머니네 2층짜리 집은 방이 다섯 개나 되었고, 마당이 있었고, 창고도 있는 대저택이었다. 그러나 원래의 크기가 얼마나 되는지도 알 수 없는 내 방의 벽면은 전부 폐지와 헌 옷으로 쌓여 있어 나를 위해 남은 공간이라고는 간신히 침대와 책상 하나뿐이었다. 그 침대 위에도 폐지가 쌓여 있고, 책상 위에도 헌 옷 뭉치가 가득 있었다. 책상 밑에는 병뚜껑들이, 침대 아래에는 전단들이 가득했다. 침대에 앉으려면 그 위에 쌓인 물건들을 바닥으로 쓸어내려야 했다. 그러고 나서도 발을 내릴 공간이 없어 두 발을 올리고 앉아야 했다. 그렇게 조심했는데도 벽에 쌓인 헌 옷 뭉치가 와르르 무너졌다.

그 밤에, 결국 할머니 방을 찾아가지 않을 수 없었다. 할머니 방은 내 방보다 더 많은 것이 쌓여 있고 더 좁았으나 작은 굴처럼 단단하고 안전해 보이기는 했다. 할머니가 이불 한쪽을 열어주어 그 안으로 들어가 등을 돌리고 울기 시작했다.

하나도 버릴 게 없지 않니…….

할머니가 등 뒤에서 말했다. 좌절과 부끄러움과 슬픔과 고통이 뒤범벅되어 있는 목소리였다. 할머니의 말뜻을 나중에야 이해했다. 나를 데리고 살게 되었으니 적어도 내 방만이라도 치워주고 싶었으나, 그러나 불행히도, 아무리 애를 써도, 이를 악물고 애를 써도 단 하나도 버릴 것을 찾을 수가 없었다는 것이다.

이튿날부터 내 방의 공간을 확보하기 위해 내가 직접 방을 치우지 않을 수 없었다. 그 방에서는 옷과 폐지뿐만 아니라 퀸의 브로마이드, 어쩌면 엄마에게 썼을지도 모르는 아빠의 연애편지 같은 것 등이 나왔다. 그러나 그런 것들은 겨우 한 줌이었고 대부분은 병뚜껑과 나무젓가락과 못과 나사, 신문 뭉치와 헌 옷들이었다.

아흔이 넘은 이후로 할머니는 집 바깥으로 나오지도 않았다. 더는 리어카를 끌 힘도 없었고, 뭘 주우러 다닐 힘도 없었고, 그렇지 않다고 한들 쌓아놓을 공간도 없었다. 집과 마당은 이제 물건으로 완전히 장악되어 사람은커녕 간신히 고양이 한 마리나 움직일 수 있을 것 같은 통로만 남아 있었다. 그런 통로를 '염소의 길'*이라고 부른다는 것을 나는 훗날에야 알았다. 왜 그렇게 부르는지는 모를 일이다. 염소가 아슬아슬한 길을 걷는 걸 본 적이 없다. 염소는 그토록 아슬아슬한 길을 걸으면서도 무사한지 역시 알 수 없다. 집은 쓰레기의 높이로 유지되고 있었다. 쓰레기가 기둥 역할을 하는 셈

---

* 랜디 O. 프로스트·게일 스테키티, 『잡동사니의 역습: 죽어도 못 버리는 사람의 심리학』(정병선 옮김, 월북, 2011)에 쓰인 "산양의 오솔길(Goat Paths)"에서 차용.

이었다. 그 쓰레기를 치웠다가는 당장에 무너질 게 분명해 보였다.

아흔이 넘은 후부터 아홉 살 아기처럼 작아진 할머니는 그 쓰레기 속, 어딘가에 쟁여져 있었다. 아니, 숨겨져 있었다. 어느 날부터는 나 역시 그 '염소의 길'을 헤쳐 들어갈 수가 없게 되었다. 할머니를 찾아 들어가다 폐지 더미에 깔릴 뻔한 적도 있었다. 고작 폐지라도 그렇게 한데 뭉쳐 있으면 얼마나 단단한 흉기가 되는지 그때 처음 알았다. 종이는 뭉쳐 있으면 더는 가벼운 것도 날리는 것도 아니었다. 그 후부터는 무너지는 게 무서워 안으로는 들어갈 엄두도 내지 못하고 바깥에서 할머니, 할머니 불렀다.

할머니 밥은 먹었어? 자작자작 밥 지어 먹었어?

밥이 익을 때 자작자작 마음이 탔어?

아니다. 거짓말이다. 할머니를 그렇게 다정하게 불렀던 것은 아주아주 오래전의 일에 지나지 않는다. 할머니가 죽기만을 기다리는 동안 나도 나이가 들었다. 아주 많이 들었다. 때때로 꿈을 꾸는데, 그 꿈속에서 나는 할머니보다 더 늙어 있다. 그게 어찌나 분한지 할머니의 머리채를 휘어잡고, 이 늙은이, 이 늙은이, 죽지도 않고! 이러면서 욕설을 퍼붓는다.

할머니가 입을 활짝 열어 송송 빠진 이가 보일 정도로 함박 웃는다. 약 오르지, 하는 얼굴이다. 할머니가 호더가 된 이유를 나는 꿈속에서 깨닫는다. 내가 못 가져가도록, 아무도 못 가져가도록 쓰레기를 쌓아놓은 것이다. 아주 산처럼 쌓아놓은 것이다. 그런 꿈속에서는 내 어린 아빠 역시 그 쓰레기 속에 묻혀 있다. 묻혀, 누워서, 해골인 얼굴로 활짝 웃고 있다. 너, 몰랐지? 이건 다 내 건데! 하는 얼굴이다. 꿈속에서 나는 이를 간다. 나는 절대로 아이 같은 건 낳지 않을 것이다. 키우지 못한 자식에 대한 그리움이 쓰레기 따위나 되는 것이라면 그런 걸 누가 하겠는가.

할머니와 함께 뒷산 아래에 죽은 동물을 묻어줄 때부터 알았다. 왼발 오른발 하며 쾅쾅 땅을 다질 때부터 알았다. 얘들은 이제 열심히 살아 있지 않아도 되지. 얘들은 이제 피 안 흘려도 되지. 얘들은 이제 꿈을 안 꿔도 되지.

가끔 궁금할 때가 있다. 어린 시절, 나는 왜 글을 쓰는 사람이 되고 싶었던 걸까. 상상하는 게 많아서였을 것이다. 어쩌면 엄마의 이야기 속 빈틈을 채우고 싶어서였는지도 모른다. 상속을 받을 테니 폼나는 작가라면 응당 그러하다는, 가난 따위는 나와 상관없다고 여겼을 테다. 그러니 나는 쓰기만 하면 되었다. 비범한 서사를 쓸 수 있을 것 같았다. 나같이 평범한 사람도 비범한 이야기를 쓸 수 있다는 걸 보여줄 수 있을 것 같았다.

말하자면 이런 건 어때? 우리 아빠는 살인마였던 거야. 어쩌면 연쇄살인마가 될 기질이 있었을지도 모르지. 엄마도 죽이고 나도 죽이려고 했지. 지 인생이 좆났다고 여겼는데, 뭔들 못 했겠어. 할머니랑 엄마가 나를 살리려고 아빠를 죽였어. 왜냐고? 여자들은 힘이 세잖아. 살인마인 아들을, 살인마인 애인을, 그런 것도 인간이라고 살려놓으면 안 되지.

　아니면 이런 건 어때? 우리 할머니는 알고 보니 살인마인 거야. 그걸 감추려고 쓰레기를 모아. 그러니까 저 쓰레기 밑에는 온갖 시체들이 다 있는 거야. 아빠부터 시작해서 이 동네에서 죽은 모든 것들이 전부 다 묻혀 있어. 더 묻을 데가 없어서 뒷산 아래에도 묻었지. 그렇지만 내 자리는 남아 있어. 그러니까 언젠가는 나도 저기에 묻힐 거야. 그러려고 키웠지. 입술을 혀로 핥듯이 짯짯거리며, 나를 키웠지.

　시시하다. 그런 서사에는 어떤 비범함도 없다는 걸 합평 시간 때마다 까이면서 배웠다. 대학 4년 내내, 쓰고 또 썼으나 내가 호평을 받은 건 호더인 할머니가 마침내 죽게 되는 내용의 소설뿐이었다.

　그러니까 이렇게 시작되는 소설.

　그 자작나무 숲은 임도를 30분쯤 달렸을 때 나왔다.

　제목이 '자작나무 숲'이었던 그 소설에서 자작나무는 전혀 주목받지 못했다. 실재로든 상징으로든 그랬다. 주목받은 것은 호더의 생생함이었다. 어린 아들이 죽은 후 호더가 되는 할머니, 아들에게 주지 못한 것을 모으다가 그 기억에 갇혀버리는 할머니. 이런 추상이 아니라 할머니의 삶과 쓰레기의 너덜너덜함이, 그 구체성이 호평받았다. 무엇보다도 상속의 욕망이 너무 생생하고 간절하다고 했다. 상속받은 집에 대해서 썼다면 모두 싫어했을 텐데, 상속받은 쓰레기에 대해서 쓰니 모두들 동감했다. 질투를 내려놓고 공감했다. 어쩐지 그들 모두가, 심지어는 교수님조차 안심하는 것처럼 보였다.

그 소설에 묘사된 죽은 아들의 서사에 대해서는 당연히 모두 혹평했다. 너무 작위적이고, 너무 장르적이라는 것이다. 왜 호더의 생생함과 상속의 절실함을 그런 작위적이고 장르적인 스토리로 망쳐버렸는지 안타깝다 못해 화가 날 지경이라고 했다. 나는 묵묵히 들었다. 부끄러워서 귀까지 빨개지고 말았다. 그래서 집에 돌아오자마자 빨간색 펜으로 죽죽 그은 문장들은 이야기가 되지 못한 채 쓰레기가 되어버렸다.

호평을 받았으면 좋았을 텐데. 그러나 비판은 가혹했다. 할머니는 왜 호더가 되었는지 서사가 없고, 그 아빠란 인물은, 아니 뭐, 애를 지워버린다는 선택지는 없었나? 소설이 꼭 윤리적일 필요는 없는 거잖아. 게다가 난데없이, 뭘 그렇게까지 했냐는 말이지. 그러니까 개연성이 없다는 거지.

개연성. 그 후로 나는 줄곧 개연성에 대해 생각했다. 그 후로 10년, 그 후로 20년, 어쩌면 그 후로 평생. 할머니가 어쩌다 그렇게 되었는지에 대해서가 아니라 할머니가 언젠가는 반드시 죽을 거라는 개연성. 할머니가 죽는 것은 백일치성으로도, 작정 새벽기도로도 이루어지지 않을 일 같았으나, 그러나 어떤 소설은 이루어진다. 그냥 기다리기만 해도 이루어진다. 개연성이란, 어쩌면, 그런 것일 테다.

할머니가 죽었다는 경찰의 전화를 받고 달려갔을 때, 그때는 이미 구청 요원들과 특수청소업체 사람들이 할머니 집 바깥으로 쓰레기를 실어 나르고 있는 중이었다. 할머니의 시신을 꺼내기 위해서는 먼저 통로를 만들지 않을 수 없었고, 그러기 위해서는 쓰레기부터 들어내야 했다는 것이다. 할머니는 도시 괴담을 방송하는 유튜버에 의해 발견되었다. 호더가 어찌하여 도시 괴담의 일종일 수 있는지는 모르겠으나, 할머니가 시신으로 발견되는 바람에 괴담의 자격을 얻었다.

안 들여다봤어요? 그래도 할머닌데, 저렇게 발견될 때까지 손녀가 뭘 했어요?

당연히 들으리라 믿었던 질문과 비난은 없었다. 시신도 이미 호송된 후였다. 경찰이 영안실의 위치를 알려주었다. 그들이 원하는 것은 빨리 모든 것을 다 치워버리는 것뿐인 듯했다.

당장 영안실로 달려가야 했으나, 다리가 덜덜 떨려 바닥에서 떨어지지 않았다. 처음에는 슬픔 때문인 줄 알았다. 아니면 뭐겠는가. 설마 기쁨이겠는가. 그러나 곧 그것이 슬픔도 기쁨도 아니라는 것을 알았다. 나를 붙들고 있는 것이 쓰레기들이라는 것을 알기까지는 오래 걸리지 않았다. 사람들이 쓰레기를 실어 나르는 모습이 눈에 거슬렸다. 거슬리다 못해 견딜 수가 없었다. 저들은 쓰레기는 다 쓰레기인 줄로만 안다. 그래서 다 쑤셔 넣고 다 던져버린다. 그러고는 다 묻어버리거나 다 태워버리겠지.

자작자작 태울 줄도 몰라 다 꽝꽝 태워버리겠지.

그래서는 안 된다는 생각이 들었다. 아니, 생각을 넘어 격렬한 감정이었다. 할머니가 살아 있을 때는 다 버려야 한다고 믿었던 것들인데, 갑자기 무슨 마음인지, 어떤 것은 남겨두라고, 그것만은 안 된다고 말하고 싶은 충동이 이뿌리의 신 침처럼 고였다. 그러더니 점점 다 그냥 놔두라고, 다 내 거라고 말하고 싶은 충동이 일었다. 그러니까 전부 다 내가 상속받은 것이라고, 내가 상속받은 쓰레기라고.

집 안에서 고함 소리가 들린 것이 그때였다.

어, 이거 뭐야!

뭔데, 뭔데?

이거 뼈 아냐? 사람 뼈? 사람을 묻었어?

나는 휘청했다. 세상에서 가장 끔찍한 이야기를 들은 것처럼 머리끝부터 발끝까지 소름이 돋았다. 곧 그것이 전율이라는 것을 알았다. 방금 내가 들은 것은 끔찍한 이야기가 아니라 보물섬 이야기가 아닐까. 어쩌면 모든 이야기의 중심, 어쩌면 모든 이야기의 개연성 말이다.

누군가 뒤에서 내 팔을 잡았다. 아마도 내가 집 안으로 달려 들어가려고 했던 모양이었다. 어찌나 힘껏 잡았는지 뒤로 나자빠질 지경이었는데, 경찰 같기도 하고 단체 사람 같기도 한 어떤 사람이 방독면에 가까운 마스크를 쓴 채 내게 악을 쓰듯 외치고 있었다.

들어가면 위험해요!

아빠가 있어요, 저기에!

위험하다니까요, 할머니!

뭐라고요?

깔려 죽는다고요, 할머니!

할머니라니. 할머니는 죽었다. 내가 나이 세기를 멈췄을 때, 아흔한 살이었던 할머니. 그 할머니가 그 후로 10년쯤을 더 살았다고 하더라도, 내가 할머니로 불릴 나이는 아니다. 아무리 생각해도 그렇다. 그러나 과연 그러할까.

이것은 내 이야기인가, 할머니의 이야기인가, 아니면 소설 속 이야기인가. 참으로 오랜만에, 그러니까 거의 한 세기 만인 듯, 빨간 줄로 죽죽 그었던 문장이 떠오른다. 빨간 줄로 죽죽 그은 후 쓰레기가 되어버렸던 문장. 그건 살인마인 아빠에 대한 문장이 아니라 그토록 생생하다고 호평받았던 할머니의 쓰레기에 관한 문장들이었다. 그 문장을 지금은 외우지 못해 대화로만 기억한다.

아무것도 버릴 수가 없어요. 왜죠?

모든 것에 다 기억이 있어서요.

어떤 기억입니까?

그런 건 중요하지 않아요.

숲으로 가야 할 것이다. 할머니를 버리러. 어쩌면 아빠도 버리러. 가다가 자작나무 숲을 만나게 될지도 모른다. 한 껍질 한 껍질 벗으면서도 맨몸이 되지 않는 나무들의 숲. 환한 나무들의 숲. 그런 숲에 이르면 나는 마침내 물을지도 모른다. 뭐가 그렇게 탔어, 뭐가 그렇게 애타게 자작자작 힘들었어, 할머니. 할머니는 대답하지 않을 것이다. 당연한 일이다. 죽은 사람은 대답할 수 없으므로. 그러나, 다시 궁금해진다. 죽은 사람은 과연 대답할 수 없는 것일까.

제 2 4 회
이　　효　　석
문　　학　　상

───

우　수　작　품　상
수　　상　　작

2012년 『작가세계』 신인문학상을
통해 소설을 발표하기 시작했다.
소설집 『모서리의 탄생』 『허들』이
있고, 앤솔러지 『우리는 행복할 수
있을까』 『국경을 넘는 그림자』에
참여했다. 제21회 이효석문학상
우수작품상을 수상했다.

작은   방주들
신   주   희

플라밍고 튜브에 바람을 넣는 꿈을 꿨다.

*

직장 동료의 결혼식이 있었다. 예식이 끝날 때쯤 갑자기 소나기가 퍼붓기 시작했다. 식사를 마치고 주차장으로 향하려는데 뒤에서 목소리가 들렸다.

은재 님!

같은 부서의 허니쿠키였다.

비가 와서 그러는데, 서울까지 같이 갈 수 있을까요?

나는 미소를 지어 보였지만 실은 마음이 불편했다. 서울까지 한 시간 반, 꼼짝없이 이야기를 나눠야 하는 것도 그랬지만 더 심란한 것은 허니쿠키의 SNS 프로필 때문이었다. 잠이 오지 않던 어느 밤이었고 피드의 피드를 건너 우연히 허니쿠키의 개인 SNS에 이르렀다. 프로필 사진과 소개 문구를 확인한 나는 개운치 않게 잠이 달아나는 기분이 되었다.

'No more priceless time.'

프로필 소개 글은 분명 며칠 전 허니쿠키와 내가 나눈 대화임이 틀림없었다. 나는 나름 조언이었고, 그에게는 공언이었을지 모르겠다. 아니다. 외근 후 회사로 돌아오는 내내 식대와 교통비 지급에 관해 불만을 토로하는 후배에게 선배로서 무슨 말을 한단 말인가. 게다가 허니쿠키는 잦은 지각과 조퇴로 유력한 대기 발령 후보자 중 하나였다. 회사 복지를 운운할 처지가 아니었다. 때문에 내가 허니쿠키에게 한 말은 전혀 특별하지 않았다. 지금 우리가 하는 일은 단순히 생계를 위해 하는 일과는 좀 구분돼야 한다고 말했을 뿐이다. 아이들을 위한 책을 만드는 일이고, 이건 값을 따질 수 없는 priceless한 일이 아니겠냐고. 내가 손가락 따옴표까지 만들며 'priceless'라 말할 때 허니쿠키는 조용히 고개를 끄덕였다. 물론, 일은 늘 '어떤'보다 '얼마'가 더 중요했다는 사실을 모르는 바가 아니었다. 하지만 노골적으로 값을 따지려는 걸 보니 마음이 침침해졌다. 돈이면 세상 별 게 없다는 논리가 착착 맞아 들어가는 게 싫어서 억지를 부린 거였다.

빗속을 뛰어온 허니쿠키가 차에 올라탔다. 차가 출발하고 고속도로 톨게이트를 빠져나가자 그가 이야기를 시작했다.

은재 님 친구분이요. 그분은 잘 계세요?

예상대로 허니쿠키는 허니쿠키다운 질문을 했다.

왜, 코인으로 대박 나셨다던.

나는 뭐라고 대답을 해야 할지 몰라서 잠시 내비게이션을 봤다. 새로 뚫린 도로 위를 달리고 있어서인지 업데이트가 안 된 내비게이션의 화살표가 이름 모를 공동묘지 위를 가로지르고 있었다. 묘지가 있던 자리에 길이 새로 난 모양이었다. 코웃음이 났다. 양진주 얘기가 나왔는데 마침 '있는데 없는 길'을 달리고 있다니.

이것 봐, 우리 지금 공동묘지 위를 달리고 있는데?

와, 정말. 방금 산도 넘고 물도 건넜어요.

사실, 다른 주제로 넘어갈 수 있으리란 생각에서 한 말이었다. 하지만 예의상 잠깐 웃어준 허니쿠키는 다시 한번 진주의 안부를 물었다. 전부터 투자 정보를 얻을 수 있을까, 하는 심산에 진주와의 만남을 조르던 그였다. 물론 그때마다 어색하지 않게 대화의 주제를 돌리곤 했지만. 나는 그의 프로필 사건에 복수라도 하듯 떨떠름한 표정으로 대답했다.

아, 진주? 걔 지금 우유니 여행 중이잖아.

그렇게 말해놓고 마음이 복잡했다. 거짓말이었고, 딱히 이유도 없었다. 하지만 더 이상한 일은 그 뒤에 일어났다. 나는 진주가 우유니에 갔을 뿐만 아니라, 그곳에서 꽤 오래 머물 예정으로 근사한 집을 찾고 있다는 얘기까지 덧붙였다. 순식간에 거짓말이 술술 나왔다. 그 뒤로도 소설을 쓰듯, 나는 행복하게 지내는 진주의 안부를 실감 나게 지어냈다. 거짓말이 그럴싸한 모양과 무게를 갖추게 되었다.

내가 진주를 마지막으로 본 날, 술에 취해 뺨이 발그레해진 그 애는 뜻밖의 선물을 나에게 내밀었다.

'우유니 소금 사막 초초초특가 패키지.'

코로나가 창궐할 때 그것은 여행사들의 마지막 몸부림이었을 터였다. 예약을 하면 축하금까지 얹어주는 상품이라고 진주는 흥분한 듯 말했다.

이거, 내가 쏘는 거야.

나는 잠시 아무 소리도 못 내고 입을 벌리고 있었다. 가족은 물론이고 지구상의 어떤 인간에게도 이런 고가의 선물을 받아본 일이 없었기 때문이다.

맙소사! 우유니?

진주는 웃음을 머금은 채 말했다.

야, 기억 안 나? 우리 사십 되면 우유니 가기로 했던 거!

그러면서 진주는 명함 한 장을 내밀었다.

'더 코인 아크.'

생소한 이름이 적힌 명함을 내밀 때, 진주의 모습은 얼마나 밝고 멋져 보였나. 돌이켜보면 나는 그런 그 애의 모습을 당연하다고 여겼다. 견뎠으니까. 진주는 대학 졸업까지 미뤄가며 인턴으로 들어간 회사에서 2년을 버텨 취업에 성공했다. 연차가 쌓여 연봉을 올려 받아야 할 즈음 당사자를 교묘하게 괴롭혀 관두게 하는 상사도 가뿐하게 이겨냈다. 매년 쏟아지는 신규 인력의 포화는 물론이고 정처 없이 낯선 부서를 떠도는 수모를 겪을 때도 진주는 몸에 밴 특유의 천진함으로 그것을 무심하게 지났다. 남으면 줍고, 모자라면 버티고. 이제는 좀 쉬엄쉬엄하자는 나를 비웃듯 진주는 꾸준히 뭔가를 배우고 실행하는 일에 시간을 썼다. 그렇게 첫 직장에서 8년을 지내다 더 좋은 조건으로 회사를 옮긴 것이 '더 코인 아크'였다. 새 명함을 보는 나의 고개가 다시 한번 갸웃, 하고 기울어지자 진주는 아무튼, 하며 말을 이었다. 새로 옮긴 회사에서 까다로운 프로젝트를 맡게 되었다고 했다. 보상으로 약간의 투자 정보를 얻게 되었는데, 그게 좀 많이 올랐다고. 그래서 선물을 준비했다며 건배를 외쳤다.

우리의 우유니에 취소는 없는 거야! 가자! 가자! 가자!

하지만 정말 그게 문제였다. 취소는 함정 중 함정이었다. 몇 달 뒤, 나는 여행을 취소하기 위해 갖은 방법을 동원해야 했다. 코로나 핑계도 소용없었다. 심지어 여행을 갈 두 사람 중 한 사람이 실종되었다는 사실을 고백해도 취소는 여전히 불가였다. 벌써 두 번이나 여행을 유예해주었고 더 이상 사정을 봐줄 수 없다는 것이 여행사 쪽의 입장이었다. 더는 아무 말 말라는 듯, 수화기 너머로 여행사 사장이 소리쳤다. 서툰 한국어 발음이었다.

너 친구, 우유니에 와 있을지도 모르잖아?

그의 말에 나는 황당한 표정이 되었다. 하지만 끝날 때까지는 끝난 게 아니다, 하는 말을 입에 달고 살던 사람이 진주였다. 나는 우유니 소금 사막 한가운데서 서로를 부둥켜안고 환호성을 지르는 여자 둘을 상상하다가 이내 고개를 저었다. 이번엔 좀 달랐기 때문이다. 그가 벌어진 일을 떠올려볼 때, 불행이 실패 선고를 제대로 내린 것 같았다. 한동안 진주가 다니던 회사의 이름이 뉴스에 오르내렸다. 상장이 폐지된 암호화폐 피해자들이 대표를 고소했다는 내용이었다. 우유니 여행 티켓만 덩그러니 남긴 진주는 부모는 물론이고 나와도 연락을 끊은 상태였다. 나는 오른쪽 뺨이 뜨거워질 때까지 사정에 사정을 거듭했지만 끝내 항복하고 말았다. 이제, 필요한 것은 진주뿐이었다.

퇴근길에 진주가 살던 빌라에 한 번 더 가볼까, 고민하고 있을 때였다. 5시를 20분 남겨둔 시간이었고, 슬슬 업무 마무리를 위해 속도를 높이고 있는데 부서장인 정근 님의 메시지가 모니터에 떴다.

은재 님, 제 자리로 와주세요.

나는 그 메시지에 숨겨진 의미를 파악하느라 잠시 머뭇거렸다. 혹시 내가 모르는 상황이 있는지 확인하기 위해 허니쿠키를 봤다. 그가 메일을 확인해보라고 눈짓했다. 그리고 그다음 순간, 느닷없는 통보를 확인했다. 정신이 번쩍 들었다. 나는 '무보직 대기 발령'이라고 적힌 글씨를 한동안 멍하게 바라봤다. '무보직'과 '대기' '발령'이란 단어 중 내가 가장 오래 본 글씨는 '발령'이었다.

내가 출판사에서 보낸 시간이 7년이었다. 규모가 꽤 되는 유아 교육 전문 출판사이고 그곳에서 은재 님, 하고 불리지만 얼마 전까지는 최 과장이었다. 대대적인 조직 개편 후 회사는 직급을 없애고 수평 호칭을 도입했다. 달라진 건 별로 없었다. 다들 직급과 닉네임을 혼용해서 불렀고 여전히 이름보다는 직급에 힘이 실렸다. 그사이 블라인드 노조니, 노조 메타버스 출범식이니 하는 것으로 잠깐 술렁였지만 곧 흐지부지해졌다.

그렇게 7년을 결혼도 출산도 미뤄가며 일했는데 내가 놓친 것은 그게 다가 아니었다. 시대의 흐름이었다. 나를 자신의 자리로 불러세운 부서장은 회사에서 대대적으로 추진 중인 AI 학습 프로그램 사업에 관해 장황한 설명을 늘어놓았다. 그 성능이 얼마나 대단하냐면 학습지를 게임으로 만들어서 아이들이 죄다 점수 올리기에 중독이 될 정도라고 했다. 심지어 아이들이 찍어 맞춘 문제까지 짚어내는 수준으로 우연한 행운까지 허락되지 않은 황량한 미래가 참 안타깝다고 딴소리를 했다. 하지만 그의 결론은 명확했다. 그 때문에 조직 개편이 필요했고 그 시작으로 종이 학습지인 『일일에 듀』부터 정리한다는 거였다. 진주가 있었다면 이런 소리를 듣기 전에 나에게 핀잔을 늘어놓았을 게 틀림없었다. 지금 이럴 때가 아니라고. AI하고도 경쟁을 해야 하는 시대, 라고. 하지만 나는 그 길고도 험한 말을 진주의 입이 아닌 부서장의 입을 통해 들어야 했다.

인사팀에 새로 생긴 '무보직 대기 발령자'의 자리는 거의 복도나 다름없었다. 책상 위에는 노트북 하나가 덩그러니 놓여 있었고,

볼펜이나 필통, 하다못해 서랍도 고장 나 있었다. 출입문을 드나드는 사람이라면 누구나 대기 발령자의 처지를 볼 수 있었다. 정신없이 발령을 받은 다음 날, 나는 새로 배정받은 자리로 출근했다. 자리에 앉으려는데 그제야 허니쿠키 생각이 났다. 뒤늦게 대기 발령 1순위인 그의 안부가 걱정된 것이다. 허니쿠키도 나처럼 폭풍 같은 어제를 겪었을 터. 나는 인사팀 직원에게 그의 행방을 물었다.

허니쿠키 님은 어디 가셨나요?

콘텐츠기획팀으로 가셨어요.

네? 어디요?

어리둥절했다. 나는 잠시 멈춘 화면처럼 입을 벌리고 서 있었다. 도무지 이해할 수 없는 처사였다. 허니쿠키가 회사의 핵심 부서로 발령이 났다는 소리였다.

이거 좀 부당한 거 아닌가요?

인사팀 직원은 충분히 이해가 간다는, 하지만 모두가 비슷한 반응이라는 얼굴로 조용히 대답했다.

인사 발령은 회사 고유의 조치예요. 직원의 동의 없이도 할 수 있고, 은재 님을 벽만 보게 앉혀놔도 법적으론 문제가 없어요.

당연히 허니쿠키가 나를 대기 발령으로 몰아넣은 것은 아니었다. 하지만 마치 그가 회사의 동향을 파악하고 있으면서도 마지막 순간까지 내게 그것을 숨기기라도 한 듯, 나의 비약은 생장점을 뚫은 식물처럼 맹렬하게 솟구치고 있었다. 끝내는 부서장의 자리로 불려 가기 전 메일을 확인해보라던 허니쿠키의 눈빛까지 의심하

기에 이르렀다. 뜨거워졌다 얼어붙었다 하는 기분을 억누르며 나
는 나와 진주에게 공통으로 닥친 불행의 인과관계를 생각했다. 그
러니까 사십을 앞둔 여성 둘의 잠적과 대기의 상태에 대해, 보이지
않는 손에 의해 설계된 낙오와 조난 상태에 대해. 하지만 결론은
영 엉뚱한 지점에서 맺어졌다. 가상 세계와 마찬가지로 현실 세계
역시, 내가 고려할 수 있는 변수는 거의 없다는 거였다. 나는 하루
종일 벌서듯 텅 빈 바탕 화면을 노려봤다. 시위를 하듯 점심 식사
도 거른 채 퇴근 시간을 맞았다. 온 마음이 사막처럼 황량했다. 짐
을 챙겨 회사를 빠져나왔다. 버스정류장 근처 편의점에서 팩소주
하나를 샀다. 소주를 들이켜며 버스를 기다렸다. 빈속에 술이 들어
가는 것이 그대로 느껴졌다. 버스에 올랐다. 넋을 놓고 창밖을 봤
다. 버스에서 내려 걷다 보니 진주가 살던 빌라 근처 골목이었다.
몸이 으슬으슬 추웠다. 진주가 몹시 보고 싶었다.

　골목을 잠시 서성이다가 나는 진주가 살던 빌라에 가보았다. 아
무도 없다는 걸 알지만, 혹시나 하는 마음에서였다. 방은 역시 비
어 있었다. 진주의 행방은 아무리 봐도 단서를 찾을 수 없는 암호
같았다. 왜 암호 같았냐, 하면 그건 빌라 주인이 건네준 낡은 영화
DVD 때문이었다. 그날은 매번 길이 엇갈렸던 빌라 주인을 만난
것이다. 빌라 주인은 아가씨가 참 깔끔하게도 집 청소를 다 하고
이사를 갔다고 했다. 그러더니 느닷없이 영화 DVD를 내밀었다.
〈모터싸이클 다이어리〉였다. 다른 건 다 챙겨 갔는데 이걸 빼놓고

갔다고 덧붙였다. 나는 나도 모르게 아! 하고 짧게 탄식했다. DVD를 받아 들며 정말 그럴지도 모른다는 생각이, 진주니까 그럴 수도 있지 않을까, 하는 의문으로 바뀌었다. '너 친구, 우유니에 와 있을지도 모르잖아?' 하던 서툰 한국어 발음이 귓가에 울리는 것 같았다. 이어 진주가 했던 말들이 떠올랐다. 가보지도 않은 곳이 그리울 수도 있단다, 했던 것이.

그랬다. 그건 틀림없이 진주 입에서 나온 말이었다. 언젠가 〈모터싸이클 다이어리〉라는 영화를 봤다고 말하며 줄거리를 설명했던 게 기억났다. 체 게바라가 오토바이로 남미 대륙을 횡단하는 이야긴데, 그는 추키카마타란 광산에서 노동자들의 참상을 목격하고는 의학도의 길을 포기했다고 했다. 그 뒤부터 혁명가의 길로 나서게 됐다고. 내가 아, 체 게바라? 지금은 되게 유명한 굿즈 캐릭터로 활약하시는 분? 했다. 진주는 풉, 소리 나게 웃었고 나는 그래서 뭐, 하는 표정으로 말을 이었다.

그러니까 구리 광산엘 가자고?

아니. 그건 아니고. 찾아보니 근처에 되게 아름다운 소금 사막이 있더라고.

소금 사막?

응. 우유니.

사막 가서 뭘 할 건데?

소금 호수에서 사진 찍으면 되게 예쁘게 나온대. 플라밍고도 볼 수 있고.

야, 플라밍고는 수영장에서 맥주 마시면서 봐야 제맛이지. 사막에서 무슨.

잠자코 나를 보던 진주는 사십엔 꼭 우유니에 가자며 건배를 외쳤다.

얘야, 가보지도 않은 곳이 그리울 수도 있단다.

물론 그때 영화를 보지 않은 나의 기억 속에 그것은 그저 진주의 허세로 남아 있었다. 진주가 회사를 옮긴 것은, 그 회사에서 만든 암호화폐와 전 재산을 바꾼 것은, 재산의 일부로 '우유니 소금 사막 초초초특가 패키지'를 산 것은 그로부터 시간이 꽤 흐른 뒤였기 때문이다. 그리고 그즈음이었다. 3일이 멀다 하고 얼굴을 보던 우리의 만남이 뜸해지기 시작한 것은. 진주의 극심한 어지럼증과 두통이 주된 이유였다. 때문에 나는 겨우 SNS로만 진주의 안부를 확인할 수 있었다. 정확히는 진주의 안부를 확인한 것은 아니었다. 오히려 일론 머스크의 안부라고 말하는 편이 더 정확했다. 한참 코인의 수익률이 곤두박질치던 때였다. 진주는 아무래도 아무 말인 그의 말에 무슨 근사한 세계가 있다고 믿는 것 같았다. 전혀 엉뚱하게 해석된 진주의 피드 밑으로는 조금도 근사하지 않은 생계형 댓글들이 죽 달려 있었다. 악플도 많았다. 진주를 멍청한 사기꾼으로 몰고, 남의 돈을 게임 머니 취급한다는 내용이었다. 하지만 진주는 그런 걸 견디는 게 능력이라고 악플 하나하나에 댓글을 달았다. 열망하는 목표가 개미가 아니기 때문에 충분히 견딜 수 있는 것이라고. 하지만 피로를 모르는 가상 세계와 달리 진주의 현실 세계는 몹시 피로해 보였다. 그러니까 진주가 한다던 새로운 일의 실체는 눈에 보이지 않는 것들을 붙잡고 어디론가 휩쓸려 가는 일처럼 보였다.

지난 일들이 시커먼 소용돌이를 만들며 머릿속을 휘저었다. 그때였다. 문자메시지 알람이 울렸다. 허니쿠키였다.

은재 님, 우리 술 한잔 할까요?

나는 문자를 멍하게 바라보다가 취기에 답을 보냈다. 퇴근 시간이 한참 지나 있었지만, 허니쿠키가 사는 곳이 진주네 근처라는 게 떠오르자 손이 저절로 움직였다.

그럴까요?

허니쿠키와 나 사이에는 비혼 이외에 공통점이 하나 더 있었다. 아이를 원하지 않는다는 거였다. 아니, 그보다도 가족을 원하지 않는다는 쪽이 더 정확했다. 허니쿠키는 명절에나 겨우 얼굴을 보는 제 가족이 손님처럼 느껴진다고 했다. 때가 되면 만나서 서로를 먹이고 입히고 마중하며 틈틈이 상처를 주고받는 관계들. 아이러니하지만 근미래에 가족이 없을 여자들의 우정은 남편도 자식도 없이 혼자 남겨질 때를 대비하며 두터워지는 법이었다. 아마도 그 때문이었을 거다. 몸 한구석에 구멍이 뻥 뚫린 것 같은 기분일 때, 나이 사십을 코앞에 둔 내가 이제 갓 서른이 된 허니쿠키와 술자리를 함께하곤 했던 것은. 우울한 미래 따위에 미련을 두지 말자, 그저 최선을 다해 오늘의 술잔을 비우자, 하는 게 주된 건배사였다.

술에 취한 허니쿠키는 내게 부동산중개사시험을 준비하고 있다는 비밀을 털어놨지만 나는 퇴근 후 재테크 모임도, 카페 창업 설명회도, 진주를 따라 개설한 암호화폐 계좌에 관해서도 말하지 않았다.

그래서였을까? 그래서 나를 출입문 쪽으로 떠다민 걸까? 역시, 억지스러운 마음이었다. 허니쿠키가 어떻게? 왜? 약속 장소로 향하면서 나의 기억은 자꾸만 그와의 평온했던 시간들을 되짚고 있었다. 표정이 많은 이마, 토라지면 무거워지는 눈꺼풀, 웃을 때 눈가에 생기던 아직은 옅은 주름들. 다른 무엇보다 허니쿠키에게 대책 없는 못난 마음을 들키고 싶지 않았다.

약속 장소에는 허니쿠키가 먼저 도착해 있었다. 이미 소주 한 팩을 마신 뒤라 나는 좀 너그러워진 느낌이었다. 뭐에 너그러워졌나, 하면 정확히는 알 수 없었다. 그저 밑도 끝도 없이 생긴 허니쿠키를 향한 적개심이 약간 누그러진 상태라고 해야 할까.

은재 님, 여기 오기 전에 술 드셨어요?

네.

왜요?

기분이 좋아서.

그래요? 아, 다행이에요. 실은 저 걱정 많이 했어요.

정말?

네. 괜찮으신 거죠? 부서는 달라졌지만 우리 종종 이렇게 밥도 먹고 술도 마셔요.

그래요.

그러면서 나는 진주의 명함을 테이블 위에 꺼내놨다. 진주가 옆에 있었으면, 하는 생각에 무심코 나온 행동이었다. 스스로도 좀 의아해하고 있는데 허니쿠키의 눈길이 명함에 머무는 것이 느껴졌다. 의혹과 경계심이 묘하게 뒤섞인, 전과는 확연히 다른 눈빛이었다. 마음속 어딘가에서 화르륵, 하고 애써 눌러놓은 것들에 불이 붙는 느낌이었다.

진주네 집에 다녀왔어. 진주가 부탁한 게 있어서.

명함 위에 시선을 둔 허니쿠키 눈빛이 작게 일그러졌다.

대체 그 회사는 정체가 뭐였대요? 가상화폐 뭘 만든다고 했죠? 얼마 전 뉴스에서 봤어요.

가상 아니고 암호화폐. 거기서 지갑을 만들었어.

가상이나 암호나 그게 그거 아니에요?

아니에요.

친구분이 거기서 지갑을 만드셨다고요?

응. 지갑 이름이 아크.

아크가 뭐더라?

방주요.

허니쿠키는 눈을 동그랗게 떴다.

설마……?

걱정스럽게 내려앉은 허니쿠키의 눈과 달리 입술 끝에 슬쩍 비웃음이 걸려 있었다.

거기 사장이 기독교 그런 건가? 친구분 사이비 종교 뭐 그런 데

빠졌던 건 아니죠?

그 말을 듣고 있는데 목 뒤가 뜨겁게 달아올랐다. 갑자기 주변의 소음들이 하얗게 소거되는 것 같았다. 그래, 진주는 그때 뭐라고 말했었나. 매끈한 명함을 내밀면서, 전에 없이 이를 환하게 드러내 웃으면서. '더 코인 아크'에서 전자지갑 '아크'의 홍보를 맡았다고 했지. 그게 대체 뭐냐는 질문에 한심하다는 듯 대답을 했고. 암호화폐를 보관하기 위해 누구도 해킹할 수 없는 보안이 필요한데, 아크는 블록체인 기술을 장착한 전자지갑이라고 설명했다. 회사에서 곧 암호화폐를 상장할 예정이고, 거기에 투자할 투자자들을 관리하는 게 자신의 일이라고. 그때 나는 그저 고개를 끄덕였을 뿐 아무것도 더 묻지 못했다. 지갑을 비롯해 채굴이니, 주소니, 하드포크니 하는 말들은 몽땅 미래에서 과거로 갑자기 떨어진 말이었다. 블록체인과 비트코인 얘기로 넘어가는 진주를 보며 나는 그저 눈을 깜빡였다. 그다음엔 뭘 했던가. 맞다. 진주는 그럴 줄 알았다는 듯, 그 애다운 설명을 덧붙였다.

자, 꽃이 있다고 치자.

진주는 술잔을 탁, 소리 나게 내려놓으며 그렇게 말했었다.

그럼 벌과 나비 같은 곤충들이 있겠지? 꽃과 벌은 각자의 일을 하는 거야. 꽃이 벌을 위해, 벌이 꽃을 위해 일을 하지 않는다고. 대신 각자 원하는 보상을 받지. 꽃은 번식을 하고 벌은 꿀을 얻잖아. 그런 거야, 내가 하는 일이. 프로그램 안에서 사람들이 각자의 꿀을 가질 수 있도록 그 시스템을 번식시키는 거. 암호화폐의 철학이

탈중앙화거든.

하지만 진주의 비유는 나를 더 미궁에 빠뜨렸다. 집으로 돌아오는 내내 나는 그 애의 말을 되씹었다. 지배적인 중앙 세력이니, 대중을 속일 수 없는 진정한 민주주의가 실현됐다느니. 갑자기 노동운동이라도 시작한 건가? 나는 의구심을 품은 채 인터넷을 뒤적였다. 그 후에야 진주의 얘기가 블록체인 기술의 핵심 개념에 관한 비유라는 걸 알게 됐다. 하지만 이제 와서 왜 진주의 그 말이 자꾸만 입 속의 이물처럼 거슬리는 것일까. 나는 진주처럼 탁! 소리 나게 술잔을 내려놓으며 중얼거렸다.

자, 꽃이 있다고 치자.

핸드폰을 만지작거리던 허니쿠키가 깜짝 놀라 나를 봤다.

네?

꽃이 있다고 치자고. 꽃이 있어서 벌도 있고 나비도 있다고. 꽃도 일을 하고, 벌도 나비도 제 일을 하고. 새벽에 나가서 막차를 타고 집으로 돌아온다고 치자고. 근데 꿀은? 여전히 꿀은 벌도 나비 차지도 아니지 않나? 그럼 그 꿀은 어디로 가는데?

허니쿠키가 황당하다는 얼굴을 하고 있었다.

은재 님! 꿀이 가긴 어딜 가요. 양봉업자에게 가겠죠.

낯선 질문들이 입 속을 맴돌았다. 뭐가 있다고 치는 것. 없는데 있다고 치는 것. 치자, 치자, 치자, 중얼거리다가 나는 나도 모르게 흠칫 놀라고 말았다. 그러고 보니 거짓말도 치는 거고, 사기도 치는 거고, 뒤통수도 치는 거란 생각이 들었기 때문이다. 지금 실종

된 친구를 두고 무슨 생각을 하는 건가, 싶으면서도 집요하게 피어오르는 의심을 막을 길이 없었다. 곧이어 갑자기 사라진 진주에게 내내 뒤통수를 얻어맞고 있었다는 기분이 들었다. 진주야, 도대체 왜, 어디로 사라진 거니? 갑자기 벌도 나비도 하기 싫어서? 네가 가졌던 꿈이 몽땅 사라져서? 도대체, 왜? 나는 다가오는 여행 날짜를 떠올리며 입술을 깨물었다. 엉뚱하게도 이 모든 더러운 기분들이 허니쿠키를 향해 맹렬하게 솟구쳤다. 빙글거리는 저 얼굴을 차갑고 딱딱하게 만들고 싶다고 생각했다. 취기 때문인지 머릿속에서 윙윙 벌이 날아다니는 소리가 들리는 것 같았다.

진주가 자꾸만 우유니로 오라고 하네.

분명히 혼자 중얼거렸는데, 허니쿠키의 얼굴이 미세하게 흔들렸다.

정말요?

나는 잠시 허공을 바라보다 대답했다.

응.

순간, 허니쿠키의 눈동자가 몹시 흔들렸다. 방금 전까지와는 또 다른 무엇인가가 그의 얼굴에 어른거렸다. 어우, 부럽다, 부러워, 하며 탄성을 내뱉었지만 그 표정 한구석이 어둑어둑했다.

가시면 사진 좀 꼭 보내주세요. 실은 제 버킷리스트에 그게 있거든요.

질투와 아쉬움이 역력한 허니쿠키의 얼굴을 보는데 희열이 느껴졌다. 내가 그의 마음 한구석에 예리한 구멍을 낸 느낌이었다.

나는 나도 모르게 여유로운 척 고개까지 끄덕이고 있었다.

그래요. 사진 꼭 보내줄게요.

그럼에도 불구하고 어떤 면으로 생각해도 나는 우유니 여행을 갈 수 있으리라 생각하지 않았다. 현실은 현실이고 미래는 늘 미래였는데 인사팀 출입문 앞에 앉아 있자니 미래가 꼭 지금이나 방금 같았다. 근면 성실이 더는 성공의 무기가 될 수 없다는 걸, 심지어 무능도 전략적으로 증명해야 실업 급여라도 받을 수 있다는 걸, 나는 초현실적인 형벌을 받으며 복기했다. 매 순간 뒤통수와 엉덩이가 얼얼했다. 뼈가 시릴 정도로 반성의 시간을 보냈다. 그러자니 실제로 회사에 대단히 큰 피해를 입힌 것 같았고, 그건 감당할 수 있는 크기가 아니었고 그래서 몸이 더 움츠러들었다. 인간의 위엄이나 품위 같은 건 잠시 어딘가에 담보로 잡혀 있다 생각하고 버텼다. 적어도 인사팀 직원의 그 말을 듣기 전까지는 정말 그랬다.

쉬는 걸 고려하고 계신다면서요?

네? 제가요?

해외로 가신다는 얘기 들었어요. 친구분이 우유니에 자리를 잡으셨다면서요? 어우, 너무 부럽다. 결정 잘하신 것 같아요. 뭐니 뭐니 해도 자기 사업이 최고잖아요.

인사팀 직원은 콧잔등에 잔주름을 만들며 나를 향해 과하게 미소를 보였다. 나는 그 순간 허니쿠키가 떠올랐다. 이런 쌍년, 하고 입이 벌어졌지만, 벌어진 입으로 욕이 튀어나올 뻔했지만, 간신히 참아 넘겼다. 끝의 느낌이 뚜렷했다. 수습은 많이 늦었고, 수습을 한다 한들 그게 출입문 앞, 그 이상은 한 발짝도 움직일 수 없을 것이 확실했다. 나는 한동안 멍하게 앉아 있었다. 무보직 대기 발령 메일을 받은 그날부터 찬찬히 되짚어보니 세 단어 중 방점이 찍힌 자리는 '발령'이 아니었다. 처음부터 '무보직'이었다. 그날 나는 오랜만에 정시 퇴근을 했다. 책상 위에는 사직서라고 적힌 빈 봉투를 올려두었다.

그날 밤, 새벽에 일어난 나는 허니쿠키의 SNS를 다시 찾았다. 프로필 사진과 인사말이 바뀌어 있었다.

포토시주, 살라르 데 우유니, 고도 3660.

허니쿠키의 SNS에는 우유니 사막의 사진이 가득했다.

우유니는 작은 도시였다. 집들은 다소간의 차이는 있지만 크기나 외관이 비슷비슷하게 낡아 있었다. 그래도 그 배경을 두고 사는 사람들은 친절해 보였다. 특히 긴 머리를 당겨 묶은 가이드의 인상이 그랬다. 그는 서툰 한국어로 자신을 안토니라고 소개했지만 나는 그게 그의 진짜 이름이 아니라는 걸 알았다. 내가 기억하는 그의 목소리 때문이었다. 너 친구, 우유니에 와 있을지도 모르잖아? 하던. 이메일로, 전화로 실랑이를 벌이던 목소리의 주인은 미구엘이었다. 하지만 나는 그냥 모르는 척했다. 고산병으로 인한 두통이 점점 심해지고 있었고, 이제 더는 '여행 취소'로 실랑이를 벌일 필요가 없기 때문이다. 그는 수화기 너머로 들려주던 날카롭고 짜증 섞인 목소리를 친절한 미소에 숨긴 채 나를 투어 버스로 안내했다.

차창 밖으로 청명한 하늘과 아득히 펼쳐지는 사막의 지평선이 낯선 각(角)과 선(線)을 이루고 있었다. 거대한 좌표 속에 찍힌 점처럼, 버스는 20분째 소금 사막을 향해 달렸다. 조금씩 하얀 소금 사막이 모습을 드러내고 있었다.

와아.

버스에 함께 타고 있던 사람들의 탄성이 터져 나왔다. 방금 전까지 관자놀이를 누르던 내 입에서도 같은 소리가 새어 나왔다. 잠시 후 찰박거리는 물이 바퀴에 닿는 소리가 들렸다. 그 뒤부터 나는 입을 벌리고 있을 뿐, 어떤 감탄사도 내지 못했다. 누군가 '세계에서 가장 큰 거울'이라고 부른 곳에 차가 들어서고 있었다. 비현실적인 아름다움이었다. 눈이 부시도록 아른거리는 흰빛, 차는 빛을 그대로 밟으며 지평선 끝에 다다랐다. 정확한 대칭의 세계가 펼쳐져 있었다. 이곳과 저곳이, 안과 밖이 혹은 오늘과 내일의 구분이 순식간에 사라지는 느낌이었다. 환호하는 사람들을 향해 가이드가 외쳤다.

웰컴 투 우유니!

무리 속에 섞인 어느 순간부터 나는 가이드의 지시를 따르고 있었다. 쨍한 색의 플라스틱 의자를 죽 두고 그 위에 앉았다가, 일어서서 달리는 포즈를 취했다가, 구호에 맞춰 점프를 하기도 했다. 촬영은 생각보다 고된 일이었다. 우유니에서 꼭 남겨야 한다는 착시 사진은 거리나 각도를 맞추는 데 꽤 오랜 시간이 걸렸다. 가이드는 자신이 맡은 가장 중요한 임무가 그것이라는 듯 열과 성을 다했지만 나는 영 내키지 않았다. 몇 분씩 부동자세를 하고 낯선 사람들에게 손이나 허리를 내어주어야 하는 상황들이 어딘지 치열하고 기이했다. 어느새 차 안에서 느꼈던 내밀한 감동이 서서히 사라지고 있었다. 나의 어두운 표정을 살피던 가이드가 조용히 다가와 물었다.

어디 아파요?

내가 잠시 진주를 잊고 있었다는 사실이 자각되었다. 나는 사진 찍기를 그만두기로 했다. 가이드에게는 고산병 핑계를 댔다. 어쩐지 진주가 다른 방식으로 나와 함께 여행을 하고 있는 것 같았다. 거기 있는데 없는 식으로. 없는데 자꾸만 있다고 치게 되는 식으로. 속이 울렁거렸다. 애써 외면하려고 했던 말들이 자꾸 선명해지고 있었다. 머릿속을 꽉 누르고 있던 그 순간이 떠오르자 심장이 두근거리기 시작했다. 식은땀 한 줄기가 등줄기를 타고 흘렀다.

플라밍고 튜브에 바람을 넣는 꿈을 꾼, 그날이었다.

사표를 내고, 우유니행을 결심하고, 나는 마지막으로 진주의 회사에 찾아갔다. 이번이 정말 마지막이라는 마음에서였다. 지하철 입구에서부터 느끼던 소란함이 근처로 가자 더욱 선명해졌다. 분위기가 심상치 않았다. 피켓을 든 시위자들이 입구를 포위하고 있었다. 피켓에는 '코인 상장 무효는 사기'라며 '투자금 반환'과 '손

해 배상'을 요구하는 문구들이 적혀 있었다. 나는 쉰 목소리들이
외치는 구호를 뒤로하고 사무실로 올라갔다. 연락을 받은 진주의
동료가 인포메이션 데스크에 나와 있었다. 앳된 얼굴의 남자가 나
를 사무실 안으로 안내했다. 그가 차를 건네며 말했다.

양진주 과장님 아직 소식 없으시죠?

네.

진주 과장님이 손해를 보긴 했죠. 그래도 다른 사람들에 비하면
양호한 편인데.

나는 그의 태연한 표정에 분노를 누르며 말했다.

돈 1억이 순식간에 백만 원이 되고, 천 원, 아니 백 원이 됐는데
도요?

3억까지 올랐던 건 얘기 안 해요? 원래 코인 투자라는 게 그렇
잖아요. 대박 아니면 쪽박.

나는 참지 못하고 소리를 지르고 말았다.

저기요! 그게 어떻게 투자죠? 도박이지!

그는 어디서 그렇게 무식한 말을 할 수 있느냐는 듯, 나를 길게
쳐다봤다. 잠시 뜸을 들이다 그가 말을 이었다.

하아, 이 말을 해야 하나?

그는 차를 한 모금 마시더니 겨우 입을 뗐다.

악플러가 있었어요.

악플러요?

진주 과장님이 관리하던 SNS에요.

230

나는 영문을 몰라 눈을 깜빡였다. 난데없이 웬 악플러?

그 사람이 우리 코인에 투자를 한 사람이었거든요.

그래서요? 코인 망한 게 진주 책임인가요? 결정은 자기가 했으면서. 진주도 손해 봤잖아요.

근데…….

나를 응시하던 그의 얼굴이 더욱 어두워졌다.

그 사람이 한강에서 투신자살을 했어요. 진주 과장님에게 유서를 남기고.

나는 그제야 안개가 자욱한 길에서 표지판을 발견한 것 같았다. 아마도 진주가 사라진 진짜 이유는 그것 때문일 거라는 그의 음성 위로 벌이 윙윙거리는 소리가 들리기 시작했다.

나는 투어 버스 반대 방향으로 걷기 시작했다. 모자를 썼는데도 정수리가 뜨거웠다. 몇 걸음 앞에 작은 언덕이 보였다. 가까이서 보지 않으면 언덕인 줄도 모를 정도로 새하얀 소금이 쌓여 있었다. 언덕이 있네? 하는데 언덕 뒤에서 검은 옷을 입은 여자가 불쑥 나타났다. 마치, 땅에서 솟은 것 같았다. 놀란 얼굴의 나를 검은 눈동자가 무심하게 훑고 지나갔다. 곧 여자는 다시 소금 언덕 뒤로 사라졌다. 여자가 사라진 언덕을 기웃거리던 나는 이내 적당한 곳에 자리를 잡고 앉았다. 볕은 따가웠지만 바람이 불고 있었다. 이따금 하얀 소금 바람이 작은 소용돌이를 만들어냈다.

여자는 소금을 캐고 있었다. 그 옆에는 동그란 눈망울의 남자아이가 놀고 있었다. 나는 한동안 그림자처럼 앉아 소금 캐는 여자를 봤다. 검은 피부에 날렵하고 단단해 보이는 팔, 일을 하는 데 허튼 구석이 없는 손길. 가장 정확한 방법으로 가장 정확한 것을 움켜쥐는 동작이 반복되었다. 쉽지도 빠르지도 않았지만 그렇게 움직이는 것을, 낡은 소금 자루가 천천히 채워지는 것을 지켜봤다. 그러면서 종종 여자의 눈과 마주쳤다. 피할 수 없을 만큼 맑고 투명한 눈이었다. 무엇인가 실재하지 않는 것, 보이지 않는 것이 인간을 흔들기 이전의 눈, 그런 눈이 나를 차분하게 올려다보곤 했다. 나는 그 눈을 바라보다 조용히 중얼거렸다.

사막 한가운데서, 나는 누구보다 나 자신을 믿고 있어.

물론, 여자의 생각이 그런지는 알 수 없었다. 다만 밑도 끝도 없이 그 눈빛이 그렇게 보였다. 모멸감도 죄책감도 담겨 있지 않은 맑고 단단한 눈. 느닷없이 눈물이 핑 돌았다. 얼른 손등으로 눈가를 훔쳤다. 무심한 여자와는 달리 아이는 내 눈길과 손길을 의식하고 있었다. 아이가 배시시 웃으며 여자의 치마폭을 파고들었다. 문득 가방 속에 있는 레몬 사탕이 생각났다. 멀미를 대비해 챙겨 온 거였다. 나는 사탕을 꺼내 아이를 향해 흔들었다.

이리 와봐. 꼬마야.

내가 재차 손짓하자 치마폭에 묻혀 있던 아이가 주뼛거리며 다가왔다. 레몬 사탕을 받은 아이의 뺨이 복숭아처럼 발그스름해졌다. 사탕을 입에 문 아이가 주머니에서 뭔가를 꺼내 내게 건넸다. 표면이 맨들맨들한 암염이었다. 사막의 열기와는 다른 무엇인가가 따뜻하게 느껴졌다. 나는 오랫동안 그것을 내려다보았다. 체온을 머금고 있는 소금 덩이가 풀 수 없는 암호 같았다. 마트에서 돌 조각처럼 생긴 소금을 비싼 값에 팔던 것이 기억났다. 피사볼 안데스 솔트. 가혹하다는 생각이 들었다. 뭐가 가혹해? 하면 아무도 모른다고 생각하니 그래, 하고 나는 혼자 중얼거렸다. 소금 안에 사람이 있었다는 거, 이렇게 만져지고 따뜻하다는 거, 그런 것들로 이루어진 게 실은 우리가 살던 세상이었다는 것을 아무도 알아차리려고 하지 않는 것이 서글펐다. 훨씬 복잡하고 섬세한 무엇인가가 소금 속에 있다는 것이 우주에서 나만 아는 비밀 같았다.

가슴에서부터 무엇인가 뜨거운 것이, 뜨거우면서도 차가운 것이 동시에 올라오는 기분이었다. 나는 숨을 깊이 들이마셨다. 날이 저물고 있었다. 부지런히 손을 움직이던 여자가 묵직한 소금 자루를 자전거 뒤에 싣는 것이 보였다. 여자 앞에 자리를 잡은 아이가 나를 향해 손을 흔들었다. 페달을 밟자 묵직한 소금의 무게가 여자의 발에 실렸다. 여자가 석양을 등지고 사막 저편으로 멀어지고 있었다. 마음속에 소용돌이치는 말들 중 어떤 것도 쉽게 꺼낼 수가 없었다. 나는 길게 늘어지는 여자의 그림자를 사진 속에 담았다. 말 대신 꼭 보여주고 싶었다. 진주에게 그리고 허니쿠키에게도. 마지막 실족에서 물러서게 하는 것, 걸음을 멈추고 끝 너머로 눈을 돌리는 것, 그게 최후에는 꼭 자기 자신이었으면 하는 마음을 담아.

제 2 4 회석상

이   효 상
문   학

우 수 작 품 상
수   상   작

2018년 경향신문 신춘문예를 통해
소설을 발표하기 시작했다. 앤솔러지
『사라지는 건 여자들뿐이거든요』
『AnA Vol. 1』『N분의 1을 위하여』에
참여했다.

북명 너머에서

지혜

그해 봄 북명백화점에 입사한 세 명의 여자 중 이듬해 겨울을 넘긴 사람은 나뿐이었다. 백화점 1층에는 여성복과 화장품, 철 지난 축하 카드를 파는 가판대가 자로 잰 듯 자리 잡고 있었고 사람들은 들뜬 표정으로 매장 사이를 돌아다녔다. 내가 일하게 된 레나타의 사장은 사촌의 지인으로 백화점에 매장을 세 개나 갖고 있었다. 레나타에는 새롭지만 그다지 파격적이지 않은 비싼 양장을 사려는 사람들이 찾아오곤 했다. 그곳의 투피스 세트는 내가 받는 월급의 절반 정도였고 나는 딱 한 번 직원 할인을 받아 눈여겨보던 겨울 정장을 산 적이 있다. 은갈치처럼 빛나는 바탕에 자잘한 격자무늬가 어우러진 아름다운 투피스였다. 그 옷은 지금 붙박이장 가장 깊은 곳에 걸린 이후 한 번도 밖으로 나온 적 없다.

레나타는 이전까지 일하던 곳—의원, 동사무소, 사촌네 잡화점—에 비해 급여도 환경도 훨씬 나았다. 그때까지 사람들은 나를 이성자라는 이름보다 미쓰 리 혹은 처녀나 아가씨라고 불렀고 나중에는 그런 호명이 하나의 직위처럼 느껴졌다. 그때 집에 돈을 벌 사람은 나밖에 없었다. 막내를 낳고 몸을 푼 지 얼마 되지 않아 어머니는 급격히 쇠약해졌고 일본으로 떠난 지 반년이 넘은 오빠는 소식이 없었다. 몇 달에 한 번씩 거지꼴을 하고 나타난 아버지가 작은방에 고꾸라지면 어머니는 귀신같이 일어나 쌀밥을 지어냈다. 그런 모습을 보며 나는 절대 결혼하지 않겠다고, 정말 좋은 곳이 아니면 시집 같은 건 가지 않겠다고 다짐하곤 했다. 어머니는 지치지도 않고 곳곳에서 선 자리를 가져왔는데 상대들은 하나같이 아버지를 닮은 한량이거나 아버지 친구의 아들이었다. 내가 아니면 돈 들어올 구석이 없으니 아쉬운 대로 나를 데리고 살았지만 어머니는 과년한 나를 계속 집 안에 두고 싶지도 않았던 것 같다. 잡화점 선반에 놓인 중국산 종지와 집간장, 뜨개질한 가방과 두부, 일제 란제리와 망사 스타킹을 손님들에게 내어주고 장부를 정리하다 보면 언제 지나갔는지도 모르게 하루가 끝나 있었다.

당시 어머니가 주문처럼 외던 말이 떠오른다. 분시를 모르면 배설이 뒤집혀. 그건 자기 분수에 맞춰 살아야 한다는 뜻이자 헛된 희망―주로 성진이에게―의 위험을 경고하는 말이기도 했다. 태어난 지 두 달 된 막내둥이는 한동안 어머니 품에서 자랄 테지만 중고등학교에 다니는 동생들은 어쩐 일인지 공부를 무척 잘했다. 다음 해 예비고사를 앞둔 성민이는 수재 소리를 들으며 전교 일이 등을 벗어난 적 없었고 여중에 다니는 성진이는 외국인과 펜팔을 한

238

다느니 독서 모임을 만든다느니 하며 별 헛짓거리를 하고 다녔지만 성적은 늘 상위권이었다. 동생들이 모두 대학에 가면 좋겠지만 가도 문제였다. 그런 와중에 사촌이 백화점에서 일해보지 않겠냐고 물었을 때 나는 어떤 기회가 왔다는 것을, 살다 보면 한 번쯤 만나는 그런 행운이 스물셋의 봄, 나에게 찾아온 것을 직감했다.

1969년에 개업한 북명백화점은 30여 년간 흑자와 적자, 휴업과 리뉴얼을 반복하다 1999년 폐업할 때까지 동네의 가장 큰 명소였다. 사장은 서울에서 성공한 뒤 금의환향한 사람으로 북명은 직접 지은 그의 호였다. 고향을 떠나 북쪽에서 성공한 자신의 삶을 딴 것인지 다른 의미가 있는지 모르겠지만 나는 북명이라는 단어의 신비한 느낌이 좋았다. 북명이라고 중얼거리다 보면 누군가의 이름이나 낯선 동네를 부르는 것 같았고 나중에는 북명이 하나의 호칭처럼, 이를테면 그 집 딸 북명 다닌다, 라는 식으로 사람들 입에 자연스럽게 오르내렸다.

북명 사장에 대해 동네 사람들은 그와 자신이 먼 친척 관계라고 주장하기도 했다. 아버지는 사장이 큰아버지의 사돈의 팔촌의 남동생이라고 했고, 어머니는 외삼촌의 두 번째 아내의 남동생의 양아들이라고 했다. 그렇게 따지면 아버지와 어머니는 멀고 먼 쪽수를 돌아 친척 관계라고 할 수도 있었는데, 좁디좁은 동네에서 그깟 게 무슨 문제겠는가. 엄밀히 말해 어머니는 초혼이 아니었고 첫 번째 시집간 곳에서 한 달 만에 살림을 박차고 나온 전적이 있어 먼 친척이든 아니든 간에 빨리 재가할 필요가 있었을 것이다. 아버지는 말할 것도 없었다. 그때 어머니가 아니었다면 누가 천둥벌거숭이 같은 그와 결혼을 하고 살림을 차렸을까? 어머니가 조금 덜 서둘렀다면 과거의 어느 날 북명백화점 사장을 만났을 수도 있지 않았을까? 나는 백화점에서 일하게 된 후 종종 그런 상상에 빠졌다. 어머니가 사장을 선택했더라면 나는 존재하지 않았을지언정 사모님 소리를 들으며 값비싼 옷을 입고 아침에는 티타임을, 오후에는 꽃꽂이를 하거나 서예를 쓰는 삶을 살았을지도 모른다는 것을. 노천에서 백합을 꺾어 장례식장이나 학교 앞에서 파는 고단함 따위 알 필요 없이.

그즈음 동네에는 수상쩍은 구덩이가 하나 있었다. 원래 자그마한 연못이었는데 물이 마른 뒤 호수라기엔 작고 웅덩이라기엔 깊은 구덩이가 된 것이었다. 그곳에는 뻔한 전설 하나가 있었다. 이무기가 동네 처녀와 사랑에 빠져 용이 되길 포기했으나 처녀가 자신을 떠나자 슬픔에 빠져 못 아래로 숨어들었다는 이야기였다. 나는 내심 이무기의 치욕을 이해하고 있었다. 아무렴 부끄러웠겠지. 죽고 싶었겠지. 그 때문인지 몰라도 동네에는 치정에 얽힌 사건 사고가 많았다. 못이 마른 것도 그 저주에 신빙성을 더했다. 시간이 흘러 건너편 도로에 버스정류장이 생기고 보도블록이 깔리고 건물이 들어서는 와중에도 구덩이는 정물처럼 동네 한구석을 지켰다. 떠난 연인을 기다리는 이무기처럼.

구덩이를 다시 떠올린 건 동네를 떠나고 오랜 시간이 지난 뒤였다. 아파트 산책로에서 시멘트 바닥 위에 찍힌 작은 발자국을 발견했을 때 나는 한동안 잊어버렸던 메마른 못을 기억해냈다. 시멘트가 굳기 전에 밟은 건지 선명한 운동화 자국은 볼이 좁고 아담해 마치 어린애의 것처럼 보였다. 연한 살갗에 난 상처처럼 발자국은 아파트 단지 구석에 무심하게 존재하고 있었다.

"이게 뭐야?"

달려가던 아이가 멈춰 서 발자국을 보더니 물었다. 나는 아이에게 다가가 바닥에 엎어질 듯 고부라진 작은 몸을 안아 일으켰다. 발자국이라는 대답 위로 어째선지 구덩이라는 오답이 부표처럼 떠올랐다.

"누가 왔다 간 흔적이야."

"흔적?"

"응. 흔적."

아이는 낯선 단어를 듣고 골똘히 생각에 빠졌다. 새 단어를 습득하느라 나름대로 분주한 아이를 보며 나는 저 조그마한 머리를 꽉 껴안거나 방금 들은 단어를 다시 말해보라고 채근하고 싶은 상반된 충동에 휩싸였다. 언젠가 아이에게 구덩이를 보여주고 싶었지만 그건 영영 불가능했다. 구덩이가 있던 마을은 이제 아파트로 빼곡한 신도시가 되었고 연못이 있던 자리에는 약국과 병원이 들어선 높은 건물이 생겼다. 해마다 고향 마을에 들를 때면 나는 이무기가 아직도 그곳에 있는지, 없다면 어디로 갔을지 궁금했다. 변해버린 지질과 환경에 혼란스러워하며 어두운 땅속을 헤맬지, 슬픔에 빠져 헤어진 연인을 찾고 있을지.

폐업 후 백화점 건물과 부지는 몇 번의 입찰과 리모델링을 반복하다 한 건설업체에게 팔려 오피스텔로 바뀔 예정이었지만, 여전히 지지부진한 공사를 이어가고 있었다. 나는 시내 한가운데 천막이 쳐진 폐건물을 떠올렸다. 백화점도 오피스텔도 아닌 커다란 폐허 앞을 지날 때면 훗날 저기서 살게 될 사람들이 궁금해졌다. 백화점에서 일하던 수십 명의 직원과 그곳을 오가던 수많은 손님들도. 그 사람들도 나처럼 불쑥 북명이 떠올라 예기치 못한 회상에 잠기곤 할까?

가끔 이무기가 살던 연못이나 연인들이 나오는 꿈을 꿀 때면 그곳에 내가 있었다는 환시가 아침까지 생생하게 이어졌다. 꿈에서 연못의 물은 흘러넘쳤고 사랑에 빠진 이무기와 수많은 사람들이 환한 대낮 거리를 가득 메우고 있었다. 이무기를 떠난 처녀가 나였더라면 우리는 옛날이야기와는 다른 선택을 했을까? 오랜 시간이 지난 후에야 나는 그 구덩이를 사랑했다는 걸, 절망한 이무기와 이별과 실패한 오욕이 고인 빈 연못을 한없이 원했다는 걸 깨달았다. 사랑이 뭔지도 모를 때부터. 새벽마다 마음 졸이며 아버지가 죽거나 사고를 당한 건 아닐까 괴로워하던 어머니처럼. 그게 사랑이라면 날마다 지나치는 구덩이를 향해 뛰어들고 싶은 마음도 사랑이 아니었을까? 그게 사랑이 아니면 뭐겠어? 얼마나 많은 시체와 이루지 못할 마음이 묻혔든지 간에. 저 텅 빈 구덩이만큼 안락한 공간은 어디에도 없을 거라고, 그것만으로 모든 걸 포기할 수 있다고 매일 아침마다 생각했다면. 몸이 터져버릴 것 같은 시간을 그곳을 지날 때마다 겪고 또 겪었다면.

출근 첫날, 사장은 옆 매장에 일 잘하는 직원이 있으니 보고 배우라며 나를 조옥에게 보냈다. 조옥은 젊은 여성을 타깃으로 옷과 잡화를 파는 모즈의 직원이었다. 모즈는 레나타 매장보다 두 배쯤 넓고 손님도 많았다. 당시 유행하던 벨보텀, 판탈롱, 고고바지와 화려한 미니스커트를 입은 마네킹이 백화점 1층을 지나는 손님들의 눈길을 끌었고 그들은 어김없이 모즈에 들러 무언가를 사고 갔다. 조옥은 모즈에서 일한 지 1년이 넘은 베테랑 직원으로 큰 키에 오밀조밀한 이목구비, 훤칠한 스타일이 모델 조혜란을 닮은 것으로 유명했다. 북명 조혜란. 그도 자신의 별명을 알고 있었을지는 모르겠지만 누구를 닮았다거나 어디가 더 예쁘다거나 하는 말은 그에게 별 감흥을 주지 않았을 것이다.

내가 모즈로 갔을 때 조옥은 한 손님을 상대하고 있었다. 양장 스커트에 모피 외투, 자주색 앵클부츠에 같은 색의 핸드백을 든 중년 여자는 꼭 카탈로그에서 튀어나온 사람처럼 완벽해 보였다. 손님은 백화점 로고가 인쇄된 종이가방에서 보라색 바지 한 벌을 꺼내며 말했다.

"이런 걸 팔면 어떡해? 당장 환불해줘요."

손님은 만듦새가 별로라느니 스판이 없다느니 했지만 특별한 이유 없이 옷이 마음에 들지 않는 것 같았다. 연인처럼 옷과 사람

사이에도 저마다의 궁합이 있는 법이니까. 저 옷이 나를 마음에 들어 할 때 사람도 옷의 완전한 주인이 되는 것이다. 조옥이 바지를 꺼내 흠이 난 곳은 없는지 집요하다 싶을 정도로 살피자 손님이 계산대를 탕탕 두드리며 목소리를 높였다.

"여기 사장님한테 산 거야, 얼른!"

조옥은 바지를 잡고 팽팽하게 당겨 늘어난 부분을 유심히 쳐다봤다. 잠시 후 계산대 위로 옷을 내려놓고는 느릿느릿 금고를 열어 지폐를 꺼내 손님에게 내밀었다.

"알았어요. 그런데 어디 가서 또 이러지 마세요."

손님은 조옥이 내민 돈을 받고 씩씩거리며 가게를 나섰다. 조옥은 재빨리 금고를 닫고 바지를 매장 구석에 걸어놓았다. 사촌의 잡화점에는 외상을 걸어놓고 1년이 넘게 돈을 주지 않는 손님들이 많았다. 한번은 외상값을 받으러 어느 손님의 집을 찾아갔다가 그가 죽었다는 소식을 듣고 그의 가족에게 외상의 절반만 받고 온 적도 있었다. 죽은 사람에게 외상값 받기. 조옥이라면 어떤 식으로 돈을 받아냈을까?

"이성자 씨?"

조옥이 반갑게 웃으며 나를 향해 손을 내밀었다. 웃을 때 볼우물이 패는 모습이 꼭 어린아이 같았다. 조막만 한 얼굴에 선명한 눈동자, 아이라인을 강조하는 눈매와 붉은 입술. 배우나 모델처럼 세련된 모습은 한마디로 서울깍쟁이처럼 보였으므로. 그의 고향이 서울이 아니라는 건 아무 상관 없었다.

후에 고향을 떠나 도시에서 살게 되면서 나는 한동안 조옥의 말씨를 모방하려 노력했다. 입에 익기까지 적지 않은 시간이 걸린, 그 어색한 말투를 흉내 내다 보면 조옥을 처음 만나던 즈음의 내가 떠올랐다. 그럴수록 조금도 조옥과 닮지 않았다는 사실을 깨닫게 될 뿐이었지만. 조옥은 옷 거는 법부터 창고에서 재고 찾는 법, 손님이 매장에 들어오면 응대하는 법을 알려줬다. 말끝마다 잘 아시겠지만, 이라거나 별로 어려운 건 아닌데, 라고 덧붙이는 버릇은 일부러 선을 긋는 것처럼 거리감이 느껴졌고 나중에는 그런 차가움마저 매력적으로 느껴졌다. 몰래 따라 해보던 낯설고 신비로운 억양을.

조옥은 손님이 걸어오는 모습만 봐도 그가 옷을 살 손님인지 아닌지 구분할 수 있다고 했다. "중요한 건 손님이 뭘 입었냐가 아니라 뭘 보느냐예요. 어떻게 보는지 알면 더 좋고." 아, 그 말을 들으니 나도 알 것 같았다. 목적 없이 구경하러 오는 사람에게선 어떤 절박함도 느껴지지 않는 법이다. 강을 건너는 사람은 다리 아래 무엇이 있는지 알 필요가 없으니까.

그날 조옥과 점심을 먹으며 나는 조옥에 대해 몇 가지를 더 알게 되었다. 고향을 떠나 백화점에서 일하며 이모네 집에 살고 있다는 것, 나이는 나보다 두 살 더 많지만 보기에는 더 많아 보인다는 것. 아마 본래 나이보다 더욱 성숙해 보이는 화장법—눈매를 강조한 진한 섀도와 컬러 마스카라—때문일 테지만 그건 조옥에게 무척 잘 어울렸다. 나는 조옥이 스물다섯이라는 사실보다 정말 조혜란과 친척인지, 월급이 얼마나 되는지, 애인은 있는지 등 평범한

다른 것들이 궁금했다. 나는 조옥에게 궁금한 것과 묻지 않을 것들 중 무엇이 더 중요한지 가늠했다. 궁금한 걸 다 물어보면 조옥이 나를 이상하게 생각할지도 몰랐다. 촌스러움. 그건 조옥에게 절대 들켜선 안 될 나의 비밀이었다.

✳

한 달이 지나고 첫 월급을 받았다. 나는 그 돈을 가치 있는 일에 쓰고 싶었다. 월급은 거의 집으로 들어갈 것이지만 내 몫으로 남겨둔 돈을 나를 위해 쓸 준비가 되어 있었다. 이를테면 백화점 다방에서 커피를 마시거나 레스토랑에서 근사한 식사를 하는 것. 매번 점심으로 국수만 먹는 것도 질렸고 어머니가 싸준 도시락을 직원용 식당에서 꺼내는 건 더더욱 싫었다.

"오늘 저녁에 바쁘니?"

늦은 점심을 먹고 돌아오던 조옥이 나를 보고 매장 안으로 들어왔다. 그사이 조옥과 나는 부쩍 친해져 점심을 같이 먹거나 서로 재고 정리를 도우며 시간을 보내기도 했다. 조옥을 언니라 부르게 된 후 나는 그가 북명 사장과 비슷한 사람일 거라는 생각을 하곤 했다. 북쪽에서 돈을 벌고 고향으로 돌아오는 사람. 북명에 머물다 자신이 온 곳으로 돌아가는 사람. 때가 되면 조옥 또한 이곳을 떠나 고향으로 돌아갈 것이라는 생각에 벌써부터 그날이 그리워지는 기분이었다.

"저녁엔 왜?"

"나랑 에꼴드빠리 갈래?"

에꼴드빠리는 백화점 꼭대기 층에 있는 음악다방이었다. 젊은 남자가 디제이를 하며 음악을 틀어주는 곳이었는데 그때까지 나는 한 번도 다방에서 차를 마셔본 적이 없었다. 다방뿐 아니라 고향을 떠난 적도, 비행기를 타본 적도 없었다. 나는 조옥에게 좋다고 하고 계산대 위를 정리했다.

에꼴드빠리를 제외한 꼭대기 층의 다른 곳은 비어 있었다. 백화점 한 층의 절반쯤 되는 공간이 모두 다방이었지만 그곳은 백화점과는 전혀 달랐다. 벽과 바닥, 천장에는 짙은 색의 원목이 벽지처럼 뒤덮여 있었고 체크 매트가 깔린 테이블과 베이지색 소파, 고무나무 화분과 색색의 화병이 놓인 모습은 영화에서 본 외국 호텔의 로비처럼 멋스러웠다. 한 번도 가본 적 없는 외국이라는 곳. 일본으로 간 오빠나 미국에 산다는 어머니 친구의 이야기를 들어도 난해한 소설 속 인물들처럼 비현실적이기만 했다. 오빠는 잘 있을까? 문득 조옥을 오빠에게 소개해주고 싶다는 생각이 들었고 머릿속에서 그와 내가 가족이 되었다가 비극으로 끝나는 상상이 겨울밤의 꿈처럼 순식간에 지나갔다. 천이 덧씌워진 긴 스탠드와 벽에 걸린 그림, 선반에 놓인 아프리카풍 조각이 낮은 조도의 조명 아래 고풍스러운 느낌을 자아냈다. 조옥은 익숙하게 자리에 앉아 가방에서 담배를 꺼냈다. 금빛 바탕에 단정하게 쓰인 청자라는 글씨가 조옥과 무척 잘 어울렸다. 외제나 일제를 필 줄 알았는데. 조옥이 탁탁 담뱃갑을 손바닥에 치대더니 나에게 한 개비를 권했다. 나는 말없이 고개를 저었다.

"담배는 청자, 노래는 추자 몰라?"

조옥이 슬며시 웃으며 담배를 태웠다. 잠시 후 커피 두 잔이 나왔다. 조옥의 커피에는 노른자가 올라가 있었다.

"그건 뭐야?"

"모닝커피."

나는 커피에 설탕과 프림을 넣으며 언젠가 저걸 꼭 마셔봐야겠다고 생각했다. 조옥이 백자처럼 창백한 손으로 찻잔을 들어 노른자를 삼키더니 이내 담배를 피웠다.

"맛있어?"

홀쭉하게 볼을 빨아들인 조옥이 고개를 끄덕였다. 그때까지 내가 알던 여자 중 담배를 피우는 사람은 돌아가신 외할머니밖에 없었다. 나뭇가지 같은 곰방대에 말린 담뱃잎을 넣고 불을 붙여 파이프를 빨아들이는 행위는 하나의 연극 같았다. 곰방대는 외할아버지의 유품이었는데 할머니는 그가 돌아가신 후에야 담배를 피우기 시작했고, 그건 내가 아는 가장 낭만적인 옛날이야기였다. 한쪽이 죽거나 사라진 뒤에야 시작되는 관계. 조옥도 누군가에게 담배를 배웠을 거라는 생각이 들자 그에게 담배를 가르친 사람이 궁금해 조바심이 났다.

"왜 이걸 피워?"

나는 심드렁하게 물으며 입 안에 든 커피를 삼켰다. 설탕과 프림을 세 스푼씩 탄 커피는 무척 달고 느끼했다.

"내가 청양띠거든."

조옥의 말에 머릿속에 양띠와 원숭이띠 궁합에 대한 속설들이 떠올랐다. 온순하고 순종적인 양띠와 창의적인 원숭이띠. 나는 조금도 창의적이지 않은데. 테이블 위에 놓인 설탕과 프림통, 신문과 재떨이가 놓인 모습이 벽에 걸린 그림 같았다. 누군가 보기에 조옥과 나도 그림 속 풍경 같을까? 잠시 후 조옥이 메모지를 꺼내며 물었다.

"무슨 노래 좋아해?"

"나는…… 어니언스나 조동진. 언니는?"

사실 어니언스를 좋아하지도 싫어하지도 않았다. 다방 입구에 붙여진 수많은 사진 중 어니언스의 얼굴이 가장 먼저 눈에 들어왔을 뿐이었다. 활짝 웃고 있는 두 남자는 어디선가 본 것 같기도 하고 아는 사람들 같기도 했지만 사실 내가 만났던 사람 중 그렇게 웃는 남자들은 없었다. 슬픔이라고는 모를 것 같은 사람들. 하얗게 빛나는 건치와 반짝이는 얼굴, 부유하고 도회적인 분위기. 어쩌면 영원히 만날 일 없을 것만 같은.

잠시 후 다방 구석에 놓인 커다란 스피커에서 어니언스의 노래가 흘러나왔다. 조옥과 나는 후렴구가 시작되는 부분에서 함께 노래를 따라 불렀다. 후렴구가 끝나갈 무렵, 조옥이 담배 한 모금을 빨더니 눈가를 훔쳤다. "언니, 울어?" 조옥이 빨개진 눈을 비비며 웃었다. 술은 한 모금도 마시지 않았는데 취한 기분이었다. 조옥이 작게 흥얼거리며 빈 커피잔 위로 담뱃재를 털었다. 담배를 끼운 가느다란 손가락에 자꾸 눈이 가, 다 식은 커피를 억지로 입에 넣었다.

그날 집으로 가는 길에 구덩이를 봤다. 바닥을 헤집고 흙을 뒤집어쓴 공사장 주변에는 새로 생긴 구덩이가 많아 뭐가 뭔지 구별하기 어려웠다. 나는 천천히 익숙한 구덩이 안으로 고개를 숙였다. 공사장에서 나온 돌과 흙, 주먹처럼 뭉쳐진 모래가 낡은 울타리처럼 무너져 있었다. 나는 팔을 뻗어 구덩이 안으로 집어넣었다. 바닥은 보이지 않을 정도로 깊어 손끝이 닿지 않았다. 어딘가에 통로가 있어 바람이라도 지나갈 수 있다면. 그러나 구덩이 안은 좁고 막다른 벽이었다. 이무기가 떠나면 구덩이는 어떻게 될까. 물도 이무기도 없는 구덩이를 나는 계속 사랑할 수 있을까? 흙 한 줌을 구덩이 안으로 집어넣자 한참 뒤 무언가 떨어지는 소리가 났다. 자잘한 알갱이들이 바닥에 닿는, 마르고 텅 빈 허공이 끝나는 소리였다. 조금 더 몸을 숙이면 그 안으로 들어갈 수 있을 것 같았다.

내가 구덩이라면. 혹은 진흙이라면. 물과 바람을 따라 자유롭게 변한다면. 진득한 몸으로 어디든 달라붙을 수 있다면. 아니 연못이라면. 흐르고 넘쳐 원하는 곳 어디로든 갈 수 있다면. 뛰어들 수 있다면. 녹아서 사라질 수 있다면. 이성자가 아닌 무엇이라면. 내가 조옥이라면. 그런 열망이 예기치 않게 급습할 때면 오한이 나듯 몸이 떨리고 추위가 밀려왔다. 무언가를 이루려면 몸의 허락이 필요했다. 자꾸 나에게 묻고 비밀을 되새겨야 했다. 바깥은 봄인데 내 몸 어딘가는 여전히 겨울이었다. 나는 팔짱을 끼고 집으로 돌아갔다.

그 후 종종 조옥과 에끌드빠리에 갔다. 다방 직원은 조옥과 내가 갈 때마다 어니언스의 노래를 틀어주었다. 어니언스와 조동진, 김추자가 우리의 레퍼토리였다. 조옥은 팝송도 많이 신청했는데 엘튼 존이나 프린스, 핑크 플로이드 같은 생소한 외국 가수들의 노래를 많이 알고 있었다.

"언닌 어떻게 그런 걸 다 알아?"

"라디오에 맨날 나와."

"난 꼬부랑말은 하나도 모르겠던데."

조옥이 웃으며 엘튼 존의 노래를 따라 불렀다. 그 후 엘튼 존을 실제로 본 건 20여 년이 지나 잠실에 내한 공연을 왔을 때였다. 내가 가끔 엘튼 존의 노래를 흥얼거리던 걸 기억한 딸이 결혼 20주년을 기념해 준비한 선물이었다. 실제 결혼 생활은 그보다 2년 일렀으므로 엄밀히 말하자면 22주년 기념이었다.

딸을 임신한 건 남편과 살림을 차리고 수년이 지난 후였다. 난임이라는 말보다 씨가 없다느니 밭이 안 좋다느니 하는 식의 표현이 더 자주 쓰일 때였다. 결혼 사진에는 풍성한 퍼프 소매가 달린 화려한 웨딩드레스를 입은 내가 진한 눈화장을 하고 처음 보는 표정으로 서 있다. 그때 나는 무슨 생각으로 그 드레스를 골랐을까? 결혼식장 1층의 드레스숍에서 5분 만에 고른 옷은 허리가 좁고 가슴 부분이 헐거워 옷핀으로 잔뜩 고정해야 했다. 1984년의 여름, 아이를 배고 붉은 융단이 깔린 버진로드를 걸으며 앞으로 어떤 삶을 살게 될지, 무슨 일을 겪을지 조금이라도 짐작할 수 있었다면 나는 다른 선택을 했을까? 가끔은 어디에도 기록된 적 없는 82년부터 84년 사이의 날들이 궁금해 예전 살림을 뒤지곤 했다. 오래된 그릇, 사진첩, 가계부, 고지서와 등본, 읽을 수 없는 오래된 족보까지. 사람들의 기억을 합쳐도 그때의 단서를 원하는 만큼 찾을 수 없었다. 5천 피스 퍼즐의 잃어버린 조각처럼. 그 조각은 오직 남편과 나의 기억에만 남아 있었다.

조각을 다시 만난 건 공교롭게도 남편의 뇌수술이 끝난 뒤였다. 회복실에서 만난 남편이 새파랗게 질린 얼굴로 현철아, 라고 말했을 때 나는 그가 다른 사람이 되었을지도 모른다는 걸, 이전으로 돌아갈 수 없다는 걸 예감했다. 남편의 섬망은 여러 번 반복됐다. 그는 오랜 불면을 보상받으려는 듯 종종 잠에 빠졌고 그때마다 현철이나 명환, 영진이라는 낯선 이름을 부르며 나의 마음을 선득하게 만들었다. 그들은 수십 년 전 남편과 함께 베트남에 참전했던, 이제는 모두 죽은 사람들이었다.

"여보, 장난치지 말고. 나 누구야, 응?"

남편은 나를 보더니 눈알을 굴리며 처음 만난 사람인 양 얼굴을 붉혔다. 나는 그 표정을 알고 있었다. 오래전 서로를 알아가던 시기의 젊은 남편이었다. 그는 딸에게 누구시냐고, 자신을 아냐고 묻더니 돌연 눈꺼풀을 까뒤집으며 잠에 빠졌다. 그 모습은 아프기 전과 조금도 다르지 않아 보였다. 다 기억하면서 모른 척하는 건지, 이런 와중에도 유머를 잃지 않는 그에게 고마워해야 할지 알 수 없었다. 나는 그가 아픈 척 연기한다고, 평소처럼 실없는 농담으로 딸과 나를 웃기려는 줄만 알았다. 어쩌면 그에게 우리는 죽은 사람들—그의 전우들처럼—과 마찬가지라는 건 짐작도 하지 못하고. 그의 머릿속에 사는 다른 많은 사람들처럼. 의사는 제거하지 못한 피가 너무 깊이, 기술적으로 빼내기 어려운 곳에 있어 환영이 반복된다고 했지만 나는 그게 전부가 아니라는 걸 알고 있었다. 그곳에 숨어든 피는 남편을 사랑하는 것이다. 너무 사랑해서 원래의 세계로 돌아가지 못하도록, 영원히 깊은 골짜기에 갇히도록. 그 피들은 한밤중에 남편을 깨우고 오래전 죽은 사람의 이름을 외치며 나에게 집에 데려가달라고, 아내를 불러달라고 말하게 했다. 한번은 늦은 밤 침대에서 일어나려는 그의 팔에서 수액 바늘이 빠진 적이 있다. 몸부림치는 남편을 붙잡고 왜 그러냐고 묻자 생각지도 못한 대답이 돌아왔다.

"이사 가야 해."

"무슨 이사?"

"전세로."

"전세?"

남편이 도시로 부임한 해 집을 산 후 우리는 여태껏 이사 간 적이 없었다. 남편이 말한 전세는 결혼 전, 살림을 차린 뒤 머물던 고향 변두리의 두 번째 신혼집을 말하는 것이었다. 83년도 즈음의 어딘가. 나는 그의 헛소리가 반가워 장단을 맞춰 대꾸했다. "이사는 언젠데? 전세금이 얼마야?" 피곤에 지쳐 잠들 때까지 남편은 결혼을 앞둔 젊은 시절로 돌아간 것 같았다. 그런 모습을 보면 오래된 기억이란 게 공기 중에 머물다 특정한 조건에 나타나는 화학 현상 같기도 했다. 비가 오면 관절이 쑤시듯 어떤 과거는 우리 주위를 떠돌다 머릿속 피가 빠르거나 느리게 흐르는 순간 몸속으로 들어와 설명하기 어려운 상황을 재현하고 떠나간다. 섬광처럼 빛나는 기억의 조각들. 가끔 남편은 온종일 말없이 허공만 바라보기도 했다. 유령이라도 본 것일까. 남편의 주위를 떠도는 유령은 누구일까. 그의 과거? 전우들? 그럼 내 유령의 이름은 뭘까. 조옥? 구덩이? 혹은 이런 것들. 에꼴드빠리, 엘튼 존, 작은 새, 모닝커피, 그리고 청자와 추자와 이무기가 몸속 어딘가에 고여 어떤 기술로도 빼낼 수 없듯 박혀 있다면.

그즈음 조옥과 다방에서 듣던 노래들을 기억한다. 어떤 노래는 선명하고 어떤 노래는 흐릿하다. 다만 이런 것들은 분명히 기억난다. 우리는 금요일마다 에꼴드빠리에 갔다. 다방의 모든 메뉴―모닝커피, 알커피, 비엔나커피, 모어커피, 율무차, 쌍화탕, 핫밀크―를 한 번씩 다 마셔보았고 조옥은 모닝커피를, 나는 알커피에 프림과 설탕을 양껏 넣어 마시고는 했다.

그날 조옥은 내내 신이 나 있었다. 휴가 시즌을 앞두고 매출이 잘 나오던 시기였다. 조옥은 직원 식당에서 저녁을 사고 다방에서 가장 비싼 메뉴를 시키라고 하더니 박스의 디제이에게 직접 노래를 신청했다. 잠시 후 노래가 나오자 조옥이 멜로디를 흥얼거렸다. 엘튼 존이었는지 비틀즈였는지 혹은 다른 외국 가수였는지 모르겠다. 처음 듣는 노래가 스피커에서 흘러나왔고 나는 몸살이 올 것처럼 피곤했다.

"나 이제 매니저야."

조옥이 기쁜 목소리로 말했다. 그가 사장의 다른 매장을 맡을 거라는 소문을 들은 터라 그리 놀라운 정보는 아니었다. 경쾌한 멜로디 사이로 조옥의 살짝 쉰 목소리가 안개처럼 어우러져, 나는 마치 커다란 라디오 앞에 앉아 있는 기분이 들었다.

"정말? 축하해."

그렇게 말하자마자 이상하게도 온몸의 힘이 쏙 빠졌다. 조옥은 후렴 부분까지 흥얼거림을 멈추지 않다가 노래의 마지막 부분에는 큰 소리로 따라 불렀다. 앤 디드 잇 마이 웨이. 손님들이 고개를 돌려 조옥과 나를 쳐다보았다.

"언니, 좀 조용히 해."

조옥은 내 말에도 아랑곳없이 목소리를 높였다. 마치 그곳이 자신의 무대라도 되는 양. "언니, 언니!" 조옥은 내 말은 들리지 않는다는 듯 소리 없이 입술을 아웅거리다 눈을 찡긋거리며 웃었다. 낮에 먹은 냉면이 얹힌 게 분명했다.

나는 식은땀을 흘리며 말했다.

"언니, 조금만 조용히 해줄래?"

조옥이 내 말을 비웃듯 더욱 큰 소리로 노래를 불렀다. 나는 순간 조옥에게 커피를 붓고 싶은 마음을 간신히 참았다. 제멋대로 노래를 부르는 조옥이 부끄러운 건지 그런 조옥을 부끄러워하는 내가 미운 건지 알 수 없었다. 이제 와 생각하면 그 기억은 조금 과장되고 왜곡된 것 같다. 우리가 〈마이 웨이〉를 함께 들었던 적이 있었던가? 조옥이 프랭크 시나트라를 좋아했거나 에꼴드빠리에서 그의 노래를 들었던 적이 있는지조차 확실히 알 수 없기 때문이다. 그때 다방에 울려 퍼지던 노래가 무엇인지, 가사가 무슨 뜻인지 알았다면 무언가 달라졌을까? 노래가 끝나갈수록 조옥의 목소리는 커졌고 나는 배 속이 부글대며 밑이 빠질 듯한 통증을 느꼈다. 이제는 그때의 두려움이 무엇인지 알고 있지만 그 사실을 과거의 나에게 전할 방법은 어디에도 없다. 혹은 타임머신이 생겨 과거의 나를 만난다면 그때의 나에게 뭐라고 말할 수 있을까? 조옥이 날 놀리려던 게 아니라고, 조옥은 그런 사람이 아니라고. 나는 불현듯 어머니의 말을 떠올렸다. 분시와 배설. 한 번도 귀 기울인 적 없는 그 말이 나의 몸으로 들어와 온몸의 장기를 뒤집어대는 것 같았다. 젖먹이의 배앓이처럼 배설이 뒤집히고 오장육부가 뒤틀리는 기분이 한동안 몸 안을 떠나지 않았다.

나는 조옥에게 몸이 좋지 않다고 말하고 급히 자리에서 일어났다. 조옥이 나를 불렀지만 듣지 못한 척 다방을 빠져나왔다. 그날 집으로 돌아와 내내 앓았다. 홍역에 걸린 어린 날처럼 지독하고 혼곤한 꿈이 새벽 동안 나를 괴롭혔다. 눈을 떴을 때 꿈은 손가락 사이로 빠져나간 모래처럼 조금도 기억나지 않았다.

다음 주 조옥은 내내 보이지 않았다. 나는 모즈 앞을 기웃거렸지만 조옥은 어디에도 없었다. 몇 번 본 적 있는 짧은 머리의 직원이 나를 보고 반갑게 인사했다. 그는 나를 보자마자 언니, 하고 부르며 일이 늘었다고 구시렁댔다. 무릎 위까지 올라오는 미니스커트에 진한 화장을 한 직원은 윤복희를 닮았고 본인도 그 사실을 알고 있는 것 같았다. 옷걸이를 잡은 손의 새끼손가락이 허공에 음표를 그리듯 말소리를 따라 흔들렸다.

"한가하면 좀 도와줘요." 나는 사장의 허락을 받고 모즈에서 오후 내내 옷 정리를 도왔다. 한차례 손님들이 빠져나가고 한가해지자 직원이 말을 걸었다.

"근데 조옥 언니 있잖아요."

타지 억양이 섞인 앳된 목소리가 은밀한 비밀을 알려주듯 속삭였다.

"밤에 다른 일 하는 거, 언니는 알고 있었죠?"

나는 내심 놀랐지만 무심한 척 되물었다.

"그게 무슨 소리야?"

"아이참, 크럽이나 싸롱 말이에요."

나는 들으면 안 될 말을 들은 것처럼 윤복희의 말―그 직원의 이름이 기억나지 않으므로―을 무시했다. 사교장이라 불리는 가게들은 언제나 일할 사람을 찾고 있었고 신문이나 거리의 벽보에는 그들이 낸 구인 광고가 흔하게 붙어 있었다. 용모 단정한 교양 있고 아름다운 여성을 기다립니다. 아름다운 여성들. 조옥은 내가 아는 사람 중 가장 예쁘고 세련된 여자였다. 원한다면 어디서든 지금과는 다른 일을 할 수 있으리라. 원하는 모든 것은 할 수 있으리라. 이무기를 떠나버린 영민하고 지혜로운 연인처럼.

퇴근 시간이 가까워지자 나는 손님이 벗어두고 간 옷가지를 재빨리 정리하고 서둘러 매장을 나왔다. 머릿속으로 지난밤 일을 되새기며 조옥에게 무슨 말을 해야 할지, 뻔뻔하게 없던 일로 칠지 고민했다. 화장실 거울에 비친 얼굴이 부쩍 피곤해 보여 나는 몇 번이고 손을 씻었다.

백화점 로비로 나왔을 때 내내 보이지 않던 조옥이 평소와 조금 다른 모습으로 서 있었다. 곱게 화장을 하지도, 단발머리를 젤로 빗어 넘기지도 않은 채 얇은 코트를 걸친 조옥은 초조한 얼굴로 나를 보며 말했다.

"성자야, 부탁 하나만 하자."

조옥이 나를 데리고 비상구 계단으로 갔다. 나는 그가 먼저 말을 걸었다는 사실에 안도하며 언니가 원하는 것은 무엇이든 하겠다고, 다 말해보라고 소리치고 싶었다. 이제 예전처럼 편해지자고, 서로 비밀을 공유하자고.

"돈 좀 빌려줄 수 있어? 많이는 말고."

조옥이 말한 금액은 당시 내 월급의 절반쯤 되는 돈이었다. 집안의 한 달 치 생계가 포함되어 있는, 내 몫으로 남긴 얼마를 제외하고 모두 어머니의 손으로 들어가야 하는 돈. 나는 조옥이 어째서 돈을 빌려달라고 하는지, 그걸 어디에 쓸 것인지 알고 싶었다. 아무렇지 않은 척했지만 내가 매주 다방에서 쓸 수 있는 돈은 정해져 있었고 주에 한두 번은 도시락을 싸고 다니는 걸 알았으면서. 조옥의 당당한 표정을 보자 그가 나에게 돈이 아니라 빚을 받으러 온 건지 헷갈릴 정도였다.

"내가 그런 돈이 어디 있어?"

조옥이 잠시 후 억울한 듯 말했다. "너는 있을 줄 알았지." 그 목소리를 듣자 쓸쓸하고 속상한 마음이 들었지만 정확히 무슨 감정인지 그때는 몰랐다. 다만 우리가 이제 돌이킬 수 없다는 것을, 예전만큼 다시 돈독해질 수 없을 것 같다는 예감만은 확실했다. 나는 잠시 고민하다 어렵게 입을 열었다.

"그 정도는 안 되고 조금은 빌려줄 수 있어."

그 전까지 나는 누구에게도 돈을 빌려준 적이 없었다. 그럴 만한 돈도 없었거니와 내 손에 들어온 돈은 대개 어머니에게, 그리고 아주 조금만 나에게 돌아왔기 때문이었다. 나는 가방에서 현금이 든 봉투를 꺼냈다. 봉투 안에는 조옥이 말한 돈의 절반 정도 되는 금액이 들어 있었다. 나는 손가락에 침을 묻혀가며 천천히, 여러 번 지폐를 셌다. 조옥의 시선이 달라붙은 나의 손가락을 온몸으로 의식하면서. 그때 내가 묻고 싶었던 말은 따로 있었다. 언니 무슨 일 있어? 내가 도와줄까? 나한테 말해봐, 혹시 남자 문제야? 나는 조옥이 때때로 백화점 안의 남자 직원들과 '놀아난다'는 소문이 돈다는 것을 알고 있었다. 그건 나와 아무 상관 없었지만 그게 소문이든 진짜든, 조옥은 오직 지폐에만 관심 있다는 듯 집요하게 내 손을 바라봤다. 잠시 후 돈을 건네받은 조옥이 작은 목소리로 고마

위, 라고 말하고는 갑자기 나타났을 때처럼 황급히 계단을 올라 백
화점을 빠져나갔다.

※

그해 여름 아버지가 돌아와 어머니는 내내 들떠 있었다. 무더위
가 시작되자 하나밖에 없는 선풍기를 돌려 쓰느라 집 안은 찜통이
었다. 나는 백화점에서 잔업을 도맡으며 최대한 집에 늦게 들어갔
다. 조옥은 모즈의 두 번째 매장으로 출근해 한동안 보이지 않았
다. 그가 사표를 냈다는 소문이 돌았다.

"언니는 알고 있었죠?"

윤복희는 나를 볼 때마다 무언가 말해주길 바라는 것처럼 은밀
하게 물었지만 나는 아무 대답도 하지 않았다. 그와 나눌 비밀 같
은 건 없었다.

그즈음 구덩이가 있는 도로에 건물을 세우기 위해 수많은 사람
들이 동네를 들락거렸다. 관공서와 건설사, 측량기사와 운수업자
로 보이는 낯선 남자들이 펑퍼짐한 잠바를 입고 오랫동안 고르지
않아 진흙밭이 된 고랑을 오가며 중요한 일을 하듯 거들먹댔다. 아
무것도 모르면서. 아무것도 모르는 것들이. 나는 아침마다 마음을
졸이며 구덩이가 사라진 건 아닌지, 얼마나 메꿔졌는지 확인했다.
구덩이가 없어지면 이무기는 어떻게 되는가. 아무것도 아니게 될
테지. 구덩이를 없애지 말라고 동사무소에 민원이라도 넣고 싶었

다. 그 외에는 아무것도 중요치 않았다.

한번은 아버지가 나를 부르더니 돈 좀 있냐고 물었다. 못 들은 척 방으로 들어가자 그가 앓는 소리를 내며 마당에 주저앉았다.

"내가 믿을 덴 너밖에 없는데……."

아버지가 울먹이며 사촌의 큰아버지의 남동생 이야기를 시작했다. 어디서 또 사기를 당했다는 말이었다. 지랄 마요. 나는 속으로 말을 삼켰다.

"얼마나요?"

아버지가 말한 금액은 내 월급의 두 배 정도였다. 나는 머릿속에 떠오르는 온갖 험악한 생각을 간신히 참아낸 뒤 알았다고 말하고 방으로 들어갔다. 마당에서 아버지가 나를 불렀지만 듣지 못한 척 방문을 닫았다.

한동안 보이지 않다가 다시 만났을 때 조옥은 평소와 똑같이 나를 대했다. 우리가 예전처럼 함께 에꼴드빠리에 가는 일은 없었다. 나는 집안 핑계로 칼같이 시간을 지켜 퇴근했고 조옥 또한 백화점에서 보이지 않는 날이 많아졌다. 다음 달이 되고 다다음 달이 되어도 조옥은 돈을 갚지 않았다. 나는 점점 초조해졌다. 조옥에겐 그리 큰돈이 아닐지 몰라도 나에겐 생활비의 몇 분의 1이 되는 거금이었고 집에 돈 들어갈 일은 허다했다. 조옥이 어느 날 갑자기 증발하거나 사라져 돈 갚을 일이 요원해지지는 않을 테지만―그럴 가능성이 아주 없지는 않았다―그럴수록 확실히 해야 할 것 같았다. 한편으로 이대로 조옥이 돈을 갚지 않고 영원히 빚으로 이어진다면, 그것 또한 나쁘지 않을 것 같았다. 조옥에게 돈을 받고 싶으면서도 받고 싶지 않았다.

가을이 가까워졌을 즈음 조옥이 오랜만에 백화점에 나타났다. 나는 매장에 있던 손님도 팽개치고 모즈로 달려갔다.

"언니, 돈 언제 줄 수 있어?"

"응? 무슨 돈?"

조옥은 매장에 들어온 손님에게 신상품을 권하는 중이었다. 마네킹에 걸린 가죽 재킷은 손님에게 조금 작았지만 조옥은 그의 팔에 옷을 끼우고 거울 앞으로 데려갔다. "옷이 주인을 찾았네요." 조옥이 안개처럼 아름다운 목소리로 말했다. 그러고는 나를 돌아보며 소리 없이 입 모양으로 말했다. 기다려. 나는 별수 없이 레나타로 돌아왔다. 방금까지 레나타에 있던 손님은 사라지고 없었다. 손님이 옷을 훔쳐 갔을지도 모른다는 생각이 들었지만 아무 상관 없었다. 몇 시간 후 다시 모즈로 갔을 때 조옥은 퇴근한 뒤였다.

그 후 조옥을 다시 만난 건 거의 한 달 뒤였다. 새 직원의 환영회가 있던 날이었다. 사장은 모즈의 새 매장을 부러워했고 레나타의 매출은 예전만큼 좋지 않았다. 그즈음 세상은 북명과 북명 밖으로 나뉜 것 같았다. 북명 안은 언제나처럼 평화로웠다. 양장을 빼입은 점잖은 손님들과 사장의 친구라는 중년 남녀, 백화점에 처음 온 것 같은 볼이 빨간 젊은이들이 매장을 돌아다니며 어린아이 같은 목소리로 묻고는 했다. 에꼴드빠리가 어디예요? 나는 매니저로 승진해 얼마간의 월급이 올랐으며 사장은 새 직원을 뽑았다. 반년 전 나와

262

함께 입사했던 다른 매장의 직원들은 모두 퇴사한 뒤였다.

저녁을 먹고 신입 직원과 에꼴드빠리에 갔을 때 조옥의 곁에는 처음 보는 남자들이 앉아 있었다. 테이블 위에는 빈 술병이 가득했고 꽁초가 쌓인 재떨이는 금방이라도 쏟아질 듯 아슬아슬했다.

"성자야! 일로 와."

조옥이 나를 보며 손짓했다. 그사이 머리를 짧게 자른 조옥은 흡사 어리숙한 십대처럼 보였다. 새로운 스타일의 화장 때문일지도 몰랐다. 조옥은 곁에 앉은 남자의 품에 거의 안기다시피 기대고 있었는데 맞은편에 앉은 두 남자가 그 모습을 보며 불길하게 낄낄대고 있었다. 나는 원수를 만난 듯 남자들을 노려봤다. 누군가 손을 내밀어 인사를 건넸지만 대답하지 않았다. 익숙한 팝송이 나왔지만―엘튼 존이었는지 비틀즈였는지―조옥은 노래에는 관심도 없는 듯, 나와 남자들을 번갈아 보며 기쁜 듯이 말했다.

"내 친구야. 애 진짜 똑똑하다?"

조옥의 말에 남자들이 자리에서 일어나 나와 신입에게 소파 한 쪽을 비워줬다. 남자 중 한 명은 낯익은 백화점 직원이었고 나머지 둘은 거리에서 흔하게 보던 스틱보이들이었다. 어디서 구르다 온 개뼈다귀처럼 겉만 번지르르한 놈들 같으니. 나는 욕이 튀어나올까 봐 잠자코 있었다. 혹은 누군가 조금이라도 날 건들길, 그런 상황을 바랐는지도 모르겠다. 신입은 불편한지 흥미로운지 알 수 없는 표정으로 말없이 앉아 조옥이 따라준 맥주를 마셨다. 조옥은 새로 커피를 시키고 잔에 설탕을 집어넣으며 말했다.

"설탕 둘 프림 둘, 맞지?"

나는 조옥이 타준 커피를 홀짝대며 그의 새 친구들을 곁눈질했다. "어때, 맛있어?" 커피는 달고 느끼했다. 나는 술에 취한 조옥을 노려보며 다시는 설탕을 넣지 않겠다고, 이렇게 단 커피는 마시지 않겠다고 다짐했다.

늦게까지 이어지던 술자리가 파하고 집으로 가는 길에 사이렌 소리가 들렸다. 거리의 사람들이 골목 사이로 빠르게 사라졌다. 나는 조옥과 어느 건물에 들어가 한참을 숨죽였다. 어둠 속에 바짝 다가온 조옥의 날숨 사이로 희미한 분과 술 냄새가 났다. 그 달콤한 향에 질식할 것만 같았다. 위나 아래 어느 쪽으로도 갈 수 없는 이중 철문이 달린 건물 입구에 조옥과 붙어 서서 나는 어째선지 슬픔과 약간의 치욕을 느꼈다. 하루 종일 일에 찌든 내 몸에서는 땀과 먼지 냄새가 날 것이었다.

"다들 어디로 갔을까?"

조옥은 바깥을 둘러보며 헤어진 일행을 찾았다. 숨바꼭질하는 아이처럼 조옥의 얼굴에 홍조가 떠올랐다. 집 앞 골목에서는 늦게까지 퇴근하지 않는 나를 기다리며 어머니가 아기를 업고 서성이고 있을 것이었다. 조옥에겐 아직 남은 새벽이 있었다. 나와 상관없이 흘러가는 어두운 밤이. 바깥을 살피던 조옥이 누군가 발견한 듯 반갑게 소리를 지르며 손을 흔들었다. 그 순간, 마침내 나는 조옥과 예전처럼 만날 수 없다는 것을, 깊은 밤을 함께 보내듯이 커피를 나눠 마실 수 없다는 것을 깨달았다. 더 이상 조옥이 머무는 풍경에 내가 속하지 않는다는 것을, 어쩌면 원래부터 그곳엔 내가 없었을지도 모른다는 것을.

그 후 얼마 지나지 않아 조옥이 백화점을 그만둘 때까지 우리가 에꼴드빠리에서 만난 적은 없다. 오랜 시간이 지난 지금까지도.

겨울이 오기 전에 아버지가 집을 나갔다. 성민이는 기말고사에서 전교 1등을 했다. 그즈음 마을회관에 분향소가 생겨 어머니는 아침마다 소복을 차려입고 참배를 하러 갔다. 동생들은 근조 리본을 달고 학교에 갔지만 나는 어째선지 자꾸 리본을 잃어버렸다. 대통령이 죽은 뒤 한동안 가는 곳마다 조기가 걸려 있었다. 어머니는 아버지가 죽은 것처럼 종종 눈물을 흘렸다. 국장이 끝난 저녁 어머니는 오랜만에 고깃국을 끓였다. 고소한 냄새가 집 안에 가득 차는 동안 성진이는 품에 아기를 안고 외국으로 보낼 편지를 썼다. 나는 방에 누워 남은 용돈이 얼마인지 헤아렸다.

"잘 좀 먹고 다녀라."

어머니가 내 앞으로 찬거리를 밀었다. 소고기를 잔뜩 넣은 뭇국은 성민이가 좋아하는 음식이었다. 나는 별말 없이 밥그릇을 다 비웠다. 막내의 옹알거림을 들으며 내일은 꼭 조옥을 찾아가 돈을 받아야겠다고 생각하며 잠들었다. 그러나 다음 날에도 조옥을 보지 못했다. 얼마 뒤 모즈로 갔을 때 평소처럼 화려하게 꾸민 윤복희가 나를 보고 다급하게 말했다. "조옥 언니 그만뒀어요. 더 이상 나오지 않을 거래요."

나는 즉시 레나타로 돌아와 옷걸이에 정돈돼 있던 옷들을 꺼내 솔로 빗고 먼지를 떼어냈다. 모든 옷의 가격표를 다시 붙이고 매장을 쓸고 닦으며 몸을 움직였다. 구석구석 쌓인 먼지와 물건, 잡동사니들이 길을 잃은 듯 바닥에 나뒹굴었다. 그때 신문 한 부가 바닥으로 떨어졌다. 며칠 전 날짜가 인쇄된 일간지에는 카바레와 횟집, 라사, 회관과 피아노, 철물과 전기, 뱀을 수집한다는 광고가 오와 열을 맞춰 칸칸이 실려 있었다. 나는 그중 사람을 찾는 광고를 오래 들여다봤다. 모든 것을 이해하겠으니 무서워 말고 빨리 돌아와주세요. 두어 줄짜리 짤막한 문장 사이의 애틋함과 절박함, 그럼에도 떠나야 했던 누군가가 눈앞에 보이는 것 같아 광고에서 눈을 뗄 수 없었다. 나는 펜을 집어 신문 여백에 떠오르는 말을 적었다. 어디에도 보내지 않을 문장들을.

사람 찾음
구조옥(25세)
모든 것을 이해하지도 알지도 못하지만
커타릴게

북명백화점(1층 19호 레나타)
이성자

*

　되감기를 하듯 기억의 버튼을 돌리면 한낮의 에꼴드빠리에 앉은 내가 보인다.

　커다란 창문 너머로 오후의 빛이 쏟아진다. 점심시간이 훌쩍 지난 다방에는 잔잔한 음악이 흐르고 레이스 보가 깔린 테이블 맞은편에는 낯선 남자가 앉아 있다. 사촌의 소개로 만난 남자는 나보다 여섯 살이 많고 지방청에 근무하고 있으며 진한 눈썹에 군인처럼 단단한 체격이 눈길을 끈다. 그 모습은 나에게 충분히 호감을 주지만 어딘가 모르게 답답한 느낌도 든다. 나는 레나타에서 산 은갈치색 투피스를 입고 있고 그건 나에게 무척 잘 어울린다. 내가 가진 유일한 레나타의 물건을. 나는 그때 누구보다 매력적인 스물다섯 살이 되었다는 사실을 알고 있다.

　"성자 씨는 뭘 좋아해요?"

　나는 망설이다 어니언스, 라고 대답한다. 남자가 놀란 표정으로 "양파요?" 하고 되묻더니 허허 웃는다. "건강에 관심이 많으시군요." 나는 손톱만 한 스푼으로 커피를 저어 노른자를 건져 먹는다. 비리고 뭉근한 형체가 남의 혀처럼 입 안을 헤집는다. 남자의 이름이 뭐였는지 떠올린다. 그가 나의 남편이 될 수 있을지 가늠한다.

　"스무 살부터 일을 하셨다니 대단하세요. 그때 전 월남에 있었거든요."

　그는 부드러운 목소리로 여기 참 좋네요, 하고 말한다. 나는 담배를 꺼내 탁탁, 손바닥에 치고는 한 개비를 빼어 문다. 그가 놀란 눈으로 날 바라보다 손을 내밀어 라이터 불을 켠다. 잠시간 멀뚱히 쳐다보다가 순순히 그를 향해 담배 끝을 내민다. 독한 타르 연기가 냄새를 내뿜으며 그와 나 사이에 피어오른다. 그때 나는 아주 잠깐 어머니를 이해한다. 사랑과 증오가 담배 속처럼 한데 말려 도저히 분리할 수 없는 상태를.

가끔 돈이 궁한 날이면 조옥에게 빌려준 몇만 원이 생각났고 그 것들로 할 수 있는 일들을 떠올렸다. 커피 스무 잔, 비후까스 열 접 시, 냉면 열 그릇, 서울 가는 왕복 고속버스. 밤새 문을 연 클럽들과 여관방. 점점 그조차도 떠올리지 않게 되었을 때 나는 남편과 아이 를 돌보고 고향을 떠나 도시에 정착하느라 정신없는 나날을 보내게 되었다. 오직 조옥이라는 사람을 알았다는 사실만 기억에 남은 채.

남자와 나는 가까운 미래에 살림을 합치고 아이를 낳을 수도 있 다. 나는 그가 나의 남편이 되고 일생을 함께 살아가게 되리란 걸 예감하지만 먼 훗날, 육체가 부서지고 서로의 살이 녹는 고통 속에 아이가 먼 곳으로 떠난 뒤 서로의 생각을 알 수 없게 되어 결국 세 상에 나 혼자 남겨지는 고통을 겪게 되리란 걸 아직 모른다. 흔적 없이 사라진 노른자처럼. 어느 깊은 밤, 잠에서 깬 남편이 허공을 향해 낯선 이름을 부르면 나는 그에게 약을 먹인 뒤 돌아오지 않는 잠의 꽁무니를 바라보며 아침이 오길 기다린다. 기술적으로 빼낼 수 없는 머릿속 골짜기에 갇혀 오도 가도 못하는 그의 기억들을 생 각한다. 어디에도 없고 오직 당신의 머릿속에만 존재하는 시간이 왜 하필 그곳인지도. 나는 그의 눈꺼풀을 들어 올려 검고 탁한 동공을 들여다본다. 그의 눈동자 어디에서도 나와의 지난 시간을 떠올린다는 단서는 없다. 내가 누구야? 말해봐, 나를 알아? 나는 눈을 감고 나의 골짜기를 떠올린다. 그리고 다시 밤이 돌아오면 꿉꿉한 냄새가 나는 에꼴드빠리의 소파에 앉아 무언가를 기다리는 여자를 만나게 되는 것이다. 젊고 해맑으며 새로운 경험을 앞둔 기대감으로 가득 찬 여자가. 그곳은 오직 저 너머, 오래전 북명을 떠난 상태에서만 볼 수 있다. 여기서부터도 아주 멀고 되돌아가는 길이나 단서 따위 없으므로 누구도 그곳을 찾을 수 없다. 이제 나는 북명으로 되돌아가는 길을 모른다. 길을 잃은 남편의 머릿속처럼 나의 기억 또한 너무 먼 미래에 와 있으므로.

그리고 아무에게도 말한 적 없는 기억 하나가 있다.

늦은 저녁을 먹고 집으로 돌아가던 밤, 나는 오래 걸어 동네를 빙빙 돌았다. 골목에는 공사를 위한 사구들이 곳곳에 쌓여 있었다. 나는 일부러 그것들을 발로 차며 공사에 차질이 생기길, 건물을 올리지 못하게 되길 간절히 바랐다. 새로운 동네를 만들겠다는 기이한 욕망이 곳곳에 들끓었지만 대체 뭘 만들겠다는 건지 그게 다 무슨 소용일지 믿을 수 없었다. 동네는 도시가 되고 나는 늙어 힘없는 노인이 되어 결국엔 떠나게 될 텐데. 토사와 돌, 나뭇가지가 쌓인 모습이 꼭 무덤 같았다. 무덤들. 이무기가 묻혔을지도 모를.

누구에게인지 모를 용심이 솟구쳐 고운 흙으로 뒤덮인 바닥 위를 발로 굴렀다. 벼락같은 화가 온몸을 짓누를 즈음, 돌 하나가 찰랑거리며 물에 빠지는 소리가 났다. 나는 구덩이 앞에 다가가 고개를 숙여 안을 들여다봤다. 골목 끝에서 켜진 가로등 빛이 희미하게 구덩이 안을 비췄을 때 나는 똑똑히 보았다. 그곳에 물이 차오르는 것을. 빛에 반사된 물방울이 반짝거리며 수면 위로 튀어 오르는 것을. 이무기가 살던 멀고 먼 옛날처럼, 연못이 흘러넘치던 꿈속 풍경처럼. 나는 무릎을 꿇고 구덩이 바닥에 고인 검은 웅덩이를 오래도록 바라보았다. 물에 비친 내 얼굴이 낯설어 알아볼 수 없을 때까지, 가로등이 꺼지고 온 세상에 어둠이 내릴 때까지.

이무기가 돌아올 때까지.

제 2 4 회

이　　효　석

문　　학　상

————

기 수 상 작 가

자　선　　작

2014년 『자음과모음』 신인문학상을
통해 소설을 발표하기 시작했다.
소설집 『적어도 두 번』 『제 꿈
꾸세요』, 장편소설 『없는 층의
하이센스』가 있다. 제11회
문지문학상, 제12회·제13회·제14회
젊은작가상, 제23회 이효석문학상
대상을 수상했다.

이   응   이   응
김   멜   라

할머니와 나는 그 나무를 잘생긴 나무라고 불렀다. 우리는 나뭇잎 모양이나 열매를 보며 나무의 진짜 이름을 알려고 애쓰지 않았다. 이름에도 진짜와 가짜가 있을까. 어떤 이름이든 나무 스스로 지은 것은 아닐 테니 말이다. 그 나무는 회색 수피가 매끄러웠고, 하나로 곧게 뻗은 기둥 끝에 우산살처럼 둥글게 휜 가지가 느긋하게 자라 있었다. 보리차차는 꼭 그 나무 밑동에 대고 오줌을 쌌다. 보리차차가 나무를 돌며 꼼꼼하게 냄새를 맡았기에 우리는 그 곁에 서서 나무의 잘생긴 풍모를 봤다.

시간이 흐른 뒤, 나 혼자 그 공원에 갔을 때 나무는 잎을 다 떨군 채 잿빛 기둥으로 쉬고 있었다. 갈색 깃털의 새가 악보의 음표처럼 나뭇가지를 오르내렸다. 나는 근처의 흙이나 돌멩이에 보리차차의 흔적이 있을지 모른다고 생각했다. 잘생긴 나무와 그 나무가 뿌리 내린 땅, 할머니와 내가 보리차차를 앞세우며 걷던 공원의 오솔길, 그 풍경 어딘가에 보리차차의 오줌이 스며든 자국이 남아 있을 것 같았다. 똥은 없겠지. 똥은 늘 우리가 배변 봉투에 싸서 가져갔으니까. 하지만 고불거리는 털 오라기나 콧방울에서 나오는 숨, 담홍색 젤리 같은 혓바닥에서 떨어진 침방울, 높고 빠르게 짖는 소리…… 그게 무엇이든 보리차차의 일부가 산의 한 부분이 되어 여전히 내 곁에 머무는 것 같았다. 부르면 의심 없이 달려오는 보리차차. 나는 땅에 떨어진 솔방울을 밟아 으스러뜨렸다. 잘생긴 나무가 있는 산의 저지대에서 클럽하우스가 있는 중턱까지 한 번도 쉬지 않고 올라갔다. 내구성이 좀 더 강한 신발을 신어야 했다고 후회한 건 검은 바위가 솟아 있는 비탈길로 접어들었을 때였다. 길이 나지 않은 오르막에 낙엽과 마른 솔잎, 잔가지들이 우부룩하게 쌓여 있었다. 나는 땅 위로 튀어나온 나무뿌리에 걸려 몇 번이나 넘어질 뻔했다. 가장자리에 살얼음이 맺힌 진창을 잘못 디뎌 흰색 스니커즈가 진흙투성이가 되었고, 거센 바람결에 따라 머리카락이 헝클어졌다. 이번에도 내가 쏜 화살을 찾지 못할 거라는 예감이 들었다. 잃어버린 화살을 찾으려면 같은 방향으로 한 번 더 활을 쏴야 했다. 할머니는 오래 고민할 것도 없다고 했다.

"그 짓이 맞나 틀리나 긴가민가할 땐 똑같은 짓을 한 번 더 해 봐."

그때 할머니는 부엌 바닥에 앉아 오미자를 우려낸 물을 유리병에 담고 있었다. 나는 벽에 기대앉아 주둥이가 좁은 유리병에 빨갛고 맑은 오미자물이 담기는 걸 지켜봤다. 할머니는 병 밖으로 흐른 오미자물을 행주로 닦아내다가 손가락에 묻은 액체를 습 하고 빨았다.

"더럽게."

"얼레?"

할머니는 보란 듯이 한 번 더 자기 검지에 키스했다.

습.

그러자 무슨 일인가 하고 보리차차가 할머니에게 다가와 콧등을 들이밀었다. 나를 보며 타각, 할머니를 보며 타각. 어서 둘 중 한 명이 자기를 데리고 밖으로 나가라는 듯 타각 타각 타각 발톱으로 장판 바닥을 두들기며 제자리걸음을 걸었다. 나는 보리차차에게 손을 뻗어 귀와 턱 아래를 긁어주었다.

"착하지, 할머니한테 가자고 해."

할머니는 보리차차를 향해 웃는 입 모양을 하며 말했다.

"할머니는 느림보라 싫지? 언니랑 가는 게 좋지?"

무릎을 세우고 앉은 할머니는 또 다른 유리병 위로 주전자를 높이 들었다. 꾸루루 꽐꽐 꾸루루 꽐꽐 병 안에서 멧비둘기 우는 소리가 났다. 마지막 한 방울까지 비워낸 할머니가 젖은 행주를 들고 일어섰다. 할머니는 개수대에서 주전자를 헹구며 화살 얘기를 꺼냈다. 때가 묻고 좀 더러워져야 씻을 맛도 나는 거라고, 너도 알다시피 잘못 쏜 화살은 한 번 더 같은 방향으로 쏘면 그만이라고 했다. 쏠 때 어디로 날아가는지 화살 끝을 째려봤다가 얼른 가서 뒤져보라고. 그 말은 셰익스피어가 쓴 『베니스의 상인』에 나오는 구절이었다. 할머니는 젊은 시절 소규모 출판사에서 일하며 어린이나 십대 미성년이 읽을 만한 명작 모음집을 만들었다. 자문위원인 어느 교수가 전체 내용을 반의반의 반으로 축약한 줄거리에 삽화를 채워 넣은 시리즈였는데, 그 요약본에는 할머니가 좋아하는 구절이 대부분 삭제되었다고 했다.

"그거 있지? 카뮈 팬티, 그 얘기도 싫어하더라."

할머니는 닦아도 물때가 지워지지 않는 주전자를 건조대에 올려놓았다.

"교수가?"

"아니, 학부모들이."

할머니는 젖은 손을 바지춤에 닦으며 식탁으로 갔고, 양푼에 담긴 고사리 줄기를 들고서 나를 불렀다.

"짧은 거 뽑는 사람이 데리고 나가기."

할머니가 고사리를 쥔 손을 나에게 내밀었다. 내가 뽑은 줄기가 더 길었다. 할머니는 손에 남은 고사리를 양푼으로 던지더니 보리차차를 내려다보며 말했다.

"오라질, 갑시다, 똥 누러."

＊

신발과 청바지 끝단이 흙투성이가 되고 지지대 삼아 붙잡은 삭정이가 부러져 엉덩방아를 찧은 다음에야 나는 초대 메시지에서 본 통나무집에 다다랐다. 캐러멜색 스웨터를 입은 레인코트가 앞 뜰에 나와 있었다. 레인코트도 나처럼 낙엽 비를 맞아 어깨와 팔, 발목까지 올라온 워커에 갈색 잎들이 달라붙어 있었다. 밤색 모자를 벗자 모자의 좁은 챙에서 가느다란 솔잎들이 떨어졌다. 레인코트는 도깨비바늘이 붙은 개의 등덜미를 털어주듯 자기의 긴 머리카락 사이에 손을 넣어 헤집었다. 비스듬히 고개를 꺾고 팔을 휘저을 때마다 레인코트 주변으로 시원한 공기가 퍼지는 것 같았다.

"반가워요. 이쪽은 우유수염, 그리고 이쪽은……."

레인코트가 나와 다른 신입 회원을 번갈아 보며 말했다. 시든 이파리에 점령당한 우리와 다르게 또 다른 회원은 잔꽃무늬 원피스를 입은 옷매무새가 말끔했다. 우유수염, 좋은 닉네임이었다. 뽀얗고 매끄러운 피부를 가진 이름의 주인과도 잘 어울렸다. 클럽의 멤버들은 실제 이름 대신 닉네임을 썼는데, 색이 떠오르는 네 글자로 짓는 게 규칙이었다. 클럽 메이팅에 소개된 크루의 이름들도 모두 네 글자였다. 레인코트, 마호가니, 플라밍고, 블루제이 등등. 네 글자 이름을 발음하면 어렴풋하게 그 단어가 품고 있는 색이 그려졌다. 그런데 레인코트는 무슨 색일까.

나는 수박주스와 자몽크림 따위를 떠올리다 마지막엔 가장 익숙한 것을 골랐다.

"오미자물 좋아해요?"

우유수염이 내게 물었다. 짧은 곱슬머리의 우유수염은 까만 눈동자를 빛내며 웃었다. 이 사람은 어떤 걸 보고 어떤 생각을 하길래 저렇게 눈동자가 반짝일까. 나는 착한 강아지가 떠오르는 그 눈을 똑바로 보지 못했다. 위옹의 멤버들에게 좋은 인상을 줘야 했지만 서툴게 시선을 피하느라 우유수염의 질문에도 대답하지 못했다. 나는 다른 이와 포옹을 나눌 만큼 믿음직한 사람이 못 되는 것 같았다.

위옹은 '우리(we)의 포옹'이란 뜻의 합성어로 클럽에 가입하려면 아래의 항목에 동의해야 했다.

　□ 우리의 포옹은 가슴을 맞대고 두 팔로 상대를 감싸는 신체 활동입니다.

　□ 우리의 포옹은 인류애나 공감을 뜻하는 은유가 아닙니다.

　□ 우리의 포옹은 사회 개선이나 진실 추구와 무관합니다.

　□ 당신은 클럽 회원들의 피부 경계선을 존중합니까?

화살을 쏘고 하나 더 쏘는 심정으로 나는 사각형 박스를 클릭해 체크 표시를 했다. 클럽 회원과 파트너 관계를 시도하지 않을 거라는 다짐과 포옹의 행위에 로맨틱한 감정을 섞지 않을 거라는 약속에도 동의했다. 불법 다단계나 사이비 교주가 이끄는 명상 모임이 아닐까 의심했지만, 나는 할머니의 화살 쏘기를 떠올리며 최종 가입 버튼을 눌렀다. 첫 모임을 기다리며 움츠린 등과 어깨를 펴기 위해 방 문턱 위에 설치한 철봉에 매달렸다. 가까스로 턱걸이 반개에 성공할 정도로 팔 힘도 길렀다. 누군가를 끌어안고 뱅그르르 돌 수 있을 만큼 힘이 세지고 싶었다.

"온통 나무네요."

우유수염이 통나무집을 올려다보며 말했다. 나도 우유수염을 따라 칠 없는 지붕의 들보를 올려다봤다. 나무 벽을 타고 내려오는 빗물받이통에는 마른 가랑잎이 쌓여 있었고, 널찍한 뜰에도 색색의 낙엽이 덮여 있었다. 특별히 누가 쓸거나 정돈하지 않아도 떨어진 그대로 아름다웠다. 심을 때부터 열매나 나뭇잎의 낙하를 생각하고 조경한 것 같았다. 나는 안으로 들어서기 전 현관 앞에 놓인 회색 깔개에 신발 바닥을 문질렀다. 경첩의 쇳소리와 함께 두꺼운 나무문이 열렸다.

"우리 왔어요."

안에 있는 누군가에게 인사하듯 레인코트가 말했다. 그다음 뭐라 형용하기 어려운 빛이 내 앞에 펼쳐졌다. 주황빛 광택제를 바른 첼로의 울림통 안으로 들어선 기분이랄까. 결과 빛깔이 다른 목재들이 실내를 아늑하게 둘러싸고 있었다. 삼각형의 꼭짓점처럼 서 있는 기둥은 약간 붉은빛이 돌았고, 복도 끝에 있는 계단 목재는 사막의 모래처럼 옅은 황색이었다. 서늘한 공기에선 적당한 농도의 풀 냄새가 났다. 나는 유리창을 통과한 햇살이 마룻바닥에 물결무늬를 만드는 걸 내려다보다 대나무 줄기를 엮어 만든 흔들의자를 무릎으로 건드렸다. 앞뒤로 삐걱거리는 안락의자의 팔걸이에는 녹색 담요가 걸쳐져 있었다. 그 아래, 공간을 구분하는 낮은 바닥 턱을 따라 꽃잎 패턴의 살구색 카펫이 푹신하게 깔려 있었다. 창과 문손잡이는 오래된 금반지처럼 누르스름하게 빛났다. 집이 아니라 누군가의 품으로 들어온 기분이었다.

　레인코트는 편한 곳에 앉으라고 말하고서 벽돌로 틀을 세운 난로 앞으로 갔다. 우유수염은 원피스의 밑단을 오므리지도 않은 채 바닥에 털썩 주저앉았다. 무릎을 세워 그 위에 턱을 대고는 레인코트가 뭔가를 할 때마다 탄성을 내질렀다. 장작더미에서 나무토막을 집어 난로 안에 넣을 때, 접이식 칼로 당근 껍질을 깎듯 장작을 얇게 벗겨낼 때, 그렇게 만든 나무껍질 위에 검지만 한 은색 막대를 세우고 칼을 내리그어 불을 피울 때, 우유수염은 방금 그 광경을 봤느냐는 듯 나를 돌아보며 입술을 벌렸다. 선홍빛 젤리 같은 혀를 조금 내밀기도 했다. 레인코트는 칼자루를 짧게 쥐고서 부싯돌 역할을 하는 스틱에 칼날을 내리그었다. 불꽃이 일며 불이 붙자 난로 안에 짚불을 던지고는 가슴이 닿을 정도로 바닥에 엎드려 후후 불씨에 바람을 일으켰다. 나무 타는 냄새가 퍼지며 난로의 열기가 서서히 실내를 채웠다.

　"골라봐요."

　레인코트가 나에게 다가와 가슴을 숙이며 말했다. 주변의 공기가 일시에 바뀌는 느낌이었다. 레인코트의 몸이 천장의 빛을 가리며 내 얼굴에 그림자를 드리웠다. 레인코트의 어깨는 섬세한 펜촉으로 단번에 그린 언덕의 능선처럼 대칭을 이루며 완만하게 펼쳐져 있었다. 나는 그 어깨의 잔영에 붙들린 채 레인코트가 건넨 코팅된 종이를 내려다봤다. 하나의 지형 같은 어깨와 그 아래로 이어지는 가슴. 저 품에 안기면 안전할 것 같다는 생각이 들었다. 그러자 귀밑에서 맥박이 크게 뛰면서 재채기가 날 것처럼 코가 간지러웠다. 어느새 우유수염은 내 뒤에 가까이 다가와 있었다. 마치 자기의 얼굴에는 아무 부피도 없다는 듯 우유수염은 내 어깨 너머로 턱을 내밀고서 하나하나 음료 이름을 소리 내 읽었다. 높은 톤으로 허브차와 커피의 원두를 낭독하더니 자신의 닉네임과 어울리지 않는 주류 쪽으로 넘어갔다. 내가 오미자차를 고르고, 레인코트가 원목으로 된 바로 걸어가 물을 끓일 때까지 우유수염은 뭘 마실지 몰라 고민했다. 나중에는 끙끙 앓는 소리를 내며 발을 동동거렸다. 타각 타각 타각 코코아색 구두 굽으로 나무 바닥을 두들겼다.

"나는 하이볼."

레인코트가 유리잔에 얼음을 넣으며 말했다. 우유수염은 그 말을 추천의 의미로 알아듣고서 자신도 같은 걸 마시겠다고 했다. 우리는 원탁 테이블에 모여 앉아 난롯불을 쬐었다. 탁탁 잔가지를 분지르며 불길이 타올랐다. 세모꼴의 붉은 날개가 위로 펄럭였다가 옆으로 나부끼며 불꽃의 넓이를 키워갔다.

"안고 싶은 마음을 참을 수 없을 때 있잖아요?"

정적을 깨고 우유수염이 말했다. 술은 거의 마시지 않았음에도 연거푸 두 잔을 비운 사람처럼 목소리가 높고 떨렸다. 누구도 왜 클럽에 가입했느냐고 묻지 않았지만, 우유수염은 자신이 위웅에 들어온 이유를 말했다. 나는 우유수염의 수다가 고마웠다. 나이나 직업, 실제 이름을 말하지 않으면서 처음 마주한 사람과 대화를 이어가기란 쉽지 않았다. 우유수염은 자연스럽고 공평한 태도로 나와 레인코트에게 시선을 건넸고, 속마음을 털어놓듯 어깨를 약간 비틀며 앞으로의 포옹이 기대된다고 말했다. 반면에 나는 레인코트의 스웨터 목주름이나 타닥거리는 장작불, 바 천장 랙에 거꾸로 걸린 와인잔으로 눈길을 돌리며 제대로 말을 끝맺지 못했다.

"이를테면, 느슨한 S자 곡선을 그리는 거죠."

레인코트는 '이를테면'이란 말로 얘기를 시작했다. 그 문어체 말투에 묘한 반감이 들면서도 이 사람은 어떤 걸 보고 어떤 생각을 하길래 그런 단어를 쓸까, 호기심이 일었다. 서로 포옹하는 데 너무 많은 절차와 시간이 필요한 게 아니냐고 우유수염이 묻자 레인코트는 옥수수의 예를 들며 말했다. 이를테면, 옥수수가 자라는 것 같다고. 겉으로는 옥수수가 성장을 멈춘 것처럼 보이지만 어느 순간 폭발하듯 열매가 생장한다고 했다. 그러다 또 잠잠해지고 다시 폭발하듯 자라나고. 레인코트는 검지로 허공에 S자를 그렸다. 본래의 필기 순서와는 반대로 아래부터 시작해 천천히 위로 올라갔다. 그러면서 위옹의 친밀함도 그 옥수수가 여무는 속도와 비슷하다고 말했다. 손끝으로 곡선을 그리는 레인코트에게서 어떤 위엄이 느껴졌다. 위옹의 다른 모든 크루를 포함해 레인코트가 이 클럽의 중심이란 걸 알 수 있었다. 컴퍼스로 그린 원의 중심이랄까. 종이 위에 송곳으로 찍은 자국. 레인코트가 바로 그 중심이었고, 어쩌면 나는 그 원 안으로 들어갈 수 없을 거란 생각이 들었다. 레인코트가 앉거나 일어설 때 레인코트의 반듯한 어깨와 널찍한 가슴이 내 앞에서 비스듬하게 기울어졌고, 나는 눈앞에서 오래된 흙벽이 무너지는 것처럼, 차가운 천이 이마를 덮는 것처럼, 한 번도 경험해보지 못했으면서 마치 관 속에 누워 내 위로 흙이 뿌려지는 소리를 듣는 것처럼, 깊은 곳으로 내려가 어둠에 잠기는 것 같았다.

"제 말이 너무 빠르지 않나요?"

우유수염이 피아노를 치듯 호두나무 테이블을 두들기며 묻자 레인코트가 말했다.

"말은 항상 느리죠. 생각에 비하면 언제나 느려요."

그러니 마음 놓고 말하라며 우유수염의 팔에 닿을 듯 말 듯 손을 올렸다. 우유수염의 표정에서 S자 곡선이 그려지는 듯했다. 우유수염은 달아오르는 열기를 식히듯 뺨에 손등을 댔고 초조하게 주위를 두리번거렸다. 레인코트는 우유수염이 무엇을 찾는지 알아챘다.

"혹시 이응을 찾는 거라면."

레인코트의 말에 우유수염의 얼굴이 밝아졌다. 레인코트는 2층 발코니에 이응이 있지만 새 버전으로 업그레이드하기 위해 작동을 멈춰놨다고 말했다. 그러면서 자랑하는 기색 없이 이곳에서 하는 이응의 탁월함을 말했다. 풀과 흙냄새를 맡으며 개울물 소리와 함께 이응을 하면 발가벗고 빗속에 서 있는 느낌이 든다고 했다. 도시의 폐쇄된 이응과는 자극의 차원이 달라서 한 번 하고 나면 한동안 이응 생각이 안 날 만큼 에너지가 충전된다고.

"당연하죠. 좋은 이응은 이응 생각을 잊게 해요."

우유수염이 화답했다. 레인코트는 가만히 고개를 끄덕이며 동의한다는 표정을 지었다. 나는 재채기가 터져 나왔다. 평생 그렇게 큰 소리로 재채기를 한 건 처음이었다. 두 사람의 다정한 대화에 방해를 놓기로 작정한 사람처럼 침과 콧물을 뿜어댔다.

"추워요? 덮을 것 좀 가져다줄까요?"

가까이 오려는 레인코트에게 손을 뻗으며 나는 구석으로 갔다. 장작더미 앞에서 혼자 분비물을 수습하고 있는 사이 우유수염은 자신의 무용담을 늘어놓았다.

"제가 나서서 이응을 심었죠. 학생 복지를 위해서요."

우유수염은 학교 기숙사에 이응이 없어서 자신이 친구들과 의견을 모아 최신 버전의 이응을 들여놓았다고 했다. 한창 컨디션이 좋을 땐 점심시간에 밥을 먹고 기숙사로 달려가 이응을 한 다음 책상 앞에 돌아와 앉아도 5분이 남았다고 했다.

＊

내가 처음 이응을 본 곳은 할머니가 데리고 간 공중사우나였다. 그날 나는 할머니의 흰 털이 난 아래와 이응의 캡슐을 봤다. '응'의 동그라미가 빨간 열매 모양으로 디자인된 베타 버전의 이응이었다. 벌거벗은 할머니는 기저귀 같은 두툼한 팬티만 입고서 이응의 지문 인식기에 엄지를 댔다. 가로선을 중심으로 뚜껑이 열리자 할머니가 캡슐 안으로 들어갔고, 곧이어 이응 전체에 선명한 빨간색 불이 켜졌다. 나는 그 앞에 앉아 세제 냄새가 나는 목욕탕 수건으로 종이배를 접었다. 안과 밖의 면을 뒤집는 부분에서 자꾸 실패해 나중에는 수건을 망토처럼 어깨에 두른 채 이응의 불빛이 꺼지길 기다렸다. 사람들은 목욕을 마치고 로커 앞에서 옷을 입고 있었다. 젖과 궁둥이가 큰 사람이 마법 모자에 토끼 엉덩이를 쑤셔 넣듯 브래지어 캡에 한 쪽씩 가슴을 욱여넣었다. 그 옆에 서 있는 한 아이가 자기의 고추를 손으로 들어 올린 채 팬티를 입었다. 마치 코를 막고 가루약을 삼키는 것처럼. 나와 눈이 마주친 그 애가 소리 없이 입 모양으로 말했다.

'이래야 안 움직여.'

그러면서 나에게 보여주기 위해 고추를 고정해 팬티를 입는 동작을 처음부터 다시 반복했다. 위치를 잘 조절한 다음에야 편안해진 얼굴. 그 애는 뒤늦게 부끄러움이 몰려온 듯 거울 앞에서 머리를 말리는 자기 엄마에게 뛰어갔다. 잠시 후 할머니가 "호" 하는 소리를 내며 이응에서 나왔다.

"거기에서 뭐 했어?"

나는 할머니와 함께 온탕에 몸을 담그고서 물었다. 할머니는 새로 나온 팬티를 입어봤다고 했다. 입고서 간지러운 데도 긁고 쑤신 데도 문질렀다고.

"어디가 간지러운데?"

내가 묻자 할머니는 장난스러운 얼굴로 다가와 내 옆구리를 간질였다. 나는 허리를 비틀어 피하면서 할머니의 겨드랑이로 손을 뻗었다. 찰방찰방, 물장구를 치며 웃는 내 목소리가 타일로 된 벽과 천장에 부딪혀 되돌아왔다. 그때 할머니는 처음으로 카뮈의 팬티 이야기를 했다. 카뮈가 쓴 『이방인』이란 책에 나오는 뫼르소의 말이었다. 팬티를 갈아입는 인간은 자기 분수를 알아야 한다는 말. 뫼르소는 사형 집행을 앞두고 자신에게 그런 판결을 내린 자들이 팬티를 갈아입는 인간이란 사실에 치를 떤다고 했다.

"왜? 팬티 입는 게 나빠?"

나는 땀인지 물인지 모를 물방울이 흘러내리는 할머니의 얼굴을 보며 물었다. 사형 집행이나 판결이란 말은 잘 몰랐지만, 아주 아주 억울한 마음과 외톨이가 된 기분은 알 것 같았다.

"나쁘고 안 나쁘고를 떠나서 그게 사람이란 거야. 그게 이응이야."

할머니가 손으로 물살을 일으켜 물 위에 뜬 때를 밀어냈다. 그 뒤로 나는 이응을 볼 때마다 뫼르소의 팬티와 이응에서 나오는 할머니의 소리가 떠올랐다.

호.

몇 년 후 목욕탕이나 마사지숍에서만 볼 수 있던 이응은 미술관이나 도서관에도 들어섰다. 정식으로 출시된 이응은 센서가 달린 특수 속옷을 입는 대신 손오공의 머리띠처럼 생긴 은색 왕관을 머리에 써야 했다. 할머니는 동네 도서관에 이응이 생겼다는 소식을 듣고서 나를 데리고 그곳으로 갔다. 도서관의 이응은 거대한 물방울처럼 생긴 하얀 캡슐이었다. 캡슐의 환한 빛이 꺼지고 안에 있던 사람이 나오자 할머니가 이응으로 들어갔다. 나는 그 앞에 있는 녹색 천 소파에 앉아 선반에 꽂혀 있던 작은 책자를 읽었다.

"호."

얼마 뒤 할머니가 개운한 얼굴로 이응에서 나왔다. 나는 손에 든 책을 펼치며 할머니에게 물었다.

"파시니 소체가 뭐야?"

나는 『이응의 비전』이라는 책의 한 부분을 소리 내 읽었다.

"클리토리스의 파시니 소체는 페니스의 귀두보다 두 배 많은 신경으로 이뤄졌습니다."

내가 또박또박 글자를 읽자 할머니가 책을 들어 코앞으로 가져갔다. 할머니는 활자를 멀리 봤다가 가까이 봤다가 하더니 자신 없는 목소리로 말했다.

"짬지에 있는 건가?"

내가 이응에 관해 물으면 할머니는 숨기지 않고 말해주었다. 할머니뿐 아니라 사람들 대부분이 이응을 부끄러워하지 않았다. 내가 보기에 이응은 도시 곳곳에 있는 공중화장실과 그리 다르지 않았다. 화장실처럼 단순하고 확실한 쓸모로 만들어졌으며 때가 되면 누구나 거기에 들어가 이응이 제공하는 감각을 체험했다. 이응의 유익함이 퍼져나가자 얼마 안 가 주민센터나 병원에도 파란색 이응의 캡슐이 생겼다. 사람들은 '응' 모양으로 된 둥근 캡슐을 열매라고 불렀는데, 술집이나 클럽의 열매는 조약돌처럼 까맸고, 마트나 쇼핑몰의 열매는 새싹처럼 밝은 연둣빛이었다. 새 버전의 캡슐이 나올 때마다 이응의 현자들이 언론에 나와 이응은 신의 축복이자 인지과학 발달이 선사하는 혜택이라고 말했다. 이제 돈으로 사람의 육체를 사고파는 매춘이나 원치 않는 임신, 온갖 질병의 위험에서 벗어나 청결하고 합법적인 공간에서 건강하게 욕구를 해결하자고 말했다.

"성욕을 풀려고 연애하고 결혼하는 열등한 짓은 그만둡시다!"

이응의 현자는 바야흐로 새로운 로맨틱의 시대가 열렸다고 말했다. 번식과 성욕, 사유재산이 만들어낸 오랜 통치술의 사슬을 끊어내고, 진실로 사랑의 의미를 깨우친 이들이 평등하고 자유로운 관계를 맺는 반려의 르네상스가 도래했다고 말했다. 한 명의 아기는 단지 우연과 충동이 만들어낸 성욕의 부산물이 아니라 계획하고 합심해 인류가 함께 양육하는 지구 공동체의 선택받은 구성원이라고 했다. 실제로 이응이 설치된 뒤 성폭력 범죄율이 감소했고, 그와 동시에 혼인율도 줄어들었다. 몇몇 지방 기관은 쪼그라드는 지역의 신생아 수를 걱정하며 이응의 설치를 반대했지만, 장기적 관점에서 집계한 국가의 출생률은 느슨한 S자 곡선을 그리며 상승했다. 이응이 있는 교도소의 수감자들은 낮은 재범률을 보였고, 임상실험을 통해 병원의 이응 설치가 환자의 회복률을 높인다는 연구 결과가 나왔다. 법원에서는 사법부의 판결이 아닌 상호 간의 화해로 종결되는 사건이 늘어났다. 어린 나는 그런 사회적인 변화까진 몰랐다. 다만 거리에서 마주치는 어른들의 얼굴이 어느 때부턴가 편안하고 여유로워 보인다는 걸 알아챘는데, 이응을 하고 나온 할머니의 얼굴은 이응을 반대하는 사람들의 표정과 확실히 달랐다. 속쓰림 위장약 광고의 복용 전과 후의 표정처럼.

언젠가 나는 할머니와 함께 보리차차의 배변 산책을 나갔다가 이응을 반대하는 사람들의 시위를 보았다. 그들은 작게 만든 이응의 캡슐 모형을 한데 모아 기름을 붓고 불을 붙였다. 성의 비인간화와 시험관아기의 무분별한 확산을 막아야 한다고 소리쳤다.

"시험관아기가 뭐야?"

나는 할머니에게 물었다. 할머니는 숨김없이 대답해주었다.

"고추 대신 주사기로 정자를 쏘는 거."

그걸 왜 반대하느냐고 내가 묻자 할머니는 어른이 되어도 주사를 맞는 건 무섭기 때문이라고 했다. 나는 어렸지만, 그 말이 대충 꾸며낸 장난이란 것쯤은 눈치챌 수 있었다. 주사를 맞기 싫다고 저렇게 화를 낸다고? 게다가 거기에 몰려 있는 사람들은 아기를 낳을 수 없는 나이 든 남자들이었다.

이응은 왜 이응일까. 나는 잘생긴 나무 아래를 천천히 냄새로 더듬는 보리차차를 기다리며 생각했다. 시위대에서 들었던 말이 머리에서 떠나지 않았다. 그들은 이응이 더러운 섹스 토이라고 했다. 섹스 앞에 '더러운'이란 표현이 붙은 말을 들은 건 그때가 처음이었다.

"이응이 눈이야?"

나는 배변 봉투를 꺼내며 주머니에 넣어두었던 시위대의 전단지를 꺼냈다. 이응의 '응'이 옆으로 돌아가 무서운 눈 모양을 하고 있었다.

ㅇㅣㅇ

시위대는 그 기계 눈동자가 인간을 세뇌해 머지않아 인류의 생로병사를 완전히 통제할 거라고 했다. 할머니가 보리차차의 따끈한 똥을 봉투에 담으며 전단지 그림을 흘깃 봤다.

"못생기게도 그렸네."

할머니는 푸른색 봉투를 빙글빙글 돌려 매듭을 묶었다. 그러고선 검지에 흙을 조금 묻혀 ㅇㅣㅇ 아래 방긋 웃는 입 모양을 그렸다. 할머니는 이응의 이름이 이응인 이유를 말해주었다. 그건 세종대왕의 한글 사랑을 기리는 마음이라고 했다. 이응을 자세히 보면 동그라미 위에 꼭지가 달려 있는데, 그게 훈민정음에 있던 '옛이응'이라고 했다. 지금은 사라진 그 발음을 다시 살려내서 ㅇ과 ㅎ 사이의 소리를 사람들에게 찾아준 거라고.

"호."

할머니가 입술을 동그랗게 모아 소리 냈다. 그냥 들으면 '호' 같지만, 실은 '오'를 발음하며 약간 가래가 끓듯 목에 힘을 줘서 내는 소리라고 했다. 무거운 돌덩이를 내려놓은 홀가분한 목소리. 이응을 하고 나온 사람들을 잘 보면 사라졌던 그 소리를 들을 수 있다고 했다.

할머니는 거실 바닥에 등을 대고 누워 이응의 컬러볼을 불빛에 비춰 봤다. 빛을 반사하는 각도에 따라 프리즘이 생기는 컬러볼은 이응의 캡슐을 작은 사이즈로 만든 액세서리 용품이었다. 실제로 이응 안에서 그 컬러볼 모양의 프리즘을 움직여 원하는 감각과 이미지를 고르기도 했다. 장신구로 나온 컬러볼은 표면이 유리구슬처럼 매끄러웠고 바닥에 던지면 고무공처럼 튀어 올랐다. 사람들은 여러 개의 컬러볼을 모아 가방이나 자동차 룸미러에 달고 다녔다. 컬러볼의 디자인을 딴 옷이나 모자도 흔했다. 할머니도 고리가 달린 컬러볼을 사서 보리차차의 보행줄에 걸어주었다. 보리차차가 물고 흔드는 장난감도 천으로 만든 컬러볼이었다. 할머니는 이응을 할 만큼 세상이 성숙해져서 좋다고 했다. 하지만 갈수록 이응이 복잡해져 공부하지 않으면 따라잡을 수 없다고 했다. 이응의 컬러볼은 점점 더 스펙트럼이 다양해졌고, 사람들은 컬러볼을 문지르며 자신이 원하는 정체성과 쾌감의 종류를 선택했다. 할머니는 뭘 고를지 모르겠을 땐 추천 코스가 제일 좋다고 했다. 나는 이응의 최신 프리즘을 공부하는 할머니와 손톱을 깎으면 휴지에 잘 싸서 버리라는 할머니 사이에서 어느 모습이 진짜 할머니인지 헷갈렸다. 문지방에 올라서면 재수 없다고 말하는 할머니, 손발톱을 아무 데나 버리면 쥐가 먹고 사람으로 둔갑할지 모른다고 겁을 주는 할머니. 만약 쥐가 할머니의 발톱을 먹고 사람으로 변해 나와 같이 사는 거라면 나는 어떻게 그 할머니가 가짜인 걸 알아챌까?

다초점 렌즈의 안경을 썼다가 벗었다가 눈을 비비고 깜박거려도 이응의 스펙트럼을 분간하기 어려워졌을 때쯤, 할머니는 이응에서 졸업할 때가 왔다고 했다. 나날이 변해가는 이응의 컬러볼을 따라잡기 힘들다고 했다. 성별 정체성이랑 성 표현 정체성이 어떻게 다른지 모르겠다며, 억지로 느끼려고 하는 건 이응의 정신이 아니라고 했다.

"하이고, 재미나게들 산다."

졸업생이 되고도 할머니는 보리차차와 산책할 때면 흔들 그네에 앉아 이응을 구경했다. 우리가 가는 공원에도 이응이 있었다. 사람들은 이응 주변에 모여 장기를 두거나 요구르트를 나눠 마시고 배드민턴을 쳤다. 이응 앞이라 그런지 이응 애길 하는 사람도 많았다.

"내가 인생 후반전에 이 재미를 알아서……"

어떤 여자는 어찌나 입을 크게 벌리며 웃는지 목젖이 보일 것 같았다.

"압박 단계를 높여봐. 그게 제대로야."

그 여자는 누군가와 통화하며 이응으로 들어갔고, 나와서도 다급히 전화를 받았다.

"김치냉장고에 고등어 있으니까 꺼내서 데워 먹어."

또 어느 날엔 내 또래의 여자애 둘이 걸어가며 말했다.

"중간에 마스터 체인지를 해."

"중간에?"

"응, 처음엔 여성을 고르고 그다음 남성으로 바꿔. 자극 세기는 숫자로 코딩하고."

"알려줘."

교복 바지를 입은 그 애들은 어떤 스펙트럼이 좋은지 컬러볼 설정을 공유했다. 어떨 땐 요리 레시피 같아서 듣고 있으면 이응 애기인지 파스타 만드는 방법인지 분간하기 힘들었다. 끼었고 겯들이고 버무리고……. 할머니는 컬러볼 설정을 공유하는 여자애들의 얘기를 곰곰이 들었다.

"호."

그중 한 명은 십대를 위한 컬러볼을 핸드폰 케이스에 달고 있었다. 컬러볼에 오렌지 형광이 섞인 버전이었다. 만 열다섯 살 이상이면 누구나 자유롭게 이응을 즐길 수 있게 하는 법이 통과된 뒤부터 청소년들은 자신을 온전한 감각 주체로 여기는 이응 수업을 들었다. 주머니에 숨긴 칼처럼 억눌린 성욕 때문에 더는 고통받지 말고, 정해진 시간에 급식을 먹듯 공개적으로 이응을 즐기라고 교육받았다. 학교에서 이응은 체육이자 음악 시간이었고, 아이들은 이응 안에서 땀을 흘리며 자신의 소리를 내뱉었다. 어떤 아이는 낮잠을 자듯 누워 고요하게 이응을 즐긴다고 했고, 어떤 아이는 다른 소리가 터져 나오는 자극 부위를 한꺼번에 문질러 오케스트라처럼 합주한다고 했다. 저마다 이응의 설정과 에피소드를 거리낌 없이 얘기했다. 성에 관한 이야기는 이응을 중심으로 다시 만들어졌고, 연애나 결혼도 이응을 기준으로 재배치되었다. 연애/이응, 결혼/이응/출산이 각각 안전거리를 두고서 서로의 공간을 침범하지 않았다. 그렇다고 이응을 대단하게 여기는 건 아니었다. 단지 식욕이나 수면욕처럼 바이오리듬에 따라 몸이 원할 때 채워줘야 하는 신체적인 욕구일 뿐이었다.

나 역시 생리 주기가 되면 이응이 생각났지만, 굳이 그 캡슐 안에 들어가 뇌파 자극 띠를 두르고 싶진 않았다. 이응이 어떤지는 어릴 때부터 들어서 알고 있었다. 근육의 수축과 경련 그리고 이완. 오감을 채워주는 이미지에 둘러싸여 양극과 음극의 전기 자극에 따라 맥박과 혈압이 높아지고 나중에는 모든 긴장이 풀리며 상쾌해진다. 무의식 상태로 들어서는 델타파부터 휴식과 이완을 주는 알파파까지. 이응은 단계별로 우리의 뇌파를 유도해 우리의 몸과 의식을 열린 상태로 만들어준다고 했다. 그러고 나면? 그 열린 틈으로 뭐가 들어올지 어떻게 알지? 위생이나 보안이 걱정되는 건 아니었다. 이응의 청결과 개인 기록은 무인 자동 시스템으로 철저하게 관리되고 있으니까. 단지 나는 그런 욕구쯤은 참을 만했다. 그건 정말 식욕은 아니니까. 어떤 사람은 식욕보다 강하다고 했지만, 이응이야말로 그런 맹목적인 욕구를 희석해주는 중화제이자 충돌 방지 쿠션이었다. 다만 나는 정해진 단계에 따라 쾌감을 체험하고 싶지 않았다. 내 몸이나 감각에 몰두하고 싶지도 않았다. 오히려 나를 잊게 해주는 누군가의 이야기에서 느리고 모호한 쾌감을 느꼈다. 내가 좋아하는 건 아무도 찾지 않는 고전문학 서가에 앉아 책을 통해 누군가의 느낌이나 감정을 들여다보는 것이었다. 글로 쓰고, 종이에 인쇄된 인간의 욕구가 나에게는 위협적이지 않을 만큼만 생생했고, 그렇기에 안전하게 나를 열 수 있었다.

서가에 기대앉아 책을 읽다 보면 운동장에서 육상부 코치의 목소리가 들렸다.

"호흡, 시선! 호흡, 시선!"

근육질 몸에 달라붙는 티셔츠를 입은 육상부 코치는 늘 같은 시간에 손뼉을 치며 외쳤다.

"마지막 한 바퀴! 전속력으로 뛰어 이응으로 간다!"

창밖을 내다보지 않아도 나는 이응으로 몰려가는 육상부의 모습이 그려졌다. 멀리서 가죽 공을 차거나 억억대며 몸싸움하는 소리도 마지막에는 이응으로 가서 뭉친 근육을 풀자는 대화로 끝났다. 그런 소란스러움에서 물러나 나는 할머니가 말한 『이방인』을 읽었다. 책 속의 정확한 표현은 '속옷을 갈아입는 인간'이었다. 속옷을 갈아입는 인간이 내린 결정을 신뢰할 수 없다는 말. 나는 그 페이지의 모서리를 작게 접었다. 그 뒤로 읽고 있던 책에서 속옷이나 팬티라는 단어가 나오면 종이 끝을 세모나게 접었다. 등장인물이 슬퍼하거나 우는 장면이 나올 때면 할머니에게 그 구절을 보여주고 싶었다.

할머니, 이 사람은 슬퍼할 자격이 있어? 울어도 돼?

할머니는 팬티를 갈아입는 인간이란 함부로 슬퍼하거나 눈물을 흘릴 자격이 없는 사람이란 뜻이라고 했다. 그래서 뫼르소는 자기 엄마가 죽었을 때 울지 않고 카페오레를 마신 거라고.

나는 카페오레 대신 오미자물을 마셨다. 엄마가 보고 싶어 우는 대신 빵빵해진 아랫배로 변기에 앉아 소변을 봤다. 할머니는 내가 울음을 터뜨리려고 하면 오미자물을 주면서 달랬다. 다 울어버리지 말고 울고 싶은 마음에서 한 걸음 물러나 울고 싶은 자신을 바라보라고 했다. 그런 복잡한 설명을 들으면서 차갑고 새콤한 오미자물을 마시면 내 슬픔은 어리둥절한 눈을 한 채 나에게서 멀어졌다. 할머니는 나를 욕실로 데려가 울고 싶지만 울음이 떠나간 내 얼굴을 닦아주었다. 세숫대야에 물을 받아 손에 물을 묻힌 다음 슬퍼서 흘러내릴 것 같은 내 얼굴을 손으로 쓸어내렸다. 흥, 흥! 나는 수건을 목에 두르고 앉아 내 콧방울을 움켜쥔 할머니의 손가락에 콧물을 풀었다. 향긋한 로션을 바른 다음 할머니의 배를 베고 누우면 꾸루루 꽐꽐 꾸루루 꽐꽐 비둘기 우는 소리가 들렸다.

"그냥 줄줄 나는 거야. 하나도 안 아프고 하나도 안 슬퍼."

내게 오미자물을 주며 울지 말라던 할머니는 녹내장 증상으로 시도 때도 없이 눈물을 흘렸다. 주전자의 주둥이와 유리병 입구를 제대로 맞추지 못해서 오미자물을 바닥에 흘렸고, 그렇게 흘린 물도 알아채지 못했다. 보리차차도 눈가에 눈물 자국이 생겼다. 송곳니가 흔들려 딱딱한 음식은 잘 먹지 못했고 개도 먹을 수 있는 우유를 주면 코코아빛 입가에 우유수염을 만들었다. 강아지 때부터 교육했는데도 성견이 되고 노견이 될 때까지 흥분하면 오줌을 지렸다. 나는 오줌이 고인 바닥을 손으로 탁탁 내리치며 보리차차를 혼냈다. 그러면 할머니는 슬쩍 팔을 들어 올려 보리차차를 품 안에 숨겨주었다.

"오래 살아라. 보리야, 오래 살아."

할머니는 이응이 발달하는 만큼 의학 기술도 좋아져 개의 수명이 늘어날 거라고 했다. 할머니는 뭐든 다 좋아지고 있다고 말했다. 좋아지려면 시간이 필요하니 기다려줘야 한다고.

"차차 가리겠지. 차차 배우겠지. 너무 몰아붙이지 마라."

하지만 보리차차는 차차 좋아지거나 나아질 수 없었다. 세상은 그렇게 S자 곡선을 그릴 때까지 기다려주지 않는 법이니까.

＊

우유수염의 명랑함은 보는 이로 하여금 옅은 수치심을 느끼게 하는 동시에 반사신경과도 같은 근육 반응을 불러일으켰다. 나는 약속 장소로 뛰어오는 우유수염을 보고 나도 모르게 벤치에서 일어나 옆자리를 권했다. 우유수염은 입술을 벌리며 나에게 달려와 의자에 앉았다. 마치 자기의 손은 저 가지의 마른 잎처럼 가볍다는 듯 나무를 올려다보며 내 허벅지에 손을 올렸다. 이건 순서를 어기는 게 아닐까. 위옹의 클럽 규칙에 따르면 서두르지 않고 서로의 피부 경계선을 탐색하는 시간을 가져야 했다. 처음에는 눈 맞춤과 대화, 그다음엔 나란히 발걸음을 맞춰 산책. 그날은 같이 숲길을 걸으며 서로의 보행 리듬을 맞춰보는 시간이었다. 내가 슬그머니 다리를 오므리며 손을 피하자 우유수염이 캉 하고 짖듯이 소리쳤다.

"오미자물!"

우유수염은 서운함을 감출 수 없다는 표정으로 뺨을 씰룩였다. 그러더니 나에게 왜 이응을 믿지 않느냐고 물었다.

"쾌감을 느끼는 게 두렵나요? 죽는 게 무서워요? 삶과 죽음, 그

모든 것이 컬러볼 안에서 하나로 이어져 있다는 걸 믿지 못하는 거
예요?"

우유수염은 이응의 현자처럼 말했다. 아니, 말한다기보다 나를
향해 짖는 것 같았다. 나의 방어적인 태도를 비난하듯이, 반짝이는
두 눈에 원망을 가득 담고서. 나는 왜 갑자기 이응 얘기를 꺼내는
지 알 수 없었지만 자율신경이 반응하듯 대답이 흘러나왔다.

"하고 싶지 않을 수도 있잖아요."

내가 말하자 우유수염이 까만 눈동자를 크게 떴다. 내 안의 비밀
을 탐지하는 듯 지그시 나를 바라보며 콧방울을 조금 벌름거렸다.

"좋아요. 잘하고 있어요. 다른 사람의 욕망을 따라 하지 않는 게
이응의 철학이에요."

우유수염은 흥분을 가라앉히듯 심호흡했다. 그렇게 해도 따끔
거리는 상처의 통증은 가시지 않는지 목소리가 떨렸다.

"난 오르가슴이란 말이 싫어요. 애써 올라가야 할 것 같잖아요."

우유수염은 이응의 좋은 점은 '이응'이란 말을 만들어낸 것이라
했다. 섹스란 말은 이미 낡고 헐어서 덧대어 쓸 수도 없을 만큼 초
라해졌다고 했다. 그 말은 우리의 자연스러운 욕구를 제대로 담아
내지 못했다고. 나랏말싸미 듕귁에 달아 어린 백성이 니르고저 하
는 바가 있어도 마침내 제 뜻을 실어 펴지 못하던 서글픈 시절을
잊지 말아야 한다고 했다.

"무슨 말씀이요?"

내가 물었지만, 우유수염은 자기가 하는 말에 빠져 있었다. 눈을

가늘게 뜬 채 허공을 보며 계속 말했다.

"그거 알아요? 인간은 기계 앞에서 제일 솔직해요."

포기를 모르는 성격인지, 아니면 마음의 행로에 따라 몸이 저절로 움직이는 건지, 우유수염이 내 허벅지에 또 손을 올렸다. 우유수염은 전 세계인의 쾌감 정보를 모은 이응이 앞으로 더 멋진 컬러볼을 개발해낼 거라고 믿었다. 그러니 누구든 자기가 느끼고 원하는 걸 이응 안에서 표현해야 한다고, 그렇게 자기 기쁨을 만끽하는 게 지구별의 푸름에 공헌하는 길이라고 했다.

"나는⋯⋯."

나는 내가 원하는 것을 떠올렸다. 나도 뭔가를 만지고 싶을 때가 있었다. 이응이나 인류를 위해서가 아니라 그저 나 자신을 위해. 하지만 겨우 입을 열고서도 무슨 말을 해야 할지 몰랐다.

"나는⋯⋯ 다른 인사가 있었으면 좋겠어요. 이를테면, 뺨을 맞대거나 포옹하거나, 어쩌면 반가운 사람이 상대를 안아서 들어 올릴 수도 있겠죠. 너무 반가우니까. 반갑고 좋으면 개는 오줌을 싸잖아요. 물론 인간은 팬티를 입지만. 이를테면, 반가운 마음에 상대를 안고서 빙글빙글 돌면⋯⋯."

한 번도 그런 생각을 해본 적 없었는데도 매일 그런 상상을 하고 또 한 것처럼 나는 어떤 자세가 좋은지 구체적으로 설명했다. 우유수염은 진지하게 고개를 끄덕였다.

"좋죠. 외음부가 자극되겠네요."

우유수염이 벤치에서 일어나 누군가를 안아 올리듯 두 팔을 뻗었다.

"이렇게 상대한테 높이 안겨서 돌아가면 자연스럽게 여기가 눌리잖아요."

우유수염이 자기의 아랫배에 손을 얹었다. 나는 그런 게 아니라고 말하고 싶었지만, 내 바람을 직접 몸으로 실현하는 우유수염을 보고 있자니 정말 그런 게 아닌지 확신할 수 없었다. 만지거나 닿고 싶은 마음을 성적 쾌감과 완전하게 분리할 수 있을까.

"나, 클럽 회원을 따로 만났어요."

우유수염이 말했다. 나는 놀랐지만, 놀라지 않은 표정을 지으려다 어색하게 뺨을 씰룩였다.

"같이 이응을 했어요. 2인용 이응이 없어서 둘이 찾아다녔죠."

포옹하기도 전에 이응을 하다니. 아니, 포옹과 이응은 전혀 다른 것이지만, 그건 섹스와 임신만큼 분리된 거였지만, 그렇다고 해도, 레인코트가 우유수염과 같이 그걸 했다니. 우유수염은 하이볼을 세 잔 마신 목소리로 그날의 이응을 묘사했다. 마주 보며 이응을 할 수 있는 캡슐을 찾아갔고 각자 빗소리 테마로 자극받은 다음 서로의 성 표현 정체성을 바꿔 즐겼다고 했다.

호.

나는 벤치에서 일어섰다. 열린 창문으로 흙탕물이 들이쳐 흠뻑젖은 기분이었다. 멀리서 레인코트가 걸어오는 모습이 보였다. 레인코트의 품에는 보리차차의 어릴 때 모습을 닮은 갈색 푸들이 안겨 있었다. 개와 함께 산책하기. 공원에서 만난 고양이에게 간식

주기. 그날 우리가 해야 할 미션들이 나에게는 한없이 위선처럼 느껴졌다. 나는 나를 부르는 우유수염을 돌아보지 않은 채 레인코트를 지나쳐 뛰어갔다. 그렇게 모른 척 뛰어가는 게 레인코트에게 어떤 상처라도 입히는 것처럼.

곧장 내려가면 할머니와 걷던 오솔길이 나왔다. 리기다소나무가 줄지어 서 있는 그 흙길은 보리차차가 좋아하던 산책 코스였다. 개를 따라 걸으면 개의 엉덩이와 꼬리에서 개의 기쁨이 전해졌다. 공기에 떠도는 냄새를 한껏 들이마시며 나무마다 멈춰 서서 동족의 흔적을 찾던 보리차차. 조금이라도 자신에게 호감을 보이는 사람이 있으면 코를 벌름거리던 카페오레색 털의 개.

"한번 만져줘요. 얘가 그래야 가요."

보리차차가 멈춰 서면 할머니가 보리차차 대신 사람들에게 말했다. 나는 아무나 보면 만져달라며 올려다보는 보리차차가 창피했다. 하지만 할머니는 보리차차에겐 가리고 숨길 게 없으니 부끄러울 것도 죄스러운 것도 없다고 했다. 보리색 털을 가진 개의 원래 이름은 '보리'였지만, 할머니는 마음대로 바꿔 불렀다. 보리보리! 보리차! 보리차차! 어떻게 불러도 보리차차는 할머니의 목소리에 코코아색 귀를 움찔했다. 의심 없이 우리에게 안겨 우리의 팔에 턱을 기댔다.

"흰 털이 났네. 흰 게 많아졌어."

할머니는 보리차차의 다리 관절을 하나하나 주무르며 개의 남은 수명을 헤아렸다. 할머니와 개, 둘 다 늙어가고 있었지만 할머니는 보리차차에게 살날이 더 많이 남았다고 믿었다. 나에게 장담했다.

"오래 살 거야. 병이 나도 고칠 수 있을 거야."

나는 혼자 걷고 있었지만, 네발로 걷는 개가 함께 있는 것처럼, 가다가 멈춰 서서 나무 아래를 살폈다. 어떻게 이 땅이 보리차차가 아닐 수 있을까. 내 눈에는 흙이 된 보리차차의 귀와 나무뿌리가 된 보리차차의 다리가 보였다. 보리차차는 발이 네 개였으니 인간보다 더 많이 땅에 닿았고, 그렇기에 더 쉽게 숨결이나 체액이 이 산에 스며들었을 것이다. 봄이면 보라색 제비꽃이 피는 풀밭은 보리차차가 온몸을 떨며 집중해 냄새 맡던 곳이었다. 엉거주춤 뒷발을 들고 앉아 김이 나는 진흙색 똥을 누던 개. 작은 카펫 같은 귀를 열면 보이는 연분홍색 솜털, 그 안에서 풍겨 오는 퀴퀴한 동굴 냄새, 참새 떼가 날아오르면 놀라서 뒷걸음치다가 뒤늦게 검은 입술을 말아 올리며 허공에 대고 화풀이하던 표정, 타각 타각 타각 걸을 때 장판에 부딪히는 검은 발톱. 할머니가 잠들면 보리차차는 할머니의 팔에 엉덩이를 들이밀었다. 할머니의 팔이 자기의 등을 감쌀 수 있게. 내가 외출하면 돌아올 때까지 문 앞에 엎드려 있었고, 돌아오면 노란 오줌을 바닥에 지렸다. 오줌을 닦으며 내가 혼을 내면 할머니가 보리차차 편을 들어주었다. 반가워서 그런 거니 봐줘라. 차차, 배우겠지. 차차, 가리겠지. 나는 다시는 위옹 모임에 가지 않을 생각이었다. 누군가를 힘껏 끌어안아도 이 열린 창문은 닫을 수 없을 테니까. 죽은 개는 더 이상 만질 수 없으니까. 살아 있던 개도 날 안아준 적은 없었다. 개는 자기 가랑이를 핥던 혀로 내 손을 핥았다. 할머니는 개의 엉덩이를 두들긴 손으로 내 머리를 쓰다듬었다. 개나 나나 할머니에겐 죄다 강아지였다. 강아지, 라고 할머니가 부르면 보리차차와 내가 같이 할머니를 봤다.

"강아지! 우리 나갔다 온다!"

그날은 굵은 가을비가 내렸고 할머니는 보리차차에게 모자가 달린 우비를 입혀주었다. 속옷은 안 입어도 비옷은 입는 보리차차. 할머니는 한 손에는 개의 보행줄을, 다른 손에는 우산을 들었다. 빗길을 지나가는 자동차의 속도와 관절염을 앓는 개와 할머니의 완보. 갈색 푸들과 우산이 뒤집혀 비 맞는 할머니. 할머니에게도 비옷이 필요했는데, 시야를 가리는 우산 대신 난간을 붙잡으며 안전하게 걸을 수 있게. 잘생긴 나무 앞은 빗물이 고여 진창이 되었고 도로와 이어진 나무 덱은 빗물에 미끄러웠다. 젖은 낙엽이 가득했다. 내가 이해할 수 없는 건 어떤 이야기는 너무 비참하게 끝난다는 것이었다.

세팅된 코스가 있으십니까?

나는 공원의 이응으로 들어갔다. 이응의 내부는 오래된 악기의 울림통처럼 잔잔한 어둠에 싸여 있었다. 내가 지문 인식기에 엄지를 대자 풍경 소리가 들리며 바닥부터 천장까지 희미한 빛이 켜졌다. 빛과 산소가 희박한 심해로 내려간 것처럼 시야가 좁아지며 숨의 간격이 느려졌다. 나는 하나하나 내 욕구를 코디했다. 처음은 내가 어떤 성별로 즐길 건지 고르는 것이었다. 여성/남성/그 이상. 각각의 개별 유형에도 프리즘이 있어서 정체성의 명도를 조절할 수 있었다. 프리즘의 모양도 선택했다. 양방향 화살표와 삼각 틀, 사방으로 뻗어갈 수 있는 입체 볼.

나는 삼각 틀을 눌렀다. 손이 떨려 한 번에 화면을 터치할 수 없었다. 첫 단계를 넘기기도 전에 손과 겨드랑이가 땀으로 축축했다. 얼음 위에 선 것처럼 발끝이 시리면서 은색 띠를 두른 이마와 뒤통수가 조여왔다. 나는 내 욕구를 설계하는 것도 이렇게 힘든데 세상에는 어떻게 그 많은 불행이 계획되어 있는 걸까.

성적 끌림 대상과 정서적 끌림 대상. 나는 삼각 틀을 움직였다. 내 검지를 따라 프리즘의 색이 바뀌고 명암이 짙어졌다. 삼각 틀 아래 '끌림의 크기'가 숫자로 표시됐다. 나는 몇 단계를 건너뛰어 자극 부위에 멈췄다. 벌거벗은 사람의 이미지가 나와 자기 몸을 색칠해달라는 듯 부드럽게 팔다리를 움직였다.

받고 싶은 곳. 하고 싶은 곳.

나는 '하고'와 '받고'를 모두 선택하고, 어깨와 가슴 부위를 색칠했다. 특정 부위를 터치하면 이미지가 확대되어 입체로 눈앞에 펼쳐졌다. 뺨과 목덜미, 유두와 배꼽, 옆구리부터 허벅지, 놀랍도록 세밀하게 그려진 질과 외음부, 엉덩이, 발가락…….

패스, 패스, 패스.

그 뒤로도 선택은 끝나지 않았다. 물리적 자극에는 누르고 문지르는 방식이 세세하게 구분돼 있었다. 기울기는 몇 도, 자극의 세기는 얼마, 진동의 유지 시간과 회전 방향 그리고 우유수염이 즐겼다는 빗소리 테마까지.

호.

할머니는 내게 말했다.

"이제 목욕탕에서 가랑이를 찜질하는 여자는 없잖니."

왜 목소리에는 주름이 있을까. 내 얼굴에 닿던 할머니의 손과 그 감촉. 하도 떠올리다 보니 맛도 느껴졌다. 칼칼한 고춧가루 향, 물엿처럼 달고 끈적거리는 온기, 고사리나물처럼 쓴맛이 맴도는 할머니의 당부. 보리야, 아프지 마라, 아프지 마.

나는 화살표 버튼을 빠르게 눌러 선택지를 패스하고 마지막 단계인 기억 유도 기능으로 갔다.

스토리텔링 코스를 적용하시겠습니까?

＊

"좋을 거야. 저거랑은 비교도 안 되게 좋을 거야."

할머니는 무서워할 거 없다고 했다. 마른 대추처럼 주름진 눈으로 날 보며 말했다.

"난 하나도 안 무섭다? 그러니까 너도 할머니가 언제 어떻게 가든 겁낼 거 없어."

할머니는 죽는 것도 이응 같은 거라고 했다. 이응처럼 코스를 선택할 순 없지만, 이응의 컬러볼처럼 삶에서 죽음으로 굴러가는 거라고. 이 색에서 저 색으로 바뀌는 것뿐이라고. 이응을 하는 것처럼 억눌려 있던 게 풀리면서 기분 좋게 흩어지는 거라고 했다. 아마 자신은 묵은 똥을 싼 것처럼 가뿐할 것 같은데, 몸뚱이를 갖고 사는 게 늘 조금은 힘겨웠으니 거기에서 풀려나면 얼마나 시원하겠느냐고 했다.

"몸이 똥이야?"

"말이 그렇다는 거지."

할머니는 뭉쳐 있고 고여 있던 게 흐르고 흘러 더 넓은 데로 갈 거라고 했다.

"꽉 쥐고 있던 걸 펼치는 거야."

할머니는 검버섯이 피고 핏줄이 불거져 나온 손등을 천천히 오므렸다가 펼쳤다. 풀리고 풀리고, 그렇게 다 풀리고 나면 어쩌다 팬티에 못 볼 꼴을 보일 수도 있지만, 그건 남은 사람이 처리해야 할 일이지, 자기는 홀가분할 거라고 했다.

"좋을 거야. 너랑 보리랑 사는 것도 좋았으니 가는 것도 좋을 거야. 재밌고 아찔해서 웃음이 실실 날걸?"

할머니가 보리차차의 곱슬곱슬한 털 속에 손을 넣어 쓰다듬었다. 나도 보리차차의 털 속에 다섯 손가락을 넣었다. 장갑을 낀 것처럼 손등이 포근했다. 우리가 앉아 있는 흔들 그네 앞에서 이응의 캡슐이 빛나고 있었다.

＊

걷다 보면 나는 네발로 뛰는 개가 된 것처럼 눈높이가 낮아졌다. 하늘로 뻗은 나무와 먼지 냄새를 뿜는 불투명한 자동차, 그 사이를 오가는 직립하는 인간. 그들은 모두 나보다 커서 나는 그들의 얼굴을 자세히 볼 수 없었다. 보리차차도 그랬을까. 인간의 기분에는 언제나 알 수 없는 그림자가 드리워져 있어서 그게 보리차차를 불안하게 했을까. 더 많이, 나에게 안기고 싶었을까.

나는 땅에 떨어진 솔방울을 밟아 부서뜨렸다. 흰 반점이 난 나무 껍질을 뜯어 주먹을 쥐며 으스러뜨렸다. 분명 보리차차와 산책하던 잘생긴 나무로 간다고 생각했는데, 길의 풍경이 달라졌다. 클럽하우스로 가는 산 중턱 길이었다. 가파른 언덕길은 낙엽이 쌓여 더 뚱뚱해졌고, 나뭇가지들은 생선 뼈처럼 앙상했다. 거센 바람이 머리카락을 헝클였다. 나는 지난번 빠졌던 진창에 똑같이 발을 헛디뎠다. 절뚝거리며 바위로 가서 운동화에 묻은 진흙을 긁어내고 있는데, 육중한 체구의 남자가 산길을 뛰어 내려왔다. 육상부 코치를 닮은 그 남자가 날 보며 소리쳤다. 모두 전속력으로 뛰어 이응으로 간다!

통나무집의 문을 열자 짙은 오렌지빛이 펼쳐졌다. 레인코트가 한쪽 무릎을 꿇고서 난로에 불을 피우고 있었다. 나는 소리 없이 레인코트를 불렀다.

할머니.

할 수만 있다면 나는 혀를 길게 내빼고서 엉덩이를 힘차게 흔들고 싶었다. 간절히 꼬리를 바랐다. 레인코트는 턱에 주름을 만들며 웃고는 무릎에 대고 나뭇가지를 분질렀다.

"착하지, 이리 와요."

금색 발이 쳐진 안쪽 공간에서 우유수염의 목소리가 들렸다. 발을 열고 들어가자 고무보트처럼 커다랗고 둥근 쿠션이 보였다. 우유수염은 거기에 반쯤 기대어 누워 자신의 옆자리를 툭툭 쳤다.

"이리 와, 얼른!"

액체처럼 흘러 가슴에 고이는 목소리. 내가 무릎을 구부리며 앉자 쿠션이 물컹 흔들렸다. 우유수염이 기특하다는 듯 내 정수리를 손끝으로 긁어주었다. 우리의 뒤로 레인코트가 쿠션에 발 도장을 푹푹 찍으며 들어섰다. 물과 공기가 반씩 담긴 거대한 풍선처럼 환한 자줏빛 쿠션이 구불텅하게 솟아올랐다.

같이 눕기.

이번에 우리가 함께할 미션은 같이 누워보는 것이었다. 세 사람이 누워 서로의 피부 경계선을 조금씩 뭉개보는 것. 나는 물컹거리는 바닥에 등을 댄 채 유리로 된 천장을 보았다. 솔잎이 떨어진 투명한 천장에 황갈색 깃털의 새가 보였다. 섬세하고 가느다란 두 발이 동시에 앞으로 뛰며 작은 마찰음을 냈다.

"시작할까요?"

레인코트가 말했다. 레인코트는 나와 우유수염 사이에 누워 팔을 뻗었다. 길게 엎드려 있던 우유수염은 불편한 무언가를 바로잡

듯 가랑이 사이에 손을 넣고 움직였다. 이래야 안 움직여.

우유수염이 양손을 가슴에 모은 채 옆으로 굴렀다. 시계 방향으로 굴러가 레인코트의 가슴에 머리를 댔다. "으어, 이어" 하는 소리가 들리며 쿠션이 출렁였다. 두 사람이 키들키들 웃으며 몸을 비틀었다. 그래, 이렇게 옥수수가 자라는 거지.

우유수염이 레인코트의 몸에서 내려와 내 쪽으로 굴러왔다. 나는 눈을 감았다. 내 차례일 거라고 생각했다. 하지만 내 옆으로 쿠션의 천이 올라가 우유수염의 모습이 보이지 않았고, 상황을 살피려 고개를 들었을 때 내 발밑에서 커다란 그림자 하나가 일어섰다. 천천히 그림자가 나를 향해 내려왔다. 한 번도, 누군가와 그런 자세를 해보지 않았지만, 나는 다리를 벌리고 눈을 감은 채 턱을 들었다. 레인코트는 내 다리 사이로 부드럽게 무릎을 밀어 넣는 동시에 내 어깨 옆으로 손을 뻗어 자신의 몸을 지탱했다. 레인코트의 산등성이 어깨가 내 얼굴 위를 덮었다. 안 돼, 재채기는 안 돼. 숨이 멎을 듯 귓속이 먹먹해지면서 몸이 떨렸다. 이가 맞부딪힐 만큼 심하게 떨리면서 코끝이 아려왔다. 레인코트는 잠든 아이에게 베개를 받쳐주듯 내 목덜미로 손을 넣었다.

호.

흙더미처럼 쏟아지는 살결. 내 코와 뺨이 레인코트의 가슴에 뭉개졌다. 이마와 콧등, 입술 사이사이로 레인코트의 온기가 밀려들었다. 나라는 사람과 나의 얼굴과 그 얼굴로 지어야 했던 모든 표정이 레인코트의 품에서 지워지는 것 같았다. 왜 이제야 알았을까.

나는 누군가에게 안길 때마다 할머니의 늙은 손이 떠오를 거란 걸. 내 안에 새겨진 그 손이 나타나 내 얼굴을 문지를 거란 걸. 할머니는 어린 나를 욕실 의자에 앉히고서 물이 담긴 세숫대야에 손을 넣었다. 툭툭 물기를 턴 다음 뺨을 쓱, 귓바퀴를 쓱, 콧방울을 움켜잡고 흥. 할머니의 손을 따라 뺨이 뭉개지고 나면 할머니는 턱받이처럼 두른 수건으로 내 얼굴을 닦아주었다. 얼굴이 맑게 다시 생겨나는 기분. 그리고 나의 애처로운 강아지 보리차차는 아무리 내가 잘 말려줘도 털에 스민 물기를 세차게 흔들어 털어냈다. 머리, 몸통, 꼬리를 세 방향으로 비틀어 몸을 말렸다. 그러고선 날듯이 네발로 점프해 자기의 방석으로 몸을 던졌다.

내가 잃어버린 화살은 모두 내 안에 있었다. 나는 걷잡을 수 없을 정도로 몸을 떨었다. 레인코트가 떨며 신음하는 나를 더 세게 끌어안았다. 끝없이 애정을 갈망하는 강아지처럼 나도 모르게 앓는 소리가 흘러나왔다. 나는 이웅 안에서 오래 포옹했다. 속옷을 갈아입어야 하는 몸으로 다른 몸에게 안겼다. 레인코트, 당신의 이름은 무슨 색이죠? 나는 묻고 싶었지만, 입 속의 말들이 소리로 나오지 않았다. 옛이웅의 '호'가 아닌 지금 나를 가득 채우는 이 느낌을 표현할 새로운 언어가 필요했다. 더 깊은 품으로 스며들고 싶었다.

우리의 스토리가 마음에 드셨습니까?

흙색 깃털의 새가 콕콕 부리로 천장 유리를 찍었다. 나는 그 새가 나의 개라는 걸 알았다. 보리차차, 이제 뛰지 않고 나는 거야? 날개로 나는 법을 배운 거야?

나는 울고 있었지만, 비옷을 입고 빗속을 걷는 것처럼 두 뺨은 눈물 자국 없이 보송했다.

* 글 속의 느슨한 S자 곡선에 관한 내용은 『랩 걸 : 나무, 과학, 그리고 사랑』(호프 자런 지음, 김희정 옮김, 알마, 2017)의 299쪽을 참고했다.
* 파시니 소체에 관한 내용은 『여자들의 섹스북』(한채윤, 이매진, 2019)의 29쪽과 79쪽을 참고했다.
* 이응의 스펙트럼에 관한 내용은 『LGBT+첫걸음』(애슐리 마델 지음, 팀 이르다 옮김, 봄알람, 2017)의 '젠더 유니콘 그림'에서 아이디어를 얻었다.

사회물리학적 관성과
문학적 멈춤

지금 우리는 임박한 사회적 붕괴의 위기 속에서 하루하루를 살아가는 중이다. 대한민국에서 미래를 꿈꾸는 것 자체가 하나의 사치나 농담이 되어버린 시기에, 문학을 쓰는 행위 혹은 읽는 행위가 어떤 의미를 가질까 의문을 가지는 것은 단순한 자조나 무기력은 아니다. 마크 뷰캐넌이 언급하는 '사회물리학'은 문학이 상정했던 인간적 가능성을 사회적 구조와 원자화된 개인의 기능적 차원으로 재규정한다. 개인의 힘으로는 더 이상 세상은커녕 자기 자신조차 바꾸기 힘들다고 여겨지는 사회적 분위기는 하나의 거대한 관성이 되고, 그러한 관성은 우리 자신을 더 강한 힘과 자극에 반응하며 정해진 패턴대로 움직이는 물리학적 원자에 지나지 않는다는 인식으로 발전한다. 공포와 혐오에 짓눌려 주어진 자극에만 반응하며 살아가는 현대사회를 보고 있자면 그러한 관점이 사실일지도 모른다는 생각을 한다. 하지만 그럴수록 문학의 역할과 효용이란 한껏 납작해진 개인의 가능성을 다시금 부풀림으로써 알고 리즘처럼 경직된 사회적 분위기에 숨통을 틔워주는 것일지도 모른다. 우리가 사회구조적인 관성에 떠밀리는 개인의 이야기 속에서 멈추어 상상하는 순간을 발견해야 하는 이유이기도 하다.

2023년 제24회 이효석문학상은 그러한 의미에서 우리 사회를 직시하면서도 결코 사회적 분위기나 패턴화된 삶에 짓눌리지 않는 소설 속 인물들의 입체적인 가능성의 영역에 집중하고자 했다. 물론 그것은 문학의 고유한 가치만큼이나 시의성에 대한 예민한 감각들을 활용해 우리 시대, 우리들의 이야기를 소설적으로 섬세하게 조탁함으로써 저마다의 설득력을 확보하는 소설들에 대한 주목이기도 했다. 이미 제22회와 제23회 이효석문학상은 비교적 젊은 작가라고 말할 수 있는 이서수, 김멜라처럼 등단 10년 이내 작가들을 선정하여 동시대적인 문학상으로서의 젊은 감각을 보여 주었다. 물론 반드시 젊은 작가들이 더 시의적인 소설을 쓰는 것만 은 아니며, 심사위원들 또한 그러한 관점을 주된 심사 기준으로 설정하지는 않았다. 가급적 넓은 시선으로 오늘날의 문학적 지형을 읽어내면서, 작품 개개에 대한 해석적 판단만큼이나 시의성과 문학적 형식성에 대한 평가 기준을 섬세하게 절충하고 재검토하고 자 했다.

심사 과정은 다음과 같다. 심사위원들은 2022년 6월부터 2023년 5월까지 기성 문예지 및 웹진에 발표된 소설 작품들을 두루 검토한 뒤, 자신들의 추천작을 취합하여 1차 독해를 먼저 수행했다. 1차

독해에서는 총 13편의 후보작이 추천되었으며, 심사위원들은 각각의 작품에 대한 감상과 해석을 두루 교환하였다. 서로의 의견을 주고받으며 추가적으로 심도 있는 논의를 할 만한 작품들을 재추천하는 방식으로 다시 2차 독해를 수행할 6편의 작품을 선발하였다. 2차 독해 후보작으로는 강보라의 「뱀과 양배추가 있는 풍경」, 김병운의 「세월은 우리에게 어울려」, 김인숙의 「자작나무 숲」, 신주희의 「작은 방주들」, 안보윤의 「애도의 방식」, 지혜의 「북명 너머에서」가 공통적인 추천 및 선택을 받아 선정되었다. 이제 심사과정에서 언급된 핵심들을 한 편씩 정리하면서 최종적인 수상작에 대한 심사평까지 나아가고자 한다.

우선 강보라의 「뱀과 양배추가 있는 풍경」은 '취향의 계급성'이라고 부를 수 있는 우리 시대 고급문화에 대한 허영과 자존감 사이에 놓인 개인 심리의 미묘한 저울질을 아주 섬세하게 그려내고 있다. 강보라 작가가 데뷔작에서부터 그래왔듯, 우붓이라는 이국적 장소성과 그곳에서 새롭게 만난 사람들과의 관계에서 관성적인 취향의 우월성을 유지하면서도 그 경계를 넘나드는 주인공 재아의 심리를 다소 집요하게 그려낸다. 이 소설의 핵심은 자신이 믿는 문화적 취향이 속물적 우월성으로 변하는 지점을 애써 들추려 하지 않는 자기방어의 제스처를 거리화해서 바라보는 반성적 시선이다. 문학을 하나의 취향으로서 소비하는 소설 독자라면 섬찟할 수도 있는 이 소설의 신랄함은 충분히 매력적이지만, 소설 내내 팽팽하게 유지되어왔던 재아의 스스로에 대한 자조와 냉소의 긴장감이 결말에 이르러 다소 쉽게 해소되었다는 감상도 있었다.

김병운의 「세월은 우리에게 어울려」는 퀴어 서사에 대한 관성적인 이야기 문법에서 벗어나 서로 다른 세대의 퀴어로서의 삶을 새롭게 교차하는 더 넓은 의미에서의 교차성에 대한 이야기를 보여준다. 오늘날 많은 형태의 담론들이 그렇지만, 현재의 변화하는 시대적 분위기나 새로운 세대의 등장에 지나치게 집중하고 그것을 시의적이거나 동시대적인 방식으로 바라볼 때 수평적이고 공시적인 차원의 소재로만 여겨지기 쉽다. 담론의 차원에서만이 아니라 이 소설이 가지고 있는 각각의 사연을 지닌 개인의 삶을 그려내는 섬세한 조형과 표현은 끊어진 줄 알았던 관계를 접붙이고 멈춰 있던 시간을 다시 흐르게 만드는 서술적 효과를 충분히 매력적으로 전달한다. 죽은 줄 알았던 진무 삼촌의 생존 사실을 알고서 그를 만나기 위해 부산에 방문하는 주인공 장희와 그를 지켜보며 대화를 나누는 서술자 '나'에 이르는 겹겹의 시선이 기본적으로 따스하다. 하지만 그러한 각각의 사연들을 교차하는 시도 속에서 다소 구구절절한 측면이 있다는 감상 또한 존재했다.

김인숙의 「자작나무 숲」은 서두에서부터 독자를 압도하는 소설적 분위기와 낯선 상황적 설정에서부터 비롯된 매력으로 심사위원들을 사로잡았다. 어느 것도 자신의 혈족에게 물려주고 싶어 하지 않는 '쓰레기 호더' 할머니와 쓰레기장을 방불케 하는 할머니의 집, 그런 할머니를 바라보는 손녀의 애증 섞인 시선과 신랄한 서술만으로도 이 소설의 읽는 재미는 보장된다. 오늘날 사람들은 상속이라는 이름으로 부의 대물림 혹은 끈질기게 무언가를 영속하길 바라는 인간적 욕망에 지배되어 있다. 반대로 이 소설에서는 사회적인 시선에서 가치 없는 것들을 버리지 못하는 할머니의 욕망과, 그 쓰레기 더미처럼 쌓인 해석적 복잡성 속에서 자기 가족에 얽힌 연대기적 삶의 진실을 파헤치고자 하는 손녀의 욕망 사이의 치명적인 관계를 묘사한다. 결코 한 겹의 껍질을 벗겨낸다고 해서 밝혀낼 수 없는 진실처럼, 명백한 진실을 찾으려 하는 시도는 인간 정신의 복잡성만큼이나 이 소설의 중층적인 형식에 무력해진다. 결말에 대하여 심사위원들은 거듭 다양한 해석적 가능성을 논의했으며, 동시에 작은 아쉬움을 드러내기도 했다. 소설 전체 형식에서 수미상관을 구성하며 자기 자신의 삶에 갇혀버린 삶의 복잡성을 그려내는 방식은 김인숙 작가의 인장(印章) 같은 수법으로 그 해석적 복잡성으로 독자를 매료시킨다. 하지만 처음부터 명확한 메타소설로서 시작하지 않았던 이 소설의 결말에 이르러 할머니와 손녀 사이의 모호한 시선과 관점을 드러내는 방식은 매력적인 열린 결말이라고 부를 수 있을지에 대한 의문이 남았다.

신주희의 「작은 방주들」은 2차 독해에 올라온 최종 후보작들 중에서도 다소 예외적인 성격을 가진 작품으로 언급되었다. 시의성 있는 소재뿐만 아니라 복잡하기 짝이 없는 오늘날의 세계를 조감하는 높은 시선을 구성하고자 하는 도전적인 작품이었기 때문이다. 제목이 암시하듯이 우리 시대의 개인이 꿈꾸는 저마다의 방주라는 미약한 구원의 형태와 그 (불)가능성을 탐문해나가는 과정을 생생한 직장 생활의 재현과 소설의 치밀한 구성적 논리를 통해서 전달한다. 특히 '짠내 나는' 청년 세대의 이야기를 그저 생동감 있게 전달하는 데만 초점을 맞춘 것이 아니라 직장 생활의 구조적 부조리, 인공지능이나 암호화폐에 대한 장밋빛 환상에 들뜬 사회적 현상 이면에 소외되는 인간적인 삶의 맨얼굴을 들추는 과정이 맞물린다. 소식을 끊고 사라진 친구 진주가 있을 리 만무함에도 우유니 사막을 향해 가는 주인공 은재의 여행은 현기증 나는 현대사회의 대립항으로서 자기 자신조차 돌볼 수 없는 관성적인 삶으로부터 벗어나 개인들이 결국 만들고자 하는 작은 방주들에 대한 서글픈 탐색 과정이기도 하다. 이 소설의 매력은 개성적이지만 다양하고 포괄적인 소재를 다양하게 다루는 만큼 그것을 종합하려는 노력에 비하여 다소 밀도가 떨어진다는 의견도 있었다.

지혜의 「북명 너머에서」는 2차 독해에서 언급된 작품들 중에서도 가장 클래식한 단편소설 고유의 미학적 아름다움을 고스란히 갖추고 있는 작품이었다. 주인공 성자가 과거 북명백화점에서 일하던 시절을 반추하며, 친밀하게 지냈던 조옥이라는 인물과 그와의 관계에 대하여 생생하게 복원하는 과정의 서술이 시대적인 분위기나 당대의 장소성과 맞물려 더욱 매력적으로 읽힌다. 특히 두 여성 사이의 호감과 애정이 발전하는 과정에 주목하면서도, 그것이 서로의 사정에 의해서 어떻게 엇나가고 멀어졌는지를 그리는 과정의 애틋함이 과거를 회상하는 소설의 매력을 배가시킨다. 비록 과거의 기억이나 조옥과의 관계성을 끊어내기는 어렵지만 과

거의 자신을 직시하고자 노력한 서술적 시선과 거리감이 매력적인 한편, 그러한 거리감에도 불구하고 과거에 대한 노스탤지어가 감상주의에 지나치게 인접해 있다는 점은 다소간의 아쉬움으로 함께 언급되었다.

마지막으로 안보윤의 「애도의 방식」은 단적으로 말해서 모든 면에서 단점을 찾기 어려운 소설이었다. 안보윤 작가는 그동안 비교적 강한 소재를 적극적으로 다뤄온 작가로서, 이번 소설도 그러한 연장선상에 있지만 단순히 소재적인 강렬함이 아니라 그것을 소설적으로 형상화하는 놀라운 조형적 성취가 심사위원들을 모두 놀라게 했다. 소재주의라는 말을 격식 있게 극복함으로써, 이 소설은 소설적 주제와 동시대적인 메시지를 동시에 달성했다. 오늘날 학교폭력의 한 가지 현실을 직접적인 당사자성으로 경유하면서도 그것을 근거리의 시선에 압도되지 않고 그려내는 침착성은 우선 주목을 요구한다. 이 소설은 촘촘하게 엮인 씨줄과 날줄처럼 소재와 장소, 문장과 비유, 인물의 관계와 그 표현에 이르기까지 어느 한 부분을 허투루 읽을 수 없는 촘촘한 밀도의 소설적 현실을 구성하고 있다. 주인공 동주가 도달한 '미도파'라는 찻집은 늘 소란 속에 있지만 소란스러워지지는 않는 공간적 특수성을 가진다. 그곳은 승규의 죽음 이후 어떻게든 그것을 가십화하기 위한 의심 어린 질문에도 응답하지 않고 동주가 도달한 침묵과 멈춤의 공간이다. 학교폭력을 다루는 서사화 작업은 대중문화 콘텐츠부터 본격문학에 이르기까지 수없이 많다. 하지만 그러한 이야기들이 오늘날 꿈꾸는 사적 제재와 복수의 서사는 그것을 소비하는 대중의 관성적인 욕망의 플롯이기도 하다. 안보윤의 「애도의 방식」은 말 그대로 관성에 짓눌려 있는 폭력의 굴레와 그 영향력으로부터 벗어나기 위해 강요된 질문에 대하여 다른 방식으로 응답하고자 노력한 소설이다. 동주가 승규의 관성적인 폭력의 순간에서 벗어나기 위하여 다른 응답을 시도한 것처럼, 그리고 승규의 엄마인 '여자'가 집요하게 동주를 찾아와 진실을 요구하던 것에서 벗어나 결국 동주에게 어떤 진실을 듣지 않고도 떠나가서 섬에서 혼자 시금치를 키우며 새로운 삶을 살아가기를 선택하는 것처럼, 오늘날 문학은 어떤 멈춤의 순간을 발명하는 윤리적 태도에 값할지도 모르겠다.

결과적으로 심사위원들은 만장일치로 안보윤의 「애도의 방식」을 제24회 이효석문학상 대상 수상작으로 선정할 수 있었다. 훌륭한 소설을 선보인 안보윤 작가에게 감사와 축하의 인사를 건넨다. 이 소설이 가진 매력은 소설적인 완성도만큼이나 오늘날 독자들에게 진지한 삶의 태도를 묻고 답할 수 있는 멈춤의 순간을 제공하는 것이라 생각했다. 앞서 심사평에서 지속적으로 '관성'이라는 표현을 활용했다. 지금 우리를 사로잡고 있는 사회구조적인 힘의 논리와, 개개인의 삶의 관성에 대하여 우리는 과연 얼마나 반성적으로 되돌아보고 스스로 멈춰 설 수 있을지 여전히 의문이다. 유튜브 쇼츠나 수많은 인터넷상의 정보 사이를 누비다 보면 어느샌가 휘발되어버리는 시간의 밀도만큼이나, 우리는 사회적 현실의 흐름에 스스로를 지탱하고 저항하는 힘을 상실해가고 있다. 문학적인 반성과 그에 따른 변화의 시도마저도 어쩌면 하나의 사회적 원자로서의 작용-반작용에 지나지 않는 것이 아닐까 하는 회의적인 의심도 하게 된다. 하지만 그것이 문학적인 공동체와 개별 문학인들이 끊임없이 동시대적 현실과 부대끼면서 취할 수 있는 최선의 방법론이라는 사실을 믿어볼 필요가 있다. 제24회 이효석문학상 대상 수상작 「애도의 방식」은 물론이고, 이 책에 함께 수록된 우수 작품상 수상작들은 모두 그러한 부대낌의 결과물이며, 독자들에게도 기꺼이 현실의 관성에 저항하고 멈춰서 생각할 수 있는 사유와 발견을 제공할 수 있을 것이라 기대한다. 다시 한번 모든 수상자들에게 축하를 보낸다.

제24회 이효석문학상 심사위원단
심진경, 이경재, 정이현, 박인성
(심사위원 박인성 대표 집필)

이 효 석

작 가 연 보

1907. 2. 23 ~ 1942. 5. 25

• 1907년 2월 23일, 강원도 평창군 진부면 하진부리에서 부친 이시후
  李始厚와 모친 강홍경康洪卿의 1남 3녀 중 장남으로 출생. 전주 이씨 안
  원대군의 후손인 부친은 한성사범학교 출신으로 교육계 사관仕官으로
  봉직하였음. 아호는 가산可山, 필명으로 아세아亞細亞, 효석曉晳, 문성
  文星 등을 쓰기도 함.

• 1910년(3세) 서울에서 교편을 잡고 있던 부친을 따라 서울로 이주.

• 1912년(5세) 가족과 함께 평창으로 다시 내려왔으며, 사숙私塾에서 한
  학을 수학修學.

• 1914년(7세) 평창공립보통학교 입학.

• 1920년(13세) 평창공립보통학교 졸업. 경성제일고등보통학교(현재의

경기고등학교) 입학.

- **1925년(18세)** 경성제일고등보통학교 졸업(제21회). 경성제국대학京城帝國大學(현재의 서울대학교) 예과 입학. 예과 조선인 학생회 기관지인 『문우文友』간행에 참가. 매일신보每日申報 신춘문예에 시「봄」입선. 유진오俞鎭午, 이희승李熙昇, 이재학李在鶴 등과 사귀며『문우』와 예과 학생지인『청량淸凉』에 콩트「여인旅人」발표.

- **1926년(19세)**「겨울시장」「거머리 같은 마음」등 수 편의 시를『청량』에 발표. 콩트「가로街路의 요술사妖術師」「노인의 죽음」「달의 파란 웃음」「홍소哄笑」등을 매일신보에 발표.

- **1927년(20세)** 예과 수료 후 경성제대 법문학부 영어영문학과 편입. 시「님이여 들로」「빨간 꽃」「6월의 아침」, 단편「주리면⋯⋯어떤 생활의 단편─」, 제럴드 워코니시의「밀항자」번역판을『현대평론』에 발표.

- **1928년(21세)** 경성제대 재학 중 단편「도시都市와 유령幽靈」을『조선지광朝鮮之光』에 발표하며 문단의 주목을 받기 시작. 유진오와 함께 동반자작가同伴者作家로 불리게 되었으나 KAPF에 적극적으로 참여하지는 않았음.

- **1929년(22세)** 단편「기우奇遇」를『조선지광』에,「행진곡行進曲」을『조선문예朝鮮文藝』에 발표, 시나리오「화륜火輪」을 중외일보中外日報에 발표.

• 1930년(23세) 경성제대 영어영문학과 졸업. 졸업논문은 「The Plays of
John Millington Synge, 1871~1909」. 단편 「마작철학麻雀哲學」「깨뜨러
지는 홍등紅燈」「북국사신北國私信」「상륙上陸」「추억追憶」발표. 이효
석, 안석영安夕影, 서광제徐光齊, 김유영金幽影 등은 조선시나리오작가
협회를 결성하여 연작連作 시나리오 「화륜」을 바탕으로 침체의 늪에
빠진 조선 영화계에 활력을 줌.

• 1931년(24세) 시나리오 「출범시대出帆時代」를 동아일보東亞日報에 발
표. 단편 「노령근해露領近海」를 『대중공론大衆公論』 6월호에 발표하고,
같은 달 최초 창작집 『노령근해』를 동지사同志社에서 발간. 이 단편집
에서 자신의 프롤레타리아 문인적 성향을 보임. 함경북도 경성鏡城 출
신의 미술작가 지망생 이경원李敬媛과 결혼.

• 1932년(25세) 장녀 나미奈美 출생. 부인의 고향인 함북 경성으로 이주,
경성농업학교鏡城農業學校에 영어 교사로 취직. 「오리온과 능금林檎」을
『삼천리』에 발표. 이 무렵 이효석은 순수한 자연을 배경으로 한 서정
적 경향도 보이기 시작.

• 1933년(26세) 순수문학을 표방하는 문학동인회 구인회九人會를 창립
함. 창립회원은 김기림金起林, 김유영, 유치진柳致眞, 이무영李無影, 이종명
李鍾鳴, 이태준李泰俊, 이효석, 정지용鄭芝溶, 조용만 趙容萬임. 「약령기
弱齡記」「돈豚」「수탉」「가을의 서정抒情」(후에 「독백獨白」으로 개제) 「주리
야」「10월에 피는 능금꽃」 발표.

- 1934년(27세) 「일기日記」「수난受難」 발표.

- 1935년(28세) 차녀 유미瑠美 출생. 「계절季節」「성수부聖樹賦」 발표. 중 편「성화聖畫」를 조선일보에 연재.

- 1936년(29세) 평양 숭실전문학교(현재의 숭실대학교) 교수로 부임. 평양 시 창전리 48 '푸른집'으로 이사. 대표작「메밀꽃 필 무렵」을 비롯하여, 「산」「들」「고사리」「분녀粉女」「석류柘榴」「인간산문」「사냥」「천사와 산문시」 등을 발표하며 대표적인 단편소설 작가로서 입지를 굳힘.

- 1937년(30세) 장남 우현禹鉉 출생. 「개살구」「거리의 목가牧歌」「성찬聖餐」 「낙엽기」「삽화揷話」「인물 있는 가을 풍경風景」「주을의 지협」 등을 발표.

- 1938년(31세) 숭실전문학교 폐교에 따라 교수직 퇴임. 「장미薔薇 병病 들다」「해바라기」「가을과 산양山羊」「막幕」「공상구락부空想俱樂部」「부 록附錄」「낙엽을 태우면서」 등을 발표.

- 1939년(32세) 평양 대동공업전문학교 교수 취임. 차남 영주煐周 출생. 장편『화분花粉』을 인문사人文社에서, 단편집『해바라기』를 학예사에 서,『성화聖畫』를 삼문사에서 발간, 「여수旅愁」를 동아일보에 연재.

- 1940년(33세) 부인 이경원과 사별(1940. 2. 22). 3개월 된 영주를 잃음. 장편소설『창공蒼空』을 총 148회에 걸쳐 매일신보에 연재. 1941년 단 행본으로 간행될 때에는『벽공무한碧空無限』으로 개제. 「은은한 빛」

「녹색의 탑」 등을 일본어로 발표.

• **1941년(34세)** 『이효석단편선』과 장편 『벽공무한』을 박문서관博文書館에서 출간. 「산협山峽」 「라오콘의 후예後裔」 「봄 의상衣裳」(일본어) 「엉겅퀴의 장」(일본어) 등 발표. 부인과 차남을 잃은 슬픔과 외로움을 달래며 중국, 만주 하얼빈 등지를 여행.

• **1942년(35세)** 5월 초 결핵성 뇌막염으로 진단을 받고 평양 도립병원에 입원 가료. 언어 불능과 의식불명의 절망적인 상태로 병원에서 퇴원 후, 5월 25일 오전 7시경 자택에서 35세를 일기로 생을 마감. 임종은 부친과 친구 유진오 그리고 지인 왕수복이 함께 지켰음. 유해는 평창군 진부면에 부인 이경원과 합장됨.

• **1943년** 유고 단편 「만보萬甫」를 『춘추春秋』에 게재. 단편선집 『황제皇帝』가 박문서관에서 간행됨. 「향수」 「산정山精」 「여수」 「역사」 「황제」 「일표一票의 공능功能」이 함께 수록되어 발간됨. 5월 25일 서울 소재 부민관에서 가산可山의 1주기 추도식 열림.

• **1945년** 부친 이시후 별세(1882~1945).

• **1959년** 장남 우현에 의해 편집된 『이효석전집李孝石全集』 전 5권 춘조사春潮社에서 발간.

• **1962년** 모친 강홍경 별세(1889~1962).

- 1971년 차녀 유미에 의해 『이효석전집』 전 5권 성음사省音社에서 재발간.

- 1973년 강원도 영동고속도로 건설로 진부면 논골에 합장되었던 가산 부부 유해를 평창군 용평면 장평리로 이장함.

- 1980년 강원도민의 후원으로 영동고속도로변 테기산 자락에 가산 이효석 문학비 건립.

- 1982년 10월에 열린 문화의 날을 맞아 대한민국 금관문화훈장이 추서됨.

- 1983년 장녀 나미에 의하여 『이효석전집』 전 8권 창미사創美社에서 발간.

- 1998년 영동고속도로 확장개발공사로 묘소가 경기도 파주시에 소재한 동화경모공원으로 이장됨.

- 1999년 강원도 평창군 주최로 봉평에서 지역민과 함께하는 효석문화제 창시.

- 2000년 「메밀꽃 필 무렵」의 산실인 평창군 봉평에서 지역 주민을 중심으로 한 가산문학선양회와 평창군의 주관으로 "문학의 즐거움을 국민과 함께"라는 염원을 담은 효석문화제가 활성화됨. 이효석문학상 제정. 정부의 재정 지원으로 이효석문학기념관 건립 추진.

- 2002년 이효석문학관 건립.

- 2011년 제목 미상 「미완未完의 유고遺稿」(미발표 일본어 소설) 장순하 張諄河 번역. 2011년 9월에 발행된 『현대문학』(통권 제681권, 220~224쪽) 에 발표.

- 2012년 재단법인 이효석문학재단 설립.

- 2016년 이효석문학재단 주관하에 텍스트 비평을 거친 정본定本 『이효 석전집』 전 6권 서울대학교출판문화원에서 발간.

- 2017년 2월 23일 가산 이효석 탄신 110주년 기념식 및 정본 전집 출판 기념회 개최.

- 2019년 이효석문학재단, 강원도 평창군 진부면에 지부 설립.

- 2021년 11월, 강원도 평창군 봉평면 이효석문학관 근처 '효석달빛언 덕'에 가산 부부 유택 안장. 12월, 이효석문학재단 지부를 평창군 봉평 면 이효석길 157번지로 이전.

이효석문학상 수상작품집 2023

초판 1쇄 발행 2023년 9월 1일

지은이 안보윤 강보라 김병운 김인숙 신주희 지혜 김멜라
펴낸이 안병현 김상훈
본부장 이승은 총괄 박동옥 편집장 박윤희
책임편집 김정은 정수향 디자인 용석재 박지은
마케팅 신대섭 배태욱 김수연 제작 조화연

펴낸곳 주식회사 교보문고
등록 제406-2008-000090호(2008년 12월 5일)
주소 경기도 파주시 문발로 249
전화 대표전화 1544-1900 주문 02)3156-3665 팩스 0502)987-5725

ISBN 979-11-7061-031-1 (03810)